CB005977

Tradução

Ronald Kyrmse

Rio de Janeiro, 2018

Título original: *Tolkien and C.S. Lewis: the Gift of Friendship*

Publisher	*Omar de Souza*
Gerente editorial	*Samuel Coto*
Editor	*André Lodos Tangerino*
Assistente editorial	*Bruna Gomes*
Copidesque	*Cristina Casagrande*
Revisão	*Gisele Múfalo*
Diagramação	*Sonia Peticov*
Capa	*Rafael Brum*

CIP—BRASIL. CATALOGAÇÃO NA FONTE
SINDICATO NACIONAL DOS EDITORES DE LIVROS, RJ

D961j

Duriez, Colin
J.R.R. Tolkien e C.S. Lewis : o dom da amizade / Colin Duriez ; tradução Ronald Kyrmse. - 1. ed. - Rio de Janeiro : Harper Collins, 2018.
304 p. : il.

Tradução de: Tolkien and C.S. Lewis : the gift of friendship
ISBN 978-85-9508-354-7

. Tolkien, J. R. R. (John Ronald Reuel), 1892-1973. 2. Lewis, C. S. (Clive Staples), 1898-1963. 3. Tolkien, J. R. R. (John Ronald Reuel), 1892-1973 - Amigos e companheiros. 4. Lewis, C. S. (Clive Staples), 1898-1963 - Amigos e companheiros. 5. Literatura fantástica inglesa - História e crítica. I. Kyrmse, Ronald. II. Título.

18-49323 CDD: 820.9
CDU: 82.09:821.111

Meri Gleice Rodrigues de Souza – Bibliotecária CRB-7/6439

HarperCollins Brasil é uma marca licenciada à Casa dos Livros Editora LTDA.

Rua da Quitanda, 86, sala 218 — Centro
Rio de Janeiro — RJ — CEP 20091-005
Tel.: (21) 3175-1030
www.harpercollins.com.br

Aos irmãos
Ian, Barbara, Stephen,
Elizabeth, Paul, Julian

Essas são as melhores reuniões[...]
Quando colocamos nossos chinelos,
nossos pés esticados em direção ao fogo
da lareira e nossos drinques ao alcance de
nossas mãos; quando o mundo inteiro, e
algo além do mundo, se abre para nossas
mentes à medida que falamos. E ninguém
reivindica ou tem qualquer responsabilidade
com o outro, mas todos são pessoas livres
e iguais, como se tivessem se encontrado
há uma hora, ao mesmo tempo que uma
Afeição enternecida pelos anos nos envolve.
A vida — vida natural — não possui
dádiva melhor que essa para dar. Quem
poderia merecer isso?

— C.S. Lewis, "Amizade", *Os quatro amores*

Sumário

Prefácio

Faz muito tempo que tenho consciência da amizade entre J.R.R. Tolkien e C.S. Lewis, desde a primeira vez em que, como estudante, li a autobiografia deste último. Mas ao escrever este livro surpreendi-me descobrindo o quanto essa amizade foi extremamente forte e persistente, a despeito dos atritos e dos pontos baixos que talvez se deva esperar que ocorram ao longo de quase quarenta anos. Até onde sei, este é o primeiro livro que focaliza principalmente sua notável associação, literária e também pessoal.

J.R.R. Tolkien, é claro, é um nome bem conhecido no mundo todo, por causa da fenomenal popularidade de seu livro *O Senhor dos Anéis*, especialmente desde a trilogia de filmes de Peter Jackson. De fato, todo um país, a Nova Zelândia, onde os filmes foram rodados, tornou-se a "Terra-média". Hobbits, orcs, Mordor e um anel mágico quase não precisam mais ser explicados em muitos *pubs*, escolas e *campi* ao redor do globo.

Menos conhecida é a importante e complexa amizade de Tolkien com C.S. Lewis, seu colega acadêmico em Oxford.

Tolkien reconheceu que, sem o persistente encorajamento de seu amigo, ele jamais teria terminado *O Senhor dos Anéis*. Essa grande história, juntamente com os temas conexos de *O Silmarillion*, teria permanecido apenas como um passatempo pessoal. A qualidade de sua amizade literária convida-nos a fazer comparações com as de William Wordsworth e Samuel Taylor Coleridge, William Cowper e John Newton, e G.K. Chesterton e Hilaire Belloc. O Barbárvore de Tolkien, o *ent* que criou, foi inspirado por Lewis, em especial sua voz profunda e, às vezes, enfática: *Brm, hum!*

C.S. Lewis também desfruta de grande popularidade em todo o mundo, em particular pela sua série de livros infantojuvenis *As crônicas de Nárnia*. Como enfatiza o título da série, o foco dessas histórias é um outro mundo imaginário. Ao criar esse mundo para as crianças, ele estava imerso no desenrolar dos eventos da Terra-média, que Tolkien lia para ele à medida que os capítulos de *O Senhor dos Anéis* estavam sendo escritos. Sua primeira história de Nárnia, *O leão, a feiticeira e o guarda-roupa*, se tornou um importante filme dirigido por Andrew Adamson, cujas obras anteriores incluem *Shrek*.

Não era apenas a dívida de Tolkien com Lewis que era enorme. Toda a ficção de Lewis, depois que os dois se conheceram na Universidade de Oxford em 1926, leva a marca da influência de Tolkien, seja em nomes que usou, seja na criação de convincentes mundos de fantasia. O próprio Tolkien pode ser reconhecido no personagem central das histórias de ficção científica de Lewis, o dr. Elwin Ransom. Foi Tolkien quem ajudou a persuadir Lewis, por muitos anos ateu, de que as afirmações da história cristã, humildemente ambientada na Palestina do século I, não deveriam ser ignoradas, por apelar tanto ao intelecto quanto à imaginação. Foi também Tolkien quem mais tarde persuadiu Lewis a aceitar uma cátedra que lhe foi oferecida pela Universidade de Cambridge, depois que ele a recusara não uma, mas duas vezes. Lewis lecionara em Oxford por quase trinta anos, mas, em três ocasiões, fora preterido para uma cátedra nessa instituição.

A amizade entre Tolkien e Lewis durou desde pouco depois de se conhecerem, em 1926, até a morte de Lewis, em 1963. Como em todas as amizades, especialmente as que duram tanto assim, houve altos e baixos. Com Lewis e Tolkien, um claro esfriamento ocorreu nos anos finais, apesar de as semelhanças que os uniam terem sido sempre mais fortes que as diferenças que os separavam.

Merecidamente, Tolkien e Lewis foram individualmente assunto de importantes biografias. Na composição deste estudo do seu relacionamento, tenho uma enorme dívida com os biógrafos principais — Humphrey Carpenter, Walter Hooper, o falecido Roger Lancelyn Green, George Sayer e Andrew Wilson. Também há muitos estudos significativos sobre facetas das suas vidas e obras, incluindo o relato sobre os primeiros anos de vida de Lewis feito por David C. Downing e o estudo de Tom Shippey sobre Tolkien como filólogo. O tamanho de minha bibliografia dá uma indicação da enorme quantidade de estudos disponíveis, proporcionando uma fascinante visão de aspectos de suas obras profissionais, seus escritos e sua ficção. Tentar capturar a fugidia e complexa amizade — que se estende por tantos anos de suas vidas — impôs a necessidade de seleção. Como parte desse processo, criei vinhetas no começo da maioria dos capítulos, e ocasionalmente em outros lugares. Elas são breves reconstruções imaginárias de momentos centrais da história de suas vidas e de sua amizade, baseadas nos fatos que foram documentados. O pulso vivente de sua amizade, de fato, transparece tanto na sua produção ficcional quanto em referências passageiras em diários, cartas e nas reminiscências dos amigos.

Qualquer relato da amizade deve manter os olhos bem abertos para seus escritos, bem como para os acontecimentos e os principais relacionamentos de suas vidas. Ao escrever este livro, tentando uma abordagem de tão amplo espectro, admirei-me com algumas das afirmativas enganosas que têm sido feitas com autoridade, afirmativas que não podiam passar incontestes. Cito um importante dicionário de literatura do século XX (pouparei os rubores e não darei seu nome): "Lewis era [...] um misógino, sendo de opinião de que as mentes das mulheres são intrinsecamente inferiores às dos homens. Não é de surpreender que seus relacionamentos com as mulheres fossem problemáticos em sua maioria." O autor do verbete obviamente não tinha consciência da benevolência de Lewis para com as crianças refugiadas em sua casa durante a guerra, de como cuidou da mãe adotiva por mais de trinta anos, de como acolheu dois enteados, de suas meticulosas respostas àqueles que lhe escreviam com seus problemas, de suas doações à caridade — os exemplos poderiam multiplicar-se. Quanto à sua visão das mentes femininas, basta ler o que diz sobre a inteligência de Joy Davidman, notar sua amizade com Dorothy L. Sayers, uma das melhores mentes teológicas de sua geração, ou observar como mudou seu argumento contra o naturalismo depois de debater com a filósofa Elizabeth Anscombe para se perceber que a afirmação é seriamente enganosa. Um erro adicional ocorre mais adiante no mesmo verbete do dicionário: "Lewis e Tolkien, a despeito de sua amizade, desprezavam cada um o que o outro escrevia para crianças." Tolkien não gostava de *As crônicas de Nárnia* (achava que estavam maculadas de alegoria), mas não desprezava as histórias. Quanto a Lewis, ele nunca deixava de elogiar *O hobbit*, reconhecendo logo após sua publicação que provavelmente se tornaria um clássico da literatura infantojuvenil.

Mencionei minha enorme dívida com o trabalho minucioso dos grandes biógrafos de Lewis e Tolkien. É claro que há muitas outras dívidas a reconhecer, não sendo menores as existentes com as muitas pessoas — numerosas demais para nomear — que me incentivaram a continuar explorando essa amizade singular. Essas pessoas vêm de diversos países — Inglaterra, Irlanda, Estados Unidos, Espanha, Itália, Suécia e Polônia. Foram particularmente importantes para mim a Tolkien Society no Reino Unido; o Wade Center e sua equipe sempre útil, e a hospitalidade da sra. Mary Bechtel em Wheaton, Illinois; a C.S. Lewis Society da Universidade de Oxford; e amigos de St. Luke's em Thurnby. Obrigado, Lyn Hamilton, por guiar-me na caótica zona urbana de Birmingham num dia úmido de ventania, enquanto buscávamos os vestígios dos lugares da infância de Tolkien — e por ler o manuscrito. Obrigado da mesma forma a você, David C. Downing, cujas percepções são sempre esclarecedoras, por lê-lo. Walter Hooper, obrigado por seu incentivo ao projeto (apesar de você provavelmente, como é sua característica, não ter consciência do quanto foi útil). Apresso-me em acrescentar que quaisquer erros que ainda restem são meus próprios. Com escritores como Lewis e Tolkien, naturalmente existe um formidável conhecimento de suas obras entre leitores comuns, e por isso peço-lhes para serem pacientes com minhas falhas. O que pode parecer ocasionalmente uma desconcertante omissão é simplesmente a necessidade de não sobrecarregar meu livro com detalhes que pertencem com propriedade a um estudo mais especializado. (Ainda não sei se balrogs têm asas, a despeito da excelente visualização no filme *A Sociedade do Anel*, mas acho que descobri por que os hobbits comem *fish and chips*.[1] Da mesma forma,

[1]Peixe frito com batatas fritas, um apreciado prato popular na Inglaterra. (N.T.)

não estou totalmente certo de por que Lewis não contou a Tolkien sobre seu casamento com Joy Davidman, apesar de fornecer as melhores razões que consegui descobrir, e simplesmente não sei se Lewis tinha intimidades físicas com sua mãe adotiva, mas duvido.) Obrigado ao Leicester Writers Club pelo estímulo e pela camaradagem. Obrigado também, Jan-Erik Guerth, meu editor, por ajudar-me a prosseguir na jornada, e por seu incentivo e seus conselhos sempre sábios.

Colin Duriez
Leicester, fevereiro de 2003

1

Os anos de formação (1892-1925)

Dois meninos estão agachados à beira de um aterro ferroviário em Birmingham, meio ocultos na selvagem abundância de suas flores e capins. O mais alto tem uns nove anos de idade, e seu irmão Hilary tem dois anos a menos. É um dia modorrento no alto verão de 1901, quando o próprio tempo está de férias. Os únicos sons são de um bonde ocasional na extensão semiurbana por trás deles, onde moram, ou o guincho de vagões de carvão sendo manobrados na carvoeira perto da estação de trens de King's Heath. O mais velho está mostrando ao irmão uma planta minúscula e colorida que descobriu na entrelaçada vegetação rasteira. Então vem o augúrio que estavam aguardando: as lentas e rítmicas rajadas de um trem a vapor que se aproxima deles vindo do Sul. Eles se põem de pé para enxergarem melhor a luzidia locomotiva negra que emerge da tênue névoa de calor, tendo, atrás de si, a curva de seus numerosos vagões de carvão. Esse trem vem dos vales de mineração de Gales do Sul,[1] a mais de 150 quilômetros de distância, trazendo um carvão rico e úmido para alimentar os fogos da revolução industrial, que já expandiu Birmingham a um tamanho quatro ou cinco vezes maior do que nos noventa anos anteriores e que logo a expandirá ao dobro disso. À medida que os vagões de carvão passam com estrondo muito perto deles, fazendo o chão tremer, o menino mais velho observa atentamente os nomes que trazem no flanco, como fez muitas vezes antes, excitado pela beleza numinosa de topônimos que ainda não consegue pronunciar, nomes como *Blaen--Rhondda*, *Maerdy*, *Senghenydd*, *Nantyglo* e *Tredegar*. O nome do menino é John Ronald Reuel Tolkien, e a família e os amigos o conhecem por Ronald ou John Ronald.

Quase setenta anos depois, em 1970, J.R.R. Tolkien revela parte do significado desse encontro com os topônimos galeses em uma entrevista que concede à BBC. De muitas maneiras, essa epifania de menino assinala o nascimento das histórias de seu mundo inventado da Terra-média,[2] um mundo de hobbits, elfos e seres mais obscuros, como orcs e dragões. Naquela entrevista, Tolkien explica seu fascínio pelos topônimos: "O galês sempre me atraiu pelo estilo e som, mais que qualquer outra língua; apesar de no começo eu só o vir em carros de carvão, sempre quis saber do que se tratava." Explica que, ao escrever, invariavelmente, começa por um nome. "Dê-me um nome e ele produz uma história, e não o inverso." Diz que dentre as línguas modernas, o galês e, mais tarde, o finlandês, foram a maior inspiração de suas obras, incluindo *O Senhor dos Anéis*. O galês, de fato, inspiraria um dos dois ramos principais das línguas élficas que

[1]Região ao sul do País de Gales, que faz fronteira com o Meio-Oeste da Inglaterra. (N.E.)

[2]Terra-média não é o nome de todo o mundo secundário criado por Tolkien, mas sim de um dos seus continentes — mais ou menos equivalente à Europa — onde se desenrola, por exemplo, o enredo de *O Senhor dos Anéis*. (N.T.)

inventou e muitos dos nomes de sua mitologia, como Arwen, Anduin, Rohirrim e Gwaihir.

Deixamos os irmãos naquele aterro ferroviário, com o futuro diante deles, e planamos depressa, como um pássaro, acima de Birmingham. Agora vemos a vasta intromissão da cidade nos pequenos campos verdes e nos bosques das West Midlands[3] da Inglaterra — o Condado de Tolkien. Enxergamos como somente um balonista ocasional enxergou: estradas poeirentas irradiando ondulantes da cidade, atravessando as variadas tonalidades da intrincada colcha de retalhos da Inglaterra rural. Rios e canais cortam os suaves morros e as brandas ondulações em direção ao rio Severn ao Sul. Mesmo no calor do verão, este verde refresca os olhos. Voamos por sobre o coração da cidade apinhada e depois seguimos a principal ferrovia rumo ao Norte, ignorando seus numerosos ramais, e acabamos alcançando Crewe, depois o canal Mersey, o alvoroço do porto de Liverpool e o verde Mar da Irlanda. Aventurando-nos para o Oeste, a Ilha de Man passa por baixo de nós, e logo depois a Península de Ards no norte da Irlanda, as montanhas Mourne em nosso horizonte ao Sul. Esta é a região da Nárnia de Lewis, o mundo que inventará, em anos vindouros, inspirado pela Terra-média de Tolkien. Assim como Ulster, que passa debaixo de nós, esse mundo de Nárnia terá uma costa oriental, e, no interior, uma paisagem como o Condado de Down, com pântanos e charnecas ao Norte e montanhas ao Sul. Seguimos contornando a península até Belfast Lough, cheio de navios, como de costume, com a cidade reluzindo ao longe. Os grandes guindastes das docas de Harland and Wolff — à época, os maiores estaleiros do mundo — podem ser vistos agora, e navios imponentes como o *Olympic* e, mais tarde, o *Titanic*

[3]Meio-Oeste. (N.T.)

tomam forma graças ao labor de engenheiros habilidosos e inventivos.

Mais ou menos ao mesmo tempo em que Tolkien está fascinado pelos topônimos galeses nos carros de carvão, Clive Staples Lewis, bem mais jovem, tem sua própria epifania. Seu irmão Warren Lewis, de seis anos, entra correndo no quarto de crianças de Dundela Villas, uma casa robusta bem próxima às margens de Belfast Lough, não longe das docas de Harland and Wolff. Traz a tampa de uma lata de biscoitos cheia de musgo, flores e gravetos para mostrá-la, orgulhoso, ao irmão menor. Este é o primeiro encontro com a beleza que Lewis relembrará mais tarde, uma experiência crua e "incuravelmente romântica". Ela permite que ele, ainda com menos de três anos de idade, veja de um modo novo o jardim lá fora, onde ele e o irmão "Warnie" brincam. Pois Warren transformou a tampa em um jardim-miniatura de mentirinha, revestindo-a cuidadosamente com musgo e espetando flores e gravetos na terra com arte. Até ali, ele e o irmão brincaram em seu jardim real, ignorando até mesmo a forma das folhas. Agora Lewis vê seu jardim, e o mundo natural ao seu alcance infantil, por meio da criação de Warren. "Isso me deu consciência da natureza", lembra ele mais tarde em *Surpreendido pela alegria*, "não de fato como um depósito de formas e cores, mas como algo fresco, orvalhoso, vigoroso, exuberante." Sua importância aumentará ainda mais na lembrança, transformando-se em uma imagem de paraíso inalcançável, um meio de capturar um anseio inconsolável que ele chamará de "alegria" ou *Sehnsucht*,[4] e que se torna um claro fio condutor que perpassa toda a sua obra. Na verdade, o jardim de brinquedo do irmão contribui para sempre com sua imaginação do Paraíso. A epifania de Lewis marca o começo de um processo habitual

---

[4]Saudade ou nostalgia, em alemão. (N.T.)

de "ver a partir de" — olhar desde as lembranças, a literatura ou qualquer outra lente para apanhar a qualidade, sempre fugidia mas inconfundível, de alegria e beleza que ele busca sem cessar. Passar-se-ão muitos anos — na verdade quase metade de sua vida — até que encontre algo concreto e satisfatório o bastante que possa ser verdadeiramente *visto* por meio dessas experiências que engendram a alegria. É nesse ponto que, relutantemente, admite que estava errado ao crer que Deus não existe, ou ao crer que ele é meramente uma força manifesta na natureza. Descobre que Deus é mesmo a fonte de nossa existência. Como dirá Lewis: "Ele é o centro opaco de todas as existências, a coisa que simples e inteiramente *é*, a fonte da fatualidade".[5]

Tolkien e Lewis continuarão a ter infâncias surpreendentemente dominadas pela imaginação. Lewis, em Belfast, criará (com o irmão Warren) um mundo de animais falantes chamado Boxen e Animal Land, enquanto Tolkien, nas Midlands inglesas, inventará línguas e sucumbirá ao feitiço de idiomas existentes como o galês e o finlandês, e, mais tarde, o antigo gótico. Significativamente, ambos perderão as mães; Lewis, aos nove anos, Tolkien, aos doze. Tolkien já perdeu o pai; isso foi numa idade em que a memória apenas começava a se organizar o suficiente para produzir lembranças; Lewis alienar-se-á do pai pela morte da mãe e pelo que sentirá, na época, ser um banimento para a Inglaterra, para um infeliz internato. Tanto Tolkien quanto Lewis começarão a escrever a sério durante a 1ª Guerra Mundial, em que Lewis será ferido e Tolkien perderá dois de seus amigos mais íntimos.

---

[5]A vinheta baseia-se em referências de Tolkien aos carros de carvão, em cartas e entrevistas. A linha ferroviária ainda passa perto dos fundos de sua casa, Westfield Road, nº 86, mas a estação de King's Heath desapareceu. O relato sobre o jardim de Warren na lata de biscoitos e seu significado encontra-se em *Surpreendido pela alegria*, de C.S. Lewis, p. 3-4. "Ele é o centro opaco de todas as existências[...]": C.S. Lewis, *Milagres*, capítulo 11.

TOLKIEN NASCEU em 3 de janeiro de 1892 em Bloemfontein, África do Sul, e foi o primeiro filho dos cidadãos ingleses Arthur Reuel Tolkien e Mabel, nascida Suffield. Arthur Tolkien nascera em Birmingham, em 1857, e viajara à África do Sul para juntar-se ao Bank of Africa numa ascensão de carreira, e acabou numa importante filial em Bloemfontein, distante mais de mil quilômetros da Cidade do Cabo. Mabel também nascera em Birmingham, mas treze anos depois, em 1870. Sua família vinha originalmente de Evesham, Worcestershire, onde Hilary, irmão mais novo de Tolkien, acabou se estabelecendo como hortelão. Tolkien iria identificar-se com as West Midlands rurais, em especial com Worcestershire, e com a família da mãe, os Suffield, mais do que com os urbanos Tolkien. Em Bloemfontein, a família morava "sobre o banco na rua Maitland: para além ficavam as planícies poeirentas e sem árvores da estepe". Uma carta de Mabel Tolkien aos sogros descreve o bebê Tolkien como parecendo-se com "uma fada" quando usava babados e sapatos brancos e um avental. Ela também o descreve, na mesma carta, como "ainda mais elfo" quando despido. Em 17 de fevereiro de 1894, nasceu Hilary Arthur Reuel, o que proporcionou a Tolkien um companheiro que permaneceu após a morte de seus pais, um paralelo nos anos de infância ao companheirismo de Lewis e seu irmão Warnie.

Em abril de 1895, Mabel Tolkien e os filhos zarparam para a Inglaterra em consideração à saúde de Tolkien. O garoto não se adaptava ao calor de Bloemfontein. Arthur Tolkien permaneceu na cidade, absorto em suas responsabilidades profissionais. Os três foram morar com os pais de Mabel e sua irmã Jane, na minúscula casa da família na Ashfield Road, King's Heath, Birmingham. Tolkien ficou confuso com a mudança e, às vezes, esperava ver a varanda da Bank House em Bloemfontein projetando-se da casa dos

Suffield. Muitos anos depois, ele recordou: "Ainda me lembro de descer a rua em Birmingham e me perguntar o que teria acontecido à grande sacada, o que aconteceu com o terraço." Também era uma estranha novidade ver, pela primeira vez, uma árvore de Natal após o "calor estéril, árido".

Veio então uma notícia que mudou a família mais do que a geografia, e que por consequência iria mergulhá-la na pobreza. Em 15 de fevereiro de 1896, Arthur Tolkien faleceu, após breve convalescença, de febre reumática e hemorragia grave. Com apenas 39 anos de idade, foi sepultado no antigo cemitério na esquina das ruas St. George's e Church em Bloemfontein. O funeral já havia acontecido quando Mabel recebeu as informações que preenchiam as secas palavras do telegrama. A família não tinha dinheiro nem para pensar em visitar o túmulo a milhares de quilômetros de distância.

Naquele verão, a família, consternada, mudou-se para a rua Gracewell, nº 5, um chalé vistoso e de bom tamanho, bem localizado, quase em frente à beira do lago do Moinho de Sarehole, que ficava então cerca de um quilômetro e meio fora da cidade de Birmingham. Apesar de próximos à cidade, estavam no próprio coração da Warwickshire rural. Com cavalos e carroças apenas, estava "há muito tempo na quietude do mundo, quando havia menos barulho e mais verde". Para Tolkien, esse se tornou seu lar, associado a lembranças da mãe que logo haveria de perder: "O Condado é muito parecido com o tipo de mundo em que primeiro tomei consciência das coisas[...] Se a sua primeira árvore de Natal é um eucalipto murcho e se você normalmente se aborrece com calor e areia — então [...] bem na idade em que a imaginação está se abrindo, encontrar-se de repente num tranquilo vilarejo de Warwickshire, acho que isso engendra um amor especial pelo que se poderia chamar de paisagem inglesa das Midlands centrais, baseada em boa água, pedras e olmos e riozinhos tranquilos e assim por diante, e é claro, gente rústica em volta." O Moinho de Sarehole (ainda conservado na Birmingham de hoje) produziu uma impressão especial em sua imaginação: "Havia um velho moinho que realmente moía grãos de milho com dois moleiros, um grande lago com cisnes, uma cova de areia, um maravilhoso pequeno vale com flores, algumas casas de aldeia antiquadas e, mais adiante, um riacho com outro moinho." Tolkien apelidou o aterrorizante filho do moleiro de "O Ogro Branco". As crianças locais, desconfiadas dos seus cabelos compridos (costumeiros para meninos de classe média), zombeteiramente chamavam Tolkien e Hilary de "raparigas". (Como era de se esperar, Tolkien ficou fascinado com a denominação.) Em uma carta, Tolkien fala do velho moleiro e de seu filho infundindo-lhe terror e espanto quando era garotinho. Em outra carta, escreveu sobre passar os anos de infância "no 'Condado' numa era pré-mecânica". Acrescentou que era um hobbit de fato, porém não no tamanho. Como os hobbits, apreciava jardins, árvores e terras cultivadas que não fossem mecanizadas. Também ele fumava cachimbo e gostava de comida simples. Nos insípidos meados do século XX, ousava usar coletes ornamentais. Gostava de cogumelos recém-colhidos do campo e de expressar seu senso de humor muito básico, que alguns achavam enfadonho. Também registrou que se deitava tarde e, quando podia, levantava-se tarde. Como os hobbits, viajava pouco. Em *O Senhor dos Anéis*, escreveu sobre um moinho na Vila dos Hobbits, localizado à margem do Água, que foi demolido e substituído por uma construção de tijolos que poluía o ar e a água.

Pode ter sido por volta dessa época que começou outra importante característica de sua imaginação: seu sonho recorrente com uma grande inundação, uma onda verde. Eventualmente, após uma longa gestação, essa parte de suas lembranças foi incorporada ao mesmo mundo imaginado onde ficava o Condado, a Terra-média. O sonho tornou-se o relato ficcional de Tolkien sobre a destruição de Númenor, seu mito de Atlântida.

Em 1900, Tolkien ingressou na King Edward's School, uma escola primária que ficava perto da estação New Street, Birmingham, com as mensalidades pagas por um tio. Nesse tempo, Mabel Tolkien e sua irmã May foram recebidas na Igreja Católica Romana a despeito de uma dolorosa oposição de sua família protestante e dos sogros Tolkien, o que resultou numa pobreza aflitiva que não era de costume para Mabel. Mudaram-se do ambiente rural para um lugar logo no interior do perímetro urbano, em Moseley, um pouco mais perto do Oratório de Birmingham. Fundado pelo cardeal Newman em 1859, este se tornara o lar espiritual de Mabel. O visionário John Henry Newman (1801-1890) muito fizera para revitalizar o catolicismo romano, levando sua erudição de Oxford, sua imaginação e sua independência para aquela Igreja. Moseley ficava na linha de bonde até o centro da cidade, o que facilitou a Tolkien o transporte até a escola. No ano seguinte, os Tolkien tiveram de mudar-se outra vez, para uma fileira de casas dando de fundos para uma ferrovia perto da estação de King's Heath, e foi lá que Tolkien descobriu os trens de carvão com nomes galeses. Mais tarde, mudaram-se para uma casa caindo aos pedaços na Oliver Road (hoje demolida como parte das melhorias da zona central), no distrito de Edgbaston, a pouca distância a pé do oratório e perto da represa. O horizonte era dominado por duas torres que ainda existem. Os historiadores locais afirmam que foram a inspiração para as torres de Gondor na Terra-média de Tolkien, Minas Morgul e Minas Tirith, mas não se assemelham a elas. Uma é Perrott's Folly,[6] com

[6]Insensatez de Perrott. (N.T.)

29 metros de altura, talvez a construção mais esquisita de Birmingham, erguida em 1756. A outra é a torre da Usina Hidráulica Vitoriana. Por um tempo os irmãos Tolkien deixaram a King Edward's School e se matricularam na escola do próprio Oratório, St. Philip's, onde as mensalidades eram menores. Em 1903, no entanto, Tolkien obteve uma bolsa de estudos da King Edward's, a apenas três quilômetros de sua casa em Edgbaston, e voltou a estudar ali no outono. Tolkien fez a primeira comunhão naquele ano, marcando sua devoção à fé católica romana da mãe.

Pelo seu contato com a St. Philip's School, Mabel e os filhos conheceram o padre Francis Xavier Morgan, que iria transmitir a Tolkien alguns dos ideais de educação do cardeal Newman. Francis Morgan era um pároco ligado ao Oratório, e trabalhara com Newman. O padre Morgan proporcionou amizade, conselhos e dinheiro à família desprovida de pai. Como os meninos frequentemente estavam doentes e a mãe estava desenvolvendo diabetes, ele lhes possibilitou mudarem-se para o bonito chalé do Oratório, perto do retiro rural do Oratório no vilarejo próximo de Rednal, bem no interior de Worcestershire, no verão de 1904. Ali a atmosfera rural era como a de Sarehole. Mabel morreu lá alguns meses mais tarde, e o padre Morgan, agora tutor dos meninos, assumiu a responsabilidade por eles. Ajudou-os financeiramente, encontrou alojamento para eles em Birmingham e levou-os a viagens de férias. Inicialmente os irmãos Tolkien mudaram-se para viver com sua tia Beatrice, irmã de Mabel, na Stirling Road, Edgbaston. Compartilhavam o quarto do andar superior de sua sombria casa, que tinha uma ampla vista de miríades de telhados, com chaminés de fábricas ao longe.

Tolkien lembrava-se da mãe como mulher de grandes dons, beleza e espírito. Ela estava profundamente familiarizada, percebeu ele, com o sofrimento e a dor. Ele acreditava implicitamente que sua morte prematura, aos 34 anos, fora precipitada pela "perseguição" de sua fé católica romana pelos parentes não conformistas. O impacto de sua morte sobre os irmãos, acumulado à perda anterior do pai, mal pode ser imaginado. "Foi a minha mãe", escreveu Tolkien, "que me ensinou (até eu obter uma bolsa de estudos), a quem devo meus gostos pela filologia, em especial das línguas germânicas, e pelo romance." Aqui, "romance" significava para Tolkien histórias e poesias que davam um relance de outros mundos e que apelavam diretamente à imaginação por sua estranheza e maravilha.

Mabel Tolkien foi sepultada no cemitério da Igreja Católica Romana de S. Pedro em Bromsgrove, não longe de Rednal. Tolkien recordou: "Testemunhei (compreendendo pela metade) os sofrimentos heroicos e a morte prematura, em extrema pobreza, de minha mãe, que me conduziu à Igreja; e recebi a espantosa caridade de Francis Morgan. Mas apaixonei-me pelo Santíssimo Sacramento desde o começo[...]"

Clive Staples Lewis nasceu em 29 de novembro de 1898, nos abastados arredores de Belfast, no norte da Irlanda, filho de Albert J. Lewis (1863-1929), um advogado sênior empregado do Conselho da Cidade de Belfast e de outras entidades, e de Florence (Flora) Augusta, nascida Hamilton (1862-1908). Ambos os pais gostavam de escrever histórias, e Flora publicou uma em *The Household Journal* de 1889 com o título de "A Princesa Rosetta". O irmão de Lewis, Warren Hamilton Lewis, nasceu em 16 de junho de 1895. Logo depois de aprender a falar, o jovem Lewis insistiu em ser chamado "Jacksie" — e "Jack" ele permaneceu para os amigos íntimos e a família pelo resto da vida (apesar de, conforme o costume, os amigos de Lewis em Oxford normalmente se chamarem pelos sobrenomes, ou por apelidos.

Lewis era simplesmente chamado de "Lewis"; Tolkien, frequentemente de "Tollers"[7]). A História do início de sua vida, de sua conversão do ateísmo ao cristianismo e de sua consciência da alegria e do anseio por uma realização exterior a si próprio está contada na sua autobiografia *Surpreendido pela alegria* (1955) e sua alegoria *O regresso do peregrino* (1933). A família Lewis frequentava a igreja anglicana de S. Marcos, Dundela, onde o pai de Flora, Thomas Hamilton, era pároco. O pai de Albert, Richard Lewis, era sócio de uma empresa de construção naval de Belfast, um evangélico preocupado com as condições sociais da classe operária.

Em 1905, a família Lewis mudou-se para sua casa recém-construída, "Little Lea" ["Pequena Campina"], nos arredores de Belfast. A casa tornou-se parte importante da infância de Lewis.

> A Casa Nova é quase que um personagem principal em minha história. Sou um produto de longos corredores, quartos vazios e ensolarados, silêncios porta adentro no andar de cima, sótãos explorados a sós, ruídos distantes de caixas d'água e canos gorgolejantes, e do ruído do vento sob as telhas. Também de infindos livros[...] Havia livros no estúdio, livros na sala de visitas, livros no guarda-roupa, livros (na frente de outros livros) na grande estante no patamar da escada, livros num quarto de dormir, livros empilhados até a altura de meus ombros no sótão da caixa d'água, livros de todos os tipos refletindo todas as etapas transitórias dos interesses de meus pais, livros legíveis e ilegíveis, livros adequados a crianças e livros muito enfaticamente inadequados[...] Sempre tive a mesma certeza de encontrar um livro que me fosse novo como um homem que caminha no campo tem de encontrar uma nova folha de capim.

[7]Toller significa sineiro, aquele que fabrica ou toca sinos e também significa cobrador. (N.E.)

Lewis forneceu-nos um retrato de si mesmo no período anterior à morte da mãe. Escrito em seu diário em dezembro de 1907, ele foi registrado nos *Lewis Family Papers* [Registros da família Lewis], meticulosamente compilados na década de 1930 por Warren Lewis, e intitula-se *Minha vida, por Jacks Lewis*. Ali escreve sobre "Papy", sendo, naturalmente, o senhor da casa. No seu pai, registrou, as características dos Lewis eram intensamente marcadas — o mau humor e a natureza sensível. Sua mãe era como a maioria das mulheres de sua idade, observou: "corpulenta, cabelos castanhos, óculos, principalmente ocupada em tricotar". Ele próprio, acreditava, era semelhante à maioria dos garotos da sua idade, e confessava: "Sou como Papy, mal-humorado, lábios grossos, magro e geralmente usando malha."

Menos de dois meses depois, Flora Lewis foi submetida a uma severa cirurgia para tratamento de câncer. Em maio de 1908, ela levou Lewis consigo até Lane Harbour para uma visita de convalescença. Mas a cirurgia não teve sucesso para deter a invasão do câncer, e ela faleceu em 23 de agosto, no aniversário de Albert Lewis. Albert perdera o pai pouco antes no mesmo ano, e seu irmão Joseph morreria duas semanas depois. Além da dor, assumiu o encargo de cuidar sozinho dos dois filhos. Lewis falou da perda em *Surpreendido pela alegria*: "Com a morte de minha mãe, toda a felicidade assentada, tudo o que era tranquilo e confiável desapareceu de minha vida. Haveria de vir muita diversão, muitos prazeres, muitas pontadas de alegria; porém, mais nada da antiga segurança. Agora era mar e ilhas; o grande continente afundara como Atlântida."

Pouco menos de três anos antes do nascimento de Tolkien, em 21 de janeiro de 1889, sua futura esposa, Edith Bratt, nascera em Gloucester. Sua mãe Frances então voltou com Edith à área de Birmingham, indo morar em

Handsworth como mãe solteira. Edith foi criada pela mãe e por Jennie Grove, prima desta. A mãe jamais revelou o nome do pai de Edith. Foi por causa dos infortúnios de sua infância, e dos de Tolkien, que os dois se encontraram, se apaixonaram e acabaram se casando, apesar de essas mesmas circunstâncias, inevitavelmente, trazerem tensões e constrangimentos ao seu romance e às suas vidas entrelaçadas.

Em 1903, no ano em que Tolkien obteve a bolsa de estudos na King Edward's School, morreu Frances, mãe de Edith Bratt. Edith foi mandada à Dresden House School em Evesham, onde recebeu uma educação musical e desenvolveu seu talento e gosto pelo piano. Passaram-se alguns anos antes que ela voltasse a Birmingham.

Por volta de 1907, Edith completou o ensino no internato. Seu tutor legal, Stephen Gateley, encontrou-lhe um alojamento em Duchess Road, nº 37, Birmingham, no lar da família Faulkner. A sra. Faulkner era ativa na paróquia do Oratório e conhecida do padre Morgan. No ano seguinte, ele buscou para os irmãos órfãos Tolkien uma moradia mais adequada do que a tia Beatrice podia proporcionar e decidiu que a sra. Faulkner poderia oferecê-la. Foi assim que Tolkien, aos 16 anos, conheceu Edith Bratt, com 19, e tornaram-se amigos e aliados contra "A Velha Senhora". Logo ele se apaixonou. Edith era bonita, pequena e esbelta, com olhos cinzentos. O padre Morgan (como o rei Thingol na história de Tolkien sobre Beren e Lúthien, em "O Silmarillion"[8]) reprovou esse amor assim que o descobriu. Temia que

[8]Em todo este livro, fiz distinção entre "O Silmarillion" e *O Silmarillion* (em itálico). "O Silmarillion" refere-se ao vasto corpo de material inacabado — incluindo histórias em prosa e verso, anais e notas sobre as línguas élficas — que abrange as três eras da Terra-média. Esse material foi publicado após a morte de Tolkien em *Contos inacabados* e nos 12 volumes de *The History of Middle-earth* [A História da Terra-média]. *O Silmarillion* (em itálico) refere-se ao livro publicado em 1977, editado por Christopher Tolkien, que apresenta um texto conciso, reconstruído e coerente tão próximo quanto possível do conteúdo imaginado por Tolkien.

Tolkien se distraísse dos estudos e preocupou-se com o fato de Edith não ser católica romana. Ordenou a seu tutelado não se encontrar com Edith até completar 21 anos. Edith acabou se mudando para Cheltenham, perto do lar original de sua mãe, indo morar com amigos idosos da família, "tio e titia Jessop". Durante esse período, acabou ficando noiva de George Field, um fazendeiro de Warwickshire.

Algumas semanas após a morte da mãe, em setembro de 1908, Lewis foi matriculado na Wynyard School, Watford, Hertfordshire. Seu irmão entrara nessa escola em maio de 1905. Lewis achou difícil suportar o regime da Wynyard, aprendendo muito pouco para satisfazer sua mente faminta. "O único elemento estimulante do ensino", registra em *Surpreendido pela alegria*, "consistia em algumas bengalas bastante usadas penduradas na cornija da lareira, de ferro verde, da única sala de aula." Assim como a perda da mãe, o sofrimento causado por um diretor de escola à beira da insanidade (mais tarde atestada) aproximou ainda mais os dois irmãos.

Misericordiosamente, a escola fechou no período de verão de 1910 e, em setembro, Lewis foi matriculado no Campbell College, a apenas um quilômetro e meio de "Little Lea", onde ficou até novembro, quando foi retirado da escola por ter adquirido sérias dificuldades respiratórias. Estas não foram aliviadas pelo fato de que, àquela altura, Lewis, como o irmão, era fumante inveterado às escondidas. Na verdade, na primavera de 1911, Warren armou-se de coragem e pediu ao pai permissão para fumar. Após o fracasso da experiência no Campbell College, Lewis, nas pegadas de Warren, foi enviado a Malvern nas Midlands inglesas, lugar famoso como estância de saúde, em especial para os que sofriam de problemas pulmonares. Foi matriculado como aluno na Cherbourg House (que, em *Surpreendido pela alegria*, mencionou como "Chartres" para ocultar sua identidade), uma escola preparatória perto do Malvern College onde Warnie estudava. Lewis lá ficou até junho de 1913. Durante esse tempo, abandonou a fé cristã de sua infância a favor do materialismo (que mais tarde, em seu livro *Milagres*, chamou de "naturalismo") e buscou consolo em sua vida imaginária.

Enquanto Tolkien frequentava a King Edward's School, no verão de 1910, formou com vários amigos um grupo de discussão com interesses literários, cujos principais membros além de Tolkien eram Geoffrey Bach Smith, Robert Quilter "Rob" Gilson (filho do principal professor da King Edward's School) e Christopher Wiseman. O grupo chamou-se inicialmente Tea Club (T.C.)[9], e mais tarde Barrovian Society (B.S.)[10], pois o salão de chá das lojas Barrow's na rua Corporation, perto da escola, tornara-se o lugar de reunião predileto. Isso foi combinado nas iniciais T.C.B.S. Geoffrey Bach Smith comentou alguns dos poemas precoces de Tolkien, incluindo seus versos originais sobre Eärendil (então grafado "Earendel"). Foi por volta da época de formação do clube que Tolkien começou a inventar o que chamava de línguas "particulares", já sendo hábil em latim e grego. Os amigos de Tolkien apreciavam seu interesse pelas sagas nórdicas e pela literatura inglesa medieval.

De acordo com o biógrafo autorizado de Tolkien, Humphrey Carpenter, Christopher Wiseman e Tolkien compartilhavam o interesse pelo latim e grego, pelo rúgbi e o deleite de discutir qualquer coisa sob o sol. Wiseman também simpatizava com as experiências de Tolkien com línguas inventadas, pois ele próprio estava estudando os hieróglifos e o idioma do antigo Egito.

---

[9]Clube do Chá. (N.T.)
[10]Sociedade Barroviana. (N.T.)

Depois que Tolkien saiu da escola para Oxford em 1911, os quatro continuaram a se encontrar e a se escrever, até que a guerra destruísse sua associação. A T.C.B.S. deixou uma marca permanente no caráter de Tolkien, que ele capturou na ideia de "sociedade", como a Sociedade do Anel. Mais tarde, a amizade com C.S. Lewis ajudaria a satisfazer essa importante faceta de sua natureza.

Em outubro de 1911, Tolkien ingressou no Exeter College, Oxford, para estudar *Classics.*[11] No ano seguinte, tinha uma tumultuada vida social, e também iniciou seu próprio clube estudantil, o Apolausticks, dedicado à "autoindulgência" (o que, naquela época, significava pouco mais que animação juvenil). Nessa época, Joseph Wright começou a instruir Tolkien. Ainda na King Edward's School, Tolkien encantara-se ao adquirir um exemplar de segunda mão do *A Primer of the Gothic Language* [Cartilha da língua gótica], de Wright. Aquele nativo de Yorkshire, de origens humildes (começou trabalhando numa fábrica de lã quando tinha apenas seis anos de idade e aprendeu a ler sozinho aos 15), por meio de longo labor tornara-se professor de filologia comparada em Oxford. Uma de suas façanhas foram os seis grandes volumes do seu *English Dialect Dictionary* [Dicionário de dialetos ingleses]. Ao par de seus estudos com Wright, Tolkien também começou a aprender galês — a língua que o fascinara quando garoto — e descobriu o finlandês. Foi por volta dessa época que começou a inventar as línguas élficas, uma das quais chamou de quenya, baseada no finlandês e aparentada com outra chamada de sindarin, baseada no galês. Quarenta anos depois, Tolkien refletiu que é comum as crianças começarem a criar idiomas imaginários, e que algumas elaboram mais — ele fizera isso desde que aprendera a escrever. No

[11] *Classics* é o estudo da língua, literatura, história, arte e outros aspectos do Mundo Mediterrâneo Antigo, especialmente dos impérios da Grécia e Roma. (N.E.)

verão de 1913, Tolkien obteve um grau de Segunda Classe nos *Honour Moderations*[12], e mudou de rumo para a Escola de Inglês depois de receber nota máxima em filologia comparada. Nessa época, leu o grande poema aliterante[13] *Christ* [Cristo], do século VIII, por Cynewulf e outros. Muitos anos depois, citou *Eala Earendel engla beorhtost* ("Eis Earendel, mais brilhante dos anjos"), de *Christ*, como "palavras arrebatadoras das quais acabou por nascer toda a minha mitologia". Estudando em Oxford, seus pensamentos voltavam-se mais e mais para Edith Bratt à medida que se aproximava seu 21º aniversário.

O decreto do padre Morgan trouxera uma longa separação, mas Tolkien era leal ao seu benfeitor, o único pai que conhecera de verdade. Enfrentou outro obstáculo a intimidá-lo além da separação: persuadir Edith a renunciar a George Field, em favor de um aspirante a erudito com perspectivas aparentemente duvidosas. Quando Tolkien escreveu sobre o eventual noivado, o padre Morgan aceitou-o sem mais reclamações. Os dois noivaram formalmente quando Tolkien tinha 22 anos de idade, depois de Edith ser recebida na Igreja Católica Romana em Warwick. Ela se mudara para lá de Cheltenham no ano anterior, com Jennie Grove, prima de sua mãe, e seu cachorro Sam.

Em 4 de agosto de 1914, a Grã-Bretanha declarou guerra à Alemanha e demandava pessoal para o combate. Em outubro daquele ano, quando Tolkien retomou os estudos após o verão, viu-se numa universidade que se esvaziava depressa. Era claro que nada voltaria a ser como antes. Depois de obter um grau de Primeira Classe (*magna cum laude*) em língua e literatura inglesa no verão seguinte, foi alistado nos Lancashire

---

[12]Exames na Universidade de Oxford, normalmente realizados no primeiro trimestre no período letivo. (N.E.)

[13]Na poesia aliterante, cada verso normalmente contém três palavras cujas sílabas tônicas *começam* pelo mesmo som consonantal ou por vogal. (N.T.)

Fusiliers[14], seguindo o amigo G.B. Smith, da T.C.B.S. Em 22 de março de 1916, Tolkien casou-se com Edith na igreja católica de Sta. Maria Imaculada em Warwick.

Nos *Lewis Papers,* há alguns fragmentos curiosos relacionados à juventude de Lewis. Warren Lewis, o compilador dos *Papers,* fala da "natureza reservada e solitária da vida de Clive durante a adolescência" e insere uma obra incompleta de ficção, escrita pelo irmão, sobre um rapaz de 14 ou 15 anos que mora numa casa inconfundivelmente semelhante a "Little Lea". O jovem C.S. Lewis escreveu nessa história que um menino ocultara um tesouro especial num canto escuro do seu quarto. Quando se ajoelhava nesse canto, especialmente em um dia muito "solitário", podia ouvir os ventos rodopiando em torno das entranhas da casa. Seu "tesouro" era uma pilha irregular de papéis — canções, peças e histórias. Era tudo o que ele tentara escrever durante os anos de juventude. Por baixo dos papéis, agora desbotados com os anos, havia muitos desenhos que fizera antes de saber escrever. Além de seus escritos e desenhos havia outras coisas — caixas de tintas, gravuras extraídas de anuários para meninos, um pequeno número de livros proibidos e, quando os fundos permitiam, cigarros. Esse detrito compunha o tesouro do rapaz, "minha religião: pois era meu passado, e o passado era tudo o que eu já tornara meu".

O jovem Lewis, de fato, cada vez mais fazia sua "religião" a partir de suas lembranças, experiências e descobertas literárias, a partir de sua mais profunda subjetividade. Em setembro de 1913, ele recebera uma bolsa de estudos e ingressara no Malvern College. Por volta dessa época, trabalhou em *Loki atado,* uma tragédia poética sobre os deuses

[14]Regimento de infantaria. (N.E.)

nórdicos. Então, em abril de 1914, conheceu alguém que se tornaria uma alma gêmea, Arthur Greeves (1895-1966), que morava numa grande casa perto de "Little Lea". Lewis disse sobre ele, em 1933, que, depois de seu irmão Warren, Arthur era seu amigo mais antigo e chegado. Logo depois ocorreu um segundo evento que mudou sua vida. Em 19 de setembro de 1914, Lewis começou um estudo particular com W.T. Kirkpatrick, "*The Great Knock*" [O grande golpe], em Great Bookham, Surrey, com quem permaneceria até abril de 1917. William T. Kirkpatrick (1848-1921) fora diretor do Lurgan College, condado de Armagh, no norte da Irlanda, de 1874 a 1899. Albert Lewis frequentara Lurgan de 1877 a 1879 e mais tarde tornara-se procurador de Kirkpatrick. Depois que Kirkpatrick se aposentou de Lurgan em 1899, começou a admitir alunos particulares, e já preparara Warnie com êxito para admissão no Royal Military College em Sandhurst. Kirkpatrick preparou Lewis com rigor para a entrada na Universidade de Oxford. Lewis, afetuosamente, relembrou o tom crítico característico das pessoas do norte da Irlanda no personagem Andrew MacPhee de *That Hideous Strength* [Aquela força medonha], e há uma versão suavizada (com uma visão diferente do mundo) no vulto do professor Digory Kirke em *As Crônicas de Nárnia*. Lewis comentou em *Surpreendido pela alegria*: "Se algum homem alguma vez se aproximou de ser uma entidade puramente lógica, esse homem era Kirke. Tivesse nascido um pouco depois, teria sido um positivista lógico. A ideia de que um ser humano houvesse de exercitar seus órgãos vocais para outro propósito que não comunicar ou descobrir a verdade era-lhe absurda. A mais fortuita observação era tomada como convocação à disputa." Lewis acreditava que "Kirk" lhe ensinara a pensar.

Sua tutela particular pelo irlandês foi um dos períodos mais felizes de sua vida. Não somente amadureceu e cresceu depressa sob a estrita racionalidade do mestre, mas também descobriu a beleza da paisagem inglesa e escritores de fantasia como William Morris. Tendo descoberto *Phantastes*, de George MacDonald, no começo de março de 1916, Lewis escreveu sobre seu poder a Arthur Greeves: "É claro que não tenho esperança de tentar descrevê-lo, mas quando você tiver seguido o herói Anodos ao longo do riacho do bosque encantado, tiver ouvido sobre o terrível freixo [...] e ouvido o episódio de Cosmo, sei que concordará comigo." Em *Surpreendido pela alegria*, Lewis descreve o efeito como "um batismo para sua imaginação", que o impressionou com um profundo senso do sagrado.

Em 6 de junho de 1916, Tolkien chegou a Calais, na costa plana da França setentrional. De julho a outubro, serviu na Batalha do Somme. Foi uma das mais mortíferas batalhas da 1ª Guerra Mundial. Rob Gilson, da T.C.B.S., morreu já no primeiro dia. Quando a batalha terminou, em meados de novembro, o ganho total dos aliados fora de uns 13 quilômetros, ao custo de 615 mil mortes de aliados e cerca de quinhentas mil alemãs. Tolkien não escreveu enquanto esteve nas trincheiras, como pensaram alguns. "Tudo isso é um logro", retorquiu numa entrevista. "Podia-se rabiscar algo nas costas de um envelope e enfiá-lo no bolso de trás, mas era só. Não se podia escrever. Isto (apontando sua garagem convertida) seria um abrigo enorme. A gente se acocorava no meio das moscas e da sujeira." No entanto, logo pôde voltar a escrever. Em novembro de 1916, Tolkien foi mandado de volta à Inglaterra, sofrendo de "febre das trincheiras". As lembranças da guerra moderna iriam assolar seus escritos posteriores, como em "A passagem dos pântanos" de *O Senhor dos Anéis*: ali lemos sobre Sam tropeçando ao correr adiante. Sua mão afunda no lamaçal. Dando um salto para trás, exclama horrorizado que havia rostos mortos na água. Gollum ri da sua reação e explica o nome de "Pântanos Mortos". Houvera uma grande batalha muito tempo antes, em que inúmeros homens e elfos tinham tombado. Para Tolkien, aqueles rostos fitando debaixo da água, mortos havia muito tempo, poderiam incluir seus amigos tombados Smith e também Gilson.

Logo depois que Tolkien chegou de volta à Inglaterra, no dia 3 de dezembro de 1916, G.B. Smith, da T.C.B.S., foi ferido por fogo de artilharia e morreu de gangrena alguns dias mais tarde. Escreveu a Tolkien pouco antes de ser ferido, dizendo como a T.C.B.S. — os "quatro imortais" — continuaria vivendo, mesmo que ele morresse naquela noite. Smith concluiu: "Que Deus o abençoe, meu caro John Ronald, e que você possa dizer as coisas que tentei dizer muito tempo, depois que eu não mais exista para dizê-las, se tal for minha sina." A perda de dois dos seus três amigos mais achegados foi uma forte motivação para que Tolkien redigisse sua mitologia, para dar algum sentido às suas aspirações. Mais tarde ele observou: "Um gosto real pelos contos de fadas foi despertado pela filologia no limiar da idade adulta, e estimulado à vida plena pela guerra."

No começo de 1917, Tolkien, recuperando-se em Great Haywood, um vilarejo de Staffordshire (para onde ele, Edith e Jennie Grove haviam se mudado vindos de Warwick), começou seriamente a moldar e escrever as histórias que se tornariam *O Silmarillion*, pondo no papel "A queda de Gondolin". Tolkien explicou: "Muito tempo antes de escrever *O hobbit* e muito tempo antes de escrever isto [*O Senhor dos Anéis*], eu havia construído essa mitologia mundial." Após ser transferido temporariamente para Yorkshire (perto de Hornsea), a volta da enfermidade o colocou num sanatório em Harrogate. Criou outra história para uma versão primitiva de "O Silmarillion", *O livro dos contos perdidos* — a história de Túrin Turambar, influenciada pelo conto finlandês de Kullervo do *Kalevala*. A maior parte de *O Livro dos contos perdidos* e seu "léxico gnômico" foram escritos na convalescença em 1916-1917. Tolkien comentou: "Minhas histórias parecem germinar como um floco de neve em torno de uma partícula de poeira."

Em 16 de novembro de 1917, nasceu o primeiro filho de Tolkien, John Francis Reuel Tolkien (falecido em 2003), levando o nome do pai e do tutor do pai, o padre Francis Morgan. "Reuel" era um nome favorecido pela tradição familiar. A mãe e o filho mudaram-se para Roos, ao norte do estuário do Humber, para ficarem perto do acampamento militar em que Tolkien estava na época. Edith ajudou a inspirar o grande conto de Lúthien e Beren, sua primeira História de "lá e de volta outra vez", que foi criada no começo da evolução de "O Silmarillion". Ele fala do amor entre a elfa Lúthien e o humano Beren, e de como ela renunciou à imortalidade para se casar com ele. Beren, por sua vez, tem de cortar uma silmaril, uma joia mágica, da Coroa de Ferro de Morgoth para conquistar Lúthien. A história tinha para Tolkien um significado tão pessoal que Lúthien e seu amante Beren tornaram-se apelidos carinhosos de Edith e dele próprio. A concepção da história estava ligada a um incidente em que os dois penetraram num pequeno bosque em Roos. Lá, no meio da cicuta, ela dançou e cantou para ele. Beren, na história, encontra Lúthien pela primeira vez dançando entre a cicuta nos bosques de Neldoreth. Quando Edith morreu em 1971, ele incluiu "Lúthien" na sua lápide. Mais tarde foi acrescentado seu próprio apelido carinhoso, "Beren".

Mais ou menos na época em que Tolkien voltava da Batalha do Somme, Lewis, então com 18 anos, candidatou-se a uma bolsa de estudos e foi admitido na University College, Oxford, onde estudou de 26 de abril até setembro de 1917. Não havia alistamento para nascidos na Irlanda, portanto, ele apresentou-se, voluntariamente, ao exército e foi aquartelado no Keble College, Oxford, para treinamento de oficiais. Seu colega de quarto no Keble College era outro irlandês, Edward Courtnay Francis "Paddy" Moore (1898-1918). Paddy era filho de Janie King Moore (1872-1951), que deixara um casamento infeliz e a Irlanda em 1907 para viver em Bristol com Paddy e sua irmã Maureen Daisy Helen (1906-1997). Com o alistamento de Paddy, a sra. Moore e Maureen mudaram-se para Oxford para ficarem perto dele. Ela e Lewis encontraram-se, pela primeira vez, em junho de 1917. Lewis foi feito oficial no 3º Batalhão, Somerset Light Infantry, a 25 de setembro de 1917, e chegou à linha de frente no Vale do Somme em novembro, por volta do seu 19º aniversário. Maureen, que à época tinha 11 anos, recordava-se: "Antes de meu irmão sair para as trincheiras da França, ele pediu a C.S. Lewis: [...] 'Se eu não voltar, você poderia cuidar de minha mãe e minha irmãzinha?'". A primeira impressão de Maureen sobre Lewis também está registrada: "Um tanto magro, mas bem apessoado, falante." Não conhecemos as impressões de Lewis sobre Maureen à época, mas sabemos que ficou imensamente atraído pela sra. Moore, um sentimento intensificado pela aparente desatenção de Albert Lewis ao filho àquele tempo. Em janeiro de 1918, Lewis sobrevivera às primeiras semanas nas trincheiras e foi hospitalizado em Le Tréport, França, com "febre das trincheiras". Voltou à linha de frente no final de fevereiro e teve, conforme diz, um período bastante tranquilo até a grande ofensiva de primavera dos alemães, uma das mais sangrentas da guerra. Durante a Batalha de Arras, Lewis esteve na linha de frente ou perto dela. Ele recordava "os sustos, o frio, o cheiro de E.[xplosivo] P.[esado], os homens horrivelmente despedaçados ainda se movendo como besouros meio espremidos, os cadáveres sentados ou de pé, a paisagem da terra nua sem uma folha de capim, as botas usadas dia e noite até parecerem se unir aos pés". Logo depois que Lewis voltou ao seu batalhão, ele capturou sessenta prisioneiros alemães que haviam se rendido. Em 15 de abril, Lewis foi ferido por "fogo amigo" no Monte Bernenchon (perto de Lillers, França) durante a Batalha. Ao longo da maior parte de sua vida teve estilhaços no peito. Recuperou-se na Inglaterra e conseguiu voltar ao serviço militar em outubro, alocado em um acampamento em Ludgerhall, Andover. Foi desligado em dezembro de 1918, logo depois do fim da guerra. Ficou sabendo que Paddy Moore, seu antigo colega de quarto e amigo, fora morto em batalha e sepultado pouco ao sul de Peronne, França. Havia uma promessa a cumprir.

Várias doenças recorrentes impediram que Tolkien voltasse à frente de batalha e, provavelmente, fosse morto. Escreveu versões primitivas de grande parte de "O Silmarillion" enquanto convalescia. Na verdade, a maior parte do ciclo lendário de "O Silmarillion" já estava pronta antes de 1930 — antes da composição e publicação de *O hobbit*, antecessor de *O Senhor dos Anéis*. Nesses últimos livros, há numerosas referências a temas tratados em "O Silmarillion": ruínas de lugares outrora majestosos, locais de batalhas de muito tempo atrás, estranhos e belos nomes do passado profundo, e espadas élficas feitas em Gondolin, antes de sua queda, para as guerras dos orcs.

Assim como autores de ficção científica geralmente fazem uso de invenções e possibilidades tecnológicas plausíveis, Tolkien usou seu profundo e técnico conhecimento da língua em sua ficção. A invenção, na juventude, de duas formas do idioma élfico, inspirada pela descoberta do galês e do finlandês, iniciou um processo que levou à criação de uma História[15] e uma geografia que cercassem essas línguas, e de povos que as falassem (e a outras línguas). Ele explicou que teve de supor uma estrutura fonética subjacente do élfico primitivo, e depois modificá-la com uma sequência de mudanças tais como de fato ocorrem nos idiomas reais. Portanto, as línguas élficas resultantes tinham um caráter e uma estrutura consistentes, mas eram distintas.

Importância igual à da linguagem, na complicada composição de Tolkien, tem a paixão pelo mito e pelo conto de fadas, particularmente, como diz em uma carta, pela "lenda heroica no limiar do conto de fadas e da História." Nos seus interesses linguísticos e imaginativos, ele, constantemente, buscava "material, coisas com um certo tom e ar". Mitos, contos de fadas e palavras antigas frequentemente inspiravam e sustentavam o despontar das criações de sua mente e imaginação — suas línguas élficas e as sementes precoces de "O Silmarillion". Identificou o tom e a qualidade que buscava com a Europa setentrional e ocidental, a Inglaterra em particular. Tentou incorporar essa qualidade em sua ficção e suas línguas inventadas.

As histórias que criou nos anos de guerra — como "A queda de Gondolin" — vinham-lhe como algo dado, não como criação consciente. Esse senso de coisa dada e descoberta acompanhou-o por toda a vida. "O Silmarillion" pertence, essencialmente, a esse período, muito embora uma versão plena e desenvolvida não tenha sido publicada antes

[15]Há uma diferença, neste livro, entre o uso de História, com a inicial maiúscula, e história, em minúsculas. História faz referência à história geral da humanidade ou à história geral dos mundos criados por Tolkien e Lewis. Em minúsculas, história, refere-se às histórias ou romances criados por Tolkien e Lewis. Exemplo: *O Silmarillion* conta a História da Terra-média, enquanto cada crônica de Nárnia é uma história criada por Lewis. (N.E.)

de 1977, após a morte de Tolkien. Na verdade, evoluções da mitologia, da História e dos contos da Terra-média concebida na 1ª Guerra Mundial encontram-se em esboços inacabados que se estendem por mais de meio século, com consideráveis desenvolvimentos e mudanças da estrutura narrativa.

Mas com a saúde restaurada, a guerra terminada e uma jovem família, Tolkien precisava encontrar emprego. Logo conseguiu trabalho no novo *Oxford English Dictionary*, na seção "W", e mudou a família, em novembro de 1918, para a rua St. John, nº 50, em Oxford. Rapidamente, percebeu que precisava incrementar sua parca renda lecionando. Os estudantes vinham à sua casa. Foi necessário que a família se mudasse novamente, dessa vez, para a rua Alfred, nº 1 (mais tarde, renomeada como rua Pusey). Em 1920, Tolkien tinha alunos suficientes para encerrar seu trabalho no dicionário. Em outubro de 1920, a família comemorou o nascimento de Michael Hilary Reuel Tolkien (falecido em 1984). O Natal daquele ano testemunhou o começo das cartas de Papai Noel de Tolkien, que ele escrevia e ilustrava anualmente para os filhos.

A normalidade mal se instalara quando, em 1921, Tolkien assumiu um cargo sênior na Universidade de Leeds como professor de literatura inglesa. Por alguns meses depois da mudança, a família alugou Hollybank, uma casa de propriedade da srta. Moseley, sobrinha do cardeal Newman. Depois mudaram-se para St. Marks Terrace, nº 11, perto da universidade.

Tolkien relembrou os antigos dias de estudante e jovem acadêmico no discurso de despedida de Oxford em 1959: "Não posso evitar a lembrança de alguns dos momentos notáveis do meu passado acadêmico. A vastidão da mesa de jantar de Joe Wright (quando eu me sentava sozinho em uma extremidade, aprendendo os elementos da filologia grega com alguém de óculos cintilantes lá longe nas trevas). A bondade de William Craigie [um dos editores do *Oxford English Dictionary*] com um soldado desempregado em 1918[...]. Meu primeiro vislumbre do vulto singular e dominante de Charles Talbut Onions, obscuramente inspecionando a mim, um aprendiz novato na Sala do Dicionário (remexendo as tiras de papel acerca de WAG e WALRUS e WAMPUM).[16] Trabalhar sob a generosa capitania de George Gordon [professor de inglês] em Leeds. Ver Henry Cecil Wyld [o Professor Merton de Língua e Literatura Inglesa antes de Tolkien] despedaçar uma mesa do Cadena Café com o vigor de sua representação dos menestréis finlandeses entoando o *Kalevala*."

Em Leeds, Tolkien logo colaborou com o canadense Eric Valentine Gordon, que entrou na universidade em 1922, numa edição de *Sir Gawain e o Cavaleiro Verde*. Essa apresentação do texto do mais belo dentre todos os romances medievais ingleses ajudou a estimular o estudo da obra, muito apreciada por Tolkien. A edição também contém um importante glossário. Nancy Martsch conjetura: "Talvez, se tivesse ficado em Leeds, com Gordon, Tolkien tivesse escrito mais filologia; do modo como ocorreu, tornou-se amigo de Lewis e, em lugar disso, escreveu a mitologia." Gordon e Tolkien formaram o Clube Viking — que incluía a tradução de poemas infantis para o anglo-saxão[17]. Durante esse período, Tolkien fez uma bela tradução em verso do grande poema inglês antigo *Beowulf*[18]. Essa tradução demonstra

[16]Respectivamente: gaiato, morsa (o animal), colar de contas usado como dinheiro pelos nativos norte-americanos — verbetes da letra W do dicionário. (N.T.)

[17]Também chamado inglês antigo — o antecessor do inglês moderno que se falava até o ano 1100 aproximadamente. (N.T.)

[18]A tradução de *Beowulf* em versos por Tolkien permaneceu desconhecida até ser encontrada em 1996, na Bodleian Library de Oxford, pelo dr. Michael D.C. Drout do Wheaton College, Norton, Massachusetts, EUA, e deve ser publicada num futuro próximo.

sua notável maestria da métrica aliterante que Tolkien também usou na sua inacabada versão poética de um conto de "O Silmarillion", o de Túrin Turambar.

Em outubro de 1924, Tolkien foi nomeado para a cátedra de língua inglesa na Universidade de Leeds, aos 32 anos de idade. No mês seguinte, nasceu seu terceiro filho, Christopher Reuel. Por todo esse período, Tolkien contava histórias ao pequeno John quando este não conseguia dormir, um costume que acabou levando à criação de *O hobbit*.

A área de ensino de Tolkien em Leeds, e mais tarde em Oxford, era essencialmente a filologia. De acordo com Tom Shippey, em *The Road to Middle-earth* [A estrada para a Terra-média] (1982), a ficção de Tolkien resultou da interação entre sua imaginação e seu trabalho profissional como filólogo. Owen Barfield disse de seu amigo Lewis que este estava apaixonado pela imaginação. Poder-se-ia dizer de Tolkien que estava apaixonado pela linguagem.

Foi, em outubro de 1925, que Tolkien foi nomeado Professor Rawlinson e Bosworth de anglo-saxão em Oxford. Conforme o costume, foi, ao mesmo tempo, designado membro em uma das faculdades de Oxford, no seu caso, Pembroke. Naquela época da infância da Escola de Inglês de Oxford, as únicas três cátedras da escola eram a de anglo-saxão de Tolkien, que este ocupou de 1925 a 1945, e duas cátedras Merton, uma de literatura (ocupada então por George Gordon, que antes também estivera em Leeds) e outra de linguagem. Tolkien iria ocupar a cátedra de linguagem de 1945 até sua aposentadoria em 1959. Seu trabalho acadêmico continuou intimamente relacionado com sua construção das línguas, dos povos e da História das três eras da Terra-média. No fim da vida, comentou que procurara criar uma mitologia para a Inglaterra, mas se pode argumentar que também tentou criar uma mitologia para a língua inglesa.

Como os cargos de professor abrangiam toda a Universidade, não sendo nomeações para uma única faculdade, as responsabilidades eram bem variadas: Tolkien tinha de ministrar uma quota de aulas abertas aos estudantes não graduados (cerca de 35 por ano, apesar de Tolkien ter dado muito mais que isso); ensinar aos estudantes graduados, em número relativamente reduzido; e principalmente desenvolver sua área de especialização, em especial por meio de publicações. Na verdade, as publicações de Tolkien foram modestas em sua área, pois ele decidiu investir seu conhecimento em gerações de estudantes e graduados, a quem sempre tratou com cortesia e bastante cuidado.

O número de fevereiro de 1919 de *Reveille* continha "Morte na batalha", a primeira publicação de Lewis fora das revistas escolares. O número também incluía poemas de Robert Bridges, Siegfried Sassoon, Robert Graves e Hilaire Belloc. No mês seguinte, *Spirits in Bondage* [Espíritos em servidão], de Lewis, foi publicado pela Heinemann sob o nome Clive Hamilton (sobrenome de solteira de sua mãe). De janeiro de 1919 até junho de 1924, retomou os estudos na University College, Oxford, onde recebeu um grau de Primeira Classe em *Honour Moderations* clássicas (literatura grega e latina) em 1920, outro em *Greats* (filosofia e história antiga) em 1922 e ainda outro em inglês em 1923. No mesmo ano, ganhou o Chancellor's Prize por uma monografia de inglês. Seus tutores nessa época incluíam Edgar Frederick Carritt, em filosofia, Frank Percy Wilson e George Gordon, na Escola de Inglês, e Edith Elizabeth Wardale, em inglês antigo. Ainda estudante, Lewis ajudou a mãe e a irmã de Paddy Moore a se mudarem permanentemente para Oxford, alugando uma casa em Headington Quarry. Lewis morou com os Moore, a partir de junho de 1921, como que adotando a sra. Moore como mãe, ao mesmo tempo em que tinha por ela sentimentos mais profundos. Ninguém sabe ao certo se o relacionamento progrediu para a intimidade sexual. Por volta dessa época, a sra. Moore tornou-se conhecida pelo apelido de "Minto", talvez por sua predileção por um popular confeito de menta, Nuttall's Mintos. Maureen lembrava-se do notável poder de concentração de Lewis. Ela tinha de ensaiar música por umas cinco horas por dia, às vezes no mesmo recinto em que ele trabalhava — mas ele era capaz de se concentrar esquecendo tudo o mais. De acordo com Maureen, sua mãe mal saía depois que Paddy foi morto. Não tinha mais ânimo para as coisas que costumava fazer, tornando-se "cada vez mais obcecada com coisas do lar e das mãos e dos jardins".

De outubro de 1924 até maio de 1925, Lewis trabalhou como instrutor de filosofia no University College, durante a ausência de E.F. Carritt em licença de estudos nos EUA. Então, em 20 de maio de 1925, Lewis foi nomeado membro do Magdalen College, Oxford, como instrutor de língua e literatura inglesa. A reação do pai à nomeação de Lewis está registrada em *The Lewis Papers* (do registro de seu diário naquele dia). Ali ficamos sabendo que Albert estava esperando ser chamado para o jantar. Mary Cullen, a governanta, entrou em seu estúdio para lhe avisar que o correio estava ao telefone. Albert foi receber a chamada e lhe informaram que havia um telegrama para ele. "Leia-o", pediu. A mensagem era seca: "Eleito Membro Magdalen. Jack." Albert agradeceu à voz anônima e depois subiu a escada para o quarto do filho. Lá irrompeu em lágrimas. Com alegria a lhe preencher o coração, ajoelhou-se ao lado da cama e agradeceu a Deus. "Minhas preces foram ouvidas e respondidas", conclui o registro.

Lewis entrou na Escola de Inglês de Oxford (com sua nomeação para o Magdalen College) no mesmo ano em que Tolkien assumiu ali o cargo de Professor Rawlinson e Bosworth de Anglo-Saxão.

2

Encontros de mentes e imaginações

"Tolkien e eu falávamos de dragões..."

(1926-1929)

Na terça-feira, 11 de maio de 1926, a Grã-Bretanha está mergulhada na primeira greve geral de sua História, que começou menos de uma semana antes. A greve nacional foi precipitada pelo colapso das negociações entre os mineiros de carvão e seus empregadores acerca de uma grande redução de salários e mais horas de trabalho. A greve é assunto de conversa em todas as casas. Estudantes de Oxford, corretores de títulos, advogados e empregados administrativos em todo o país agrupam-se para romper a greve dirigindo os trens e os ônibus abandonados. Muitos cidadãos alistam-se como guardas especiais, prevendo um colapso da ordem civil. Há um perigo palpável de guerra de classes que poderá cindir a nação. No dia anterior, o Congresso dos Sindicatos iniciara conversações para acabar com a greve. O ministro das finanças Winston Churchill, agindo como editor emergencial de *The British Gazette*, destinado a publicar notícias oficialmente aprovadas, havia aumentado as tensões recusando-se a editar um influente apelo pela paz do arcebispo de Canterbury, Randall Davidson, e, emotivamente, referiu-se aos grevistas como "o inimigo".

Lewis não se vê como exceção ao ânimo nacional. A sra. Moore expressa fortes opiniões sobre a situação à mesa do almoço em "Hillsboro", na Holyoake Road, em Oxford, onde ela, Maureen e Lewis estão morando há três anos. Lewis mantém-se calado, mas isso não significa que os assuntos da greve não o preocuparam desde que ela começou. Ele acha que o tipo de atmosfera criada pela reação de Minto aos acontecimentos nacionais ou mundiais pode ser muito irritante. Mas sabe que, se se abstiver de excessivas contradições, essas não duram muito tempo.

As sombras alongam-se consideravelmente à hora em que Lewis sai de casa e caminha pela rua, transpondo a curta distância até a London Road, onde passam os ônibus que descem de Headington a caminho do centro. Lewis normalmente pega o ônibus nº 2, de dois andares, saltando em frente ao Magdalen College, do qual já é membro faz um ano. Mas não esta tarde. Como a greve afetou os transportes públicos, ele desce Headington Hill a pé, vigorosamente, rumo à cidade. Lewis não conseguira chegar em casa cedo para o almoço, vindo da faculdade, como esperara. Seus planos foram frustrados naquela manhã pela chegada improvável primeiro de um, depois de outro pupilo (como então se chamavam os estudantes). A conversa voltou-se depressa para a greve, sendo que um dos pupilos era francamente favorável ao apelo do arcebispo.

Lewis vai à cidade para uma reunião que, provavelmente, também discutirá assuntos significativos. É o "chá inglês" das quatro horas no Merton College. A Escola de Inglês de Oxford é uma instituição relativamente nova, onde as abordagens do tema — em especial as opiniões de seus professores — podem exercer forte influência na sua direção futura. Em 1926, a escola tem apenas três cátedras, uma das quais havia sido ocupada no ano anterior pelo professor Tolkien. Lewis acha que aproveitará a ocasião para falar com ele depois.

Quando se aproximam as quatro horas, Lewis atravessa a Magdalen Bridge e passa depressa pelo Jardim Botânico, virando à esquerda na rua Merton. Quando Lewis entra na sala de reuniões do Merton College, examina as várias pessoas que já estão congregadas — o reverendo Ronald Fletcher, um *don*[1]; George Gordon (professor de literatura inglesa); Margaret Lee, outra *don*; e o professor Tolkien. Este último é um homem frágil, um tanto esmerado nos trajes, mais baixo que Lewis e não muito mais velho. Fala depressa, e é preciso escutar com cuidado para entender todas as suas palavras. É, na impressão de Lewis, um "sujeitinho polido, pálido, fluente."

A reunião parece isolada do mundo exterior — mal se fala da greve. Finalmente, Tolkien consegue desviar a conversa para o plano de Ensino da Escola de Inglês, mas não consegue dizer muita coisa. Lewis está interessado em ouvir sua abordagem. Ele *parece* querer aproximar mais, na escola, os estudos de língua e de literatura.

Falando com Tolkien depois, Lewis o interroga diretamente. O que pensa de Spenser (um dos autores favoritos de Lewis)? Tolkien revela que não consegue ler Spenser "por causa das formas." Quais são suas opiniões sobre língua e literatura na Escola de Inglês (um assunto tendencioso)? Oh, ele acha que "a língua é o que importa na escola." Não somente isso, Tolkien piora as coisas expressando sua opinião de que "toda a literatura é escrita para a diversão de *homens* entre trinta e quarenta anos." Naquela noite, Lewis

[1]*Don* é o nome dado aos professores ou conselheiros das faculdades das universidades de Oxford e Cambridge, um termo derivado do latim *dominus* (senhor) pelo título espanhol Don, como em Don Quixote.

registra em seu diário que, de acordo com Tolkien, "nós (na Escola de Inglês) devemos votar pela nossa própria extinção se formos honestos — ainda assim, as mudanças fonéticas e os bocados são muito divertidos para os *dons*." Lewis conclui: "Não há ofensa nele: só precisa de uma ou duas palmadas."[2]

A ESCOLA DE INGLÊS de Oxford estava então na infância como uma opção de faculdade separada. Havia nítidas diferenças com sua rival e também novata Escola de Inglês de Cambridge, diferenças que haveriam de se aprofundar nos anos seguintes, e que cada vez mais preocupariam Lewis em particular. Ao querer aproximar os ensinos de língua e literatura inglesa, Tolkien baseava-se numa visão mais antiga do aprendizado que se enraizava nas eras mais primitivas que ele e Lewis adoravam. Lewis esperava instalar ou pelo menos consolidar em Oxford uma atitude que veria como coisa natural alguém ser um autor imaginativo ao mesmo tempo que *don* ou professor. Tentava, de fato, reabilitar o que, mais tarde, viu como uma consciência unitária perdida. Ao final de 1929, pouco mais de três anos após seu primeiro encontro, Lewis estaria apoiando as mudanças propostas por Tolkien na Escola de Inglês de Oxford, mudanças que integrariam a língua e a literatura, e interromperiam o plano de ensino nos Românticos, por volta de 1830, o ponto depois do qual o leitor moderno estava familiarizado com a visão do mundo predominante entre os autores literários e, portanto, na opinião de Lewis e Tolkien, não precisava do tipo de ajuda que os professores da Escola de Inglês estavam mais aptos a dar. Essa era a ajuda com textos complexos, a alteração dos

[2]Esta vinheta baseia-se no registro no diário de Lewis na terça-feira, 11 de maio de 1926. Numa carta ao irmão, em 18 de setembro de 1939, Lewis relata o tipo de atmosfera criado pela sra. Moore em tais situações. Note-se que a atitude de Lewis com sua mãe adotiva é muito mais positiva do que aquela que Warren Lewis expressa no diário.

significados das palavras e o sabor dos mundos imaginativos de eras pregressas, em especial o esplendor imaginativo da Idade Média. Um comentário feito por Lewis perto do fim da vida resume a atitude Tolkien-Lewis: "Se você apoia a visão 'prevalecente', por quanto tempo supõe que prevalecerá? [...] Tudo o que você realmente pode dizer do meu gosto é que é antiquado; o seu logo o será também."

Nos primeiros anos do século XX na Inglaterra, o idealismo predominava na filosofia, em especial em Oxford, quando Lewis começou sua carreira acadêmica como instrutor de filosofia. O filósofo John Mabbott, colega de Lewis nesse período, destacou o isolamento intelectual de Oxford na época em suas *Oxford Memories* [Lembranças de Oxford]. Escreveu:

> A filosofia de Oxford, como a encontramos, era completamente consanguínea. Praticamente não tinha contatos com Cambridge, o continente, ou a América. A doutrina tradicional era o idealismo hegeliano, filtrado pelos grandes profetas escoceses [Edward] Caird, [Andrew Seth] Pringle-Pattison, [...] [David George] Ritchie e [William] Wallace, e nossos próprios T.H. Green, [Bernard] Bosanquet e [F.H.] Bradley. A controvérsia básica era entre os idealistas, e sua opinião de que a realidade é espiritual e que, portanto, o mundo à nossa volta é semelhante à mente ou determinado por ela, e nossos realistas, [John] Cook Wilson, [Sir W. David] Ross, [Harold Arthur] Prichard, que afirmam que os objetos do conhecimento e da percepção são independentes da mente.

Em muitas mentes, o idealismo estava ligado ao cristianismo ou a opiniões espirituais que se opunham a um naturalismo em rápida expansão que Lewis mais tarde atacaria em seu livro *Milagres*. Geralmente, os idealistas afirmavam que os objetos físicos não podem ter existência separada de uma mente que está consciente deles. Para eles, a mente divina e a mente humana tinham semelhanças fundamentais. Como jovem ateu de Oxford, Lewis, no início, era firmemente oposto ao idealismo. Definiu seu naturalismo, à época, como a opinião de que "cada coisa ou evento finito deve ser (em princípio) explicável em termos do Sistema Total." A natureza, em outras palavras dele, é "todo o espetáculo." O naturalismo reflete-se em sua poesia precoce, em *Spirits in Bondage* e menos intensamente em *Dymer*. Assim, quando Lewis conheceu Tolkien, os dois homens tinham visões do mundo radicalmente opostas. Tolkien era um sobrenaturalista antiquado, que crera desde a infância nas doutrinas ortodoxas do cristianismo.

Não era apenas na filosofia que a Oxford da década de 1920 tinha afinidade com o século XIX. O mesmo ocorria no estudo da língua e da literatura, o qual ainda estava nas garras do modelo da filologia — o estudo histórico e comparativo da língua. O filólogo na sua melhor forma humana estava personificado em Tolkien. Lewis, gradativamente, assumiu muitas das preocupações de Tolkien, tais como a escrita séria de fantasia e contos de fadas, e compartilhava seu amor apaixonado pela linguagem[3], em especial depois de sua conversão ao cristianismo. Um dia os dois até planejariam uma colaboração num livro sobre a linguagem, um projeto que jamais se materializou.

Para Tolkien "a filologia é o fundamento das letras humanas." Em seu ensaio "A Escola de Inglês de Oxford" (1930), Tolkien esclareceu que considerava as abordagens literária e linguística demasiado limitadas para obter respostas plenas

[3]Evidenciado, por exemplo, em seu *A Study in Words* (1960).

para obras de arte. Achava que isso era particularmente verdadeiro em se tratando de obras literárias antigas, muito distantes da cultura contemporânea. A filologia era uma dimensão necessária de ambas as abordagens. Podia proporcionar uma adequada profundidade de resposta. Tom Shippey aponta que Tolkien via obras de arte literária filologicamente, e sua própria ficção nasceu de uma visão filológica. Nesse ponto, assemelhava-se aos filólogos alemães do século XIX Jacob e Wilhelm Grimm, que produziram coleções de contos de fadas além de douta erudição, exatamente como a obra imaginativa de Tolkien nascia do seu estudo filológico.

Talvez a corrente mais radical que atravessava a década de 1920 fosse o que Lewis e seus amigos denominavam "a nova psicologia", oriunda particularmente das percepções de Sigmund Freud (satirizado como *Sigismund Enlightenment*[4] em *O regresso do peregrino*, de Lewis). *Dymer*, poema narrativo de Lewis, foi publicado em 1926. Em seu prefácio da edição de 1950, explicando o contexto em que foi escrito, ele comentou: "Naqueles dias a nova psicologia estava justamente começando a se fazer sentir nos círculos que eu mais frequentava em Oxford. Isso aliou-se ao fato de que nos sentíamos (como homens jovens sempre se sentem) escapando das ilusões da adolescência, e em consequência ocupávamo-nos muito do problema da fantasia ou do que gostaríamos que fosse verdade." A fantasia era cada vez mais vista como irreal e escapista. Uma nova crítica literária, oriunda do influente Ivor Armstrong Richards (1893-1979), da Universidade de Cambridge, era sustentada por essa nova abordagem psicológica. Ele reformulou radicalmente os critérios e as técnicas para avaliação da literatura, especialmente em *Princípios de crítica literária*

[4]Iluminação. (N.T.)

(1924) e *A prática da crítica literária* (1929). Assim como Freud, Richards era fundamentalmente um naturalista. Adaptou os métodos do positivismo na filosofia à crítica literária. Reduziu os valores (como a beleza) àquilo que era mensuravelmente disponível ao leitor. Os valores em literatura, acreditava, são meramente uma capacidade de satisfazer os sentimentos e desejos dos leitores. A linguagem da literatura é subjetiva e emotiva, sem descrever um estado objetivo de coisas no mundo real. I.A. Richards estimulou um debate mais preciso sobre como uma obra de literatura cria significado do que fora comum sob o domínio do idealismo.

Em 1922, uma "grande guerra" começara entre Lewis e seu amigo mais íntimo desse período, Owen Barfield (1898-1997), outro estudante que frequentava o Wadham College, em Oxford. A "guerra" era para Barfield "um intenso intercâmbio de opiniões filosóficas", e para Lewis "uma disputa quase incessante, às vezes por carta e às vezes frente a frente, que dura anos." O diálogo seguiu-se logo depois que Barfield aceitou a antroposofia, uma "ciência espiritual" baseada numa síntese do pensamento oriental e cristão, desenvolvida por Rudolf Steiner (1861-1925), mas dissipou-se à época da conversão de Lewis à fé cristã em 1931. A disputa focalizava a natureza da imaginação e a condição das percepções poéticas. Ela curou Lewis de seu "esnobismo cronológico", tornando-o hostil ao período moderno, e proporcionou um rico pano de fundo de afiados pensamentos para o importante estudo de Barfield *Poetic Diction* [Dicção poética] (1928).

Lewis acreditava que um dos mitos mais fortes de seu tempo era o do progresso. Considerava-se que a mudança possuía valor por si só. Até conhecer Barfield ele estivera seduzido por esse mito, pelo menos intelectualmente. Chegou à conclusão de que estamos cada vez mais isolados de nosso passado (e, portanto, de uma perspectiva adequada dos pontos fortes e fracos de nossa própria época). Explicou em *Surpreendido pela alegria*:

> Barfield [...] deu cabo do que chamei de meu "esnobismo cronológico", a aceitação sem críticas do clima intelectual comum à nossa época e a suposição de que tudo o que saiu de moda está desacreditado por causa disso. É preciso descobrir por que saiu de moda; se foi refutado alguma vez (em caso afirmativo, por quem, quando e quão conclusivamente) ou meramente extinguiu-se como as modas costumam fazer. Se for este último caso, isso nada nos diz sobre sua verdade ou falsidade. Depois de perceber isto, passa-se à percepção de que nossa época também é "um período", e com certeza, como todos os períodos, tem suas próprias ilusões características. Elas mais provavelmente espreitam naquelas suposições difundidas, que estão tão enraizadas na época que ninguém ousa atacá-las ou acha necessário defendê-las.

A "guerra" com Barfield não somente refutou seu esnobismo cronológico; também o convenceu de que seu materialismo, se fosse verdadeiro, de fato tornaria o conhecimento impossível! Era autorrefutante — uma opinião reforçada pela sua leitura, em 1924, de *Theism and Humanism* [Teísmo e humanismo], de Arthur Balfour, muito embora ele, naquela época, resistisse às conclusões cristãs de Balfour. Barfield, brincando, disse depois ao amigo que a "guerra" havia terminado e que, ao mesmo tempo em que Lewis lhe ensinara *como* pensar, ele ensinara a Lewis *o que* pensar. Sem dúvida, Lewis o obrigou a pensar sistemática e justamente, repassando habilidades que adquirira, a muito esforço, sob a tutela de W.T. Kirkpatrick. Barfield, por sua vez, ajudou

Lewis a pensar mais imaginativamente, a combinar sua imaginação com seu formidável intelecto. Foi um "trabalho lento", Barfield recordou.

Depois de se formar bacharel em Artes em 1921, Barfield iniciou um bacharelado em Literatura, cuja tese se transformou em seu livro *Poetic Diction*. Em 1925, publicou um livro para crianças, *The Silver Trumpet* [A corneta de prata], que mais tarde fez sucesso na casa de Tolkien. Em 1926, foi publicado seu estudo *History in English Words* [História nas palavras inglesas]. *Dicção poética* influenciou profundamente Lewis e Tolkien.

Barfield acreditava que houve uma evolução da consciência humana em que a imaginação teve papel integral. Esse desenvolvimento da consciência reflete-se justamente nas mudanças da linguagem e da percepção. Havia, originalmente, uma unidade de consciência, agora fragmentada; Barfield acreditava, porém, que no futuro os humanos conquistariam uma consciência maior e mais rica, em que o espírito e a natureza seriam reconciliados. O conceito de Barfield inspirou Lewis, especialmente por ter sido traduzido em compreensões altamente originais sobre a natureza da linguagem poética. Essas compreensões foram incorporadas a *Dicção poética*, que trata da natureza da linguagem poética e de uma teoria de como as palavras originariamente incorporavam uma antiga percepção unificada. *Dicção poética* proporciona uma visão de como é obtido o conhecimento humano, em que a poesia desempenha papel central. Barfield tinha a crença de que "a imaginação própria é o meio de todo o conhecimento, da percepção além". O impulso poético está ligado à liberdade individual: "[O] ato da imaginação é a própria mente exercitando sua unidade soberana." A alternativa, argumentava Barfield, é ver o conhecimento como um poder, "tomar a eficiência por significado", o que conduz a um deleite pelo controle. Contrastou esse abuso do conhecimento como poder com o conhecimento por participação (uma palavra-chave em Barfield). Um tipo de conhecimento "consiste em ver o que acontece e acostumar-se com isso" e o outro envolve "participar conscientemente daquilo que é". A atividade apropriada da imaginação é o "pensamento concreto" — isto é "a percepção da semelhança, a demanda pela unidade" (a influência de Samuel Taylor Coleridge é evidente). Há, portanto, um elemento poético em toda linguagem significativa. Com essa afirmação, Barfield estava refutando a opinião, cada vez mais popular, de que o discurso científico era o único meio do verdadeiro conhecimento.[5]

Em 1925, quando Tolkien assumiu a cátedra de anglo-saxão em Oxford, o distinto poeta W.H. Auden chegou como estudante e desenvolveu um gosto especial pela literatura inglesa antiga. Assim como Tolkien, Auden tinha um profundo interesse pela mitologia nórdica e foi influenciado pelo entusiasmo de Tolkien por sua matéria. Em anos posteriores, Tolkien foi muito estimulado pela empolgação de Auden com *O Senhor dos Anéis*. Auden escreveu influentes resenhas de *O Senhor dos Anéis*, correspondeu-se e teve discussões com Tolkien acerca do significado de sua obra e contrapôs parte das críticas negativas sobre a trilogia[6]. Na biografia que Humphrey Carpenter fez de Auden (1981)

[5]Lewis elabora o mesmo argumento de Barfield sobre a condição poética do significado no pensamento em "Bluspels e Flalansferes", em *Selected Literary Essays*, e no capítulo "Coisas vermelhas horríveis" em *Milagres*, um capítulo que tenta popularizar a ideia principal de Barfield em *Poetic Diction*.

[6]*O Senhor dos Anéis* é, na verdade, um livro que acabou sendo publicado — devido às pressões da guerra sobre a atividade editorial — em três volumes. É uma obra unitária que não pode ser propriamente chamada de trilogia, já que a trilogia é um conjunto de três obras *distintas* que tratam de temas correlatos. (N.T.)

há uma fotografia do poeta na década de 1940, absorto na leitura de *O hobbit*.

Tolkien tinha uma faceta teatral. Apreciara fazer o papel da sra. Malaprop na produção, totalmente masculina, que a King Edward's School fez de *The Rivals* [Os rivais], de Sheridan, em 1911. Anos mais tarde, surpreendeu-se com a força dramática de suas leituras de seus poemas e de *O Senhor dos Anéis*, capturadas no gravador de fita, de modelo primitivo, de um amigo. Como conferencista, rapidamente descobriu a eficácia de abrir uma apresentação lendo *Beowulf* em voz alta. Esse poema inglês antigo, conforme o estilo do período, começava por *Hwaet*, ouçam! Para os estudantes novatos soava principalmente como "Quietos!". Auden referiu-se ao efeito que Tolkien tinha sobre ele:

> Lembro-me [de uma conferência] que assisti, apresentada pelo professor Tolkien. Não recordo uma só palavra do que disse, mas em certo ponto ele recitou, magnificamente, um longo trecho de *Beowulf*. Fiquei fascinado. Essa poesia, eu soube, seria meu prato. Portanto, dispus-me a trabalhar no anglo-saxão, pois se não fizesse isso jamais seria capaz de ler aquele poema. Aprendi o bastante para lê-lo, apesar de superficialmente, e a poesia anglo-saxã e médio-inglesa tem sido uma das minhas influências mais fortes e duradouras.

Um estudante canadense, talvez um bolsista Rhodes, também ouviu Tolkien lecionando naqueles primeiros dias:

> Ele entrou leve e gracioso, sempre me lembro disso, com a beca esvoaçante, os cabelos claros reluzindo, e leu *Beowulf* em voz alta[...]. Os terrores e os perigos que relatou — como, não sei — faziam-nos ficar de cabelo em pé.

> Ele lia de uma maneira que eu nunca tinha ouvido antes. A sala de aula estava apinhada — era nos Examination Halls, e ele então era jovem para o cargo, muito tempo antes que *O hobbit* ou a Trilogia o fizessem famoso. Fiz também um seminário com ele, sobre a língua gótica. Era um grande instrutor, e agradável, cortês, sempre muito amável.

John Innis Mackintosh Stewart, conferencista e famoso autor policial (com o pseudônimo de Michael Innis), também foi aluno de Tolkien, e observou: "Era capaz de transformar uma sala de aula num salão de hidromel,[7] onde ele era o bardo, e nós éramos os hóspedes, banqueteando e escutando."

Lewis foi nomeado colaborador e tutor de língua e literatura inglesa no Magdalen College em maio de 1925, inicialmente, por cinco anos, mas acabou ficando quase até o fim de 1954. Era tutor nessa faculdade, mas dava aulas em toda a universidade a estudantes de literatura dos diversos cursos. Em 23 de janeiro de 1926, Lewis deu sua primeira aula na Escola de Inglês de Oxford sobre "Alguns precursores do Movimento Romântico no século XVIII", após preparativos frenéticos. Tinha planejado uma aula sobre poemas selecionados, mas descobriu a tempo que um distinto colega pretendia falar sobre os poetas. Portanto, teve de voltar-se para as relevantes obras em prosa do período, menos familiares a ele. No período de outono (ou da festa de S. Miguel) de 1926, Lewis ministrou um curso, com duas conferências semanais, sobre o tema "Alguns pensadores ingleses da Renascença (Elyot, Ascham, Hooker, Bacon)". Um ano

[7]A bebida dos antigos povos germânicos, feita de mel diluído em água e fermentado. (N.T.)

depois, iniciou outra série característica sobre "O romance da rosa e seus sucessores"[8], um material que acabaria sendo publicado em sua *Alegoria do amor: um estudo da tradição medieval* (1936). Explicou ao pai, com quem a essa altura se dava bem melhor, sua abordagem das conferências (referia-se a uma série de conferências sobre filosofia, mas sua abordagem era a mesma para temas literários). Estava, disse, labutando nos preparativos de 14 conferências. Não as estava escrevendo por inteiro, apenas fazendo anotações. Apesar de a introdução desse elemento extemporâneo ser perigosa para um principiante, conferências simplesmente lidas davam sono aos alunos. Decidira dar o mergulho desde o início de sua carreira de conferencista. Iria obrigar-se a falar em vez de recitar.

A habilidade de Lewis como filósofo é facilmente negligenciada por causa de sua fama posterior como vulto literário. Lewis ensinara filosofia no ano anterior. De fato, sua "grande guerra" contínua com Owen Barfield transcorria num nível filosófico altamente sofisticado, e seus interesses filosóficos eram bem conhecidos dos demais. Na verdade, continuou ensinando um pouco de filosofia depois de assumir as conferências sobre o inglês. Em 12 de maio de 1926, por exemplo (o dia seguinte ao seu primeiro encontro com Tolkien), registrou uma aula de filosofia que deu a diversas alunas no Lady Margaret Hall. Notou o contínuo interesse delas pelo pensamento do bispo Berkeley (1685-1753), que via toda a existência como algo dependente da percepção de Deus ("*esse est percipi*"[9]), e explicou uma distinção feita pelo

[8]Poema medieval, originalmente "Roman de la Rose". Trata-se de um poema alegórico, escrito no século XIII por Guillaume de Lorris e expandido por Jean de Meun, e que conta a história de um cortesão que se esforça por conquistar sua amada. É considerado uma preciosa fonte de informações sobre a época devido a sua extensão e detalhismo. (N.E.)

[9]Ser é perceber. (N.T.)

filósofo contemporâneo[10] Samuel Alexander entre a contemplação e o prazer, uma diferença entre olhar *para* e olhar *com* suas próprias percepções e sensações. Era uma questão de onde colocar sua consciência: de ser autoconsciente (focado em seus próprios humores, atenções ou experiências) ou de atentar para algo ou alguém diferente de si. Essa distinção tornava-se cada vez mais importante para Lewis, e já solapava seu materialismo. Lewis ficou especialmente contente com o fato de uma aluna, Joan Colbourne, compreender a diferença. Ela respondeu ao comentário de outra aluna de que desejava "conhecer" seu eu: "É como se, não contente com seus olhos que veem, você quisesse removê-los e olhar para eles — e então não seriam olhos."

John Mabbott descreve a formação de um clube de discussão filosófica para jovens conferencistas, em meados dos anos 1920, em que Lewis participou ativamente. Chamava-se "Wee Teas" (nome inspirado na Igreja Livre da Escócia, que se desligou da Igreja estatal e era apelidada de "Wee Free")[11]. Era o tipo de clube de discussão onde Lewis (assim como Tolkien) vicejava, e de que sempre tinha necessidade.

> Nossos seniores tinham uma instituição chamada "Os Chás dos Filósofos". Reuniam-se às quintas-feiras, às quatro horas. Qualquer presente podia propor um tema para discussão. Nós, os juniores, estávamos convidados a participar, e achávamos os eventos amistosos e pouco enfadonhos (mais uma vez, podia-se sentir claramente a genuína democracia do corpo docente). Mas como fórum

[10]Há similaridades aqui com a ênfase de Michael Polanyi, em seu *Personal Knowledge*, sobre a contemplação de particulares em vez de se ocupar deles, e os temas de debate filosófico sobre a intencionalidade humana e a referência na linguagem.

[11]Esses nomes, em dialeto escocês, podem ser interpretados como "Pequenos Chás" e "Pequenos Livres" respectivamente. (N.T.)

> de discussão não tiveram êxito[...] A hora do chá não é uma hora filosófica: e quando os bolos finos haviam sido servidos eram 4h15 ou 4h30. Nós, os juniores, estávamos sob tal pressão instrucional que tínhamos de dar aulas diariamente das cinco às sete, portanto precisávamos sair às 4h50 para voltar a nossos colleges[...] Estabelecemos um grupo baseado em nossa experiência com os "Chás". Concordamos em que a tardezinha é a hora do pensamento[...] O número de membros seria limitado ao ideal para uma discussão, que concordamos ser de seis. Para evitar luxos competitivos, os jantares teriam três pratos, com cerveja, não vinho. (Esse rigor não era mantido com pedantismo.) Nosso grupo original era: Gilbert Ryle, Henry Price, Frank Hardie, C.S. Lewis, T.D. Weldon e eu. C.S. Lewis logo se separou, indo de filosofia à literatura inglesa, teologia popular e ficção científica; mas não antes de ter feito uma feliz contribuição ao nosso processo[...].
>
> Era subentendido que os comentários iniciais não precisavam ser obras acabadas, mas sim papagaios de papel em voo (mesmo em forma de anotações, caso desejado). Conhecíamo-nos tão bem que nossos métodos e interesses básicos podiam ser considerados coisa sabida, e nossos argumentos crescentes podiam ser expostos de imediato ao escrutínio vivaz, franco e amistoso[...]. Tenho certeza de que qualquer coisa que um de nós publicasse seria consideravelmente menos bem sustentado não fosse aquele desafio[...].

De acordo com o eminente crítico literário William Empson, Lewis era "o homem mais lido de sua geração, alguém que lia tudo e se lembrava de tudo o que lia". Sua natureza inteiramente centrada em livros tornava-o bem apto à tarefa de conferencista e instrutor na Escola de Inglês. O que emergiu desse arcabouço foi uma riqueza de pensamento, imaginação e composição que mais tarde impregnou sua crítica literária, sua ficção científica, sua literatura infantil, suas abordagens literárias da Bíblia e sua apologética cristã. Lewis sempre esteve pronto para reconhecer a enorme dívida que tinha com suas leituras abrangentes.

Desde a infância, Lewis lia voraz e ecleticamente. Mais adiante em sua carreira, defendia o valor de leituras "incultas", como Rider Haggard e John Buchan, diante do elitismo literário. Esse foco em livros e ecletismo foi uma característica importante de Lewis ao longo da vida, e reflete-se em seus diários e suas cartas. A "casa cheia de livros" a que Lewis tanto devia é, escreve em *Surpreendido pela alegria*, "quase que um personagem principal em minha história".

A capacidade de Lewis para infindas leituras fazia dele um habitante natural de bibliotecas desde os tempos de estudante. A Bodleian Library de Oxford ocupava um lugar central na vida, no trabalho — e na afeição — de Lewis, como explicou em uma carta ao pai. Falou de passar as manhãs na Bodleian Library e observou que, se pudesse fumar e se reclinar numa poltrona estofada, aquele seria um dos lugares mais deleitosos do mundo.

A crítica literária Helen Gardner, anos mais tarde, observou com admiração seus hábitos de leitura na Bodleian Library:

> Às vezes, é de crer que a palavra "ilegível" não tinha significado para ele. Sentar-se diante dele na [Biblioteca] Duke Humphrey enquanto ele avançava firmemente através de um enorme fólio de duas colunas, fazendo a leitura para sua História em Oxford, era ter uma lição objetiva do que quer dizer concentração. Ele parecia criar uma muralha de silêncio ao seu redor.

O interesse de Lewis foi, desde o início e, cada vez mais, pelos textos de um período mais remoto, antes de 1830, como seu plano de ensino ideal. Para Lewis, todos os livros antes do período do modernismo, estendendo-se no mínimo por milênios desde os antigos gregos, compartilhavam importantes valores, e assim interrelacionavam-se de um modo constantemente estimulante. Era a leitura, ainda mais do que o debate intelectual e a amizade (apesar de ansiar por esta), que alimentava sua mente e imaginação e o mantinha mentalmente vivo. Via o mundo com a ajuda de textos, como parte de uma percepção simbólica da realidade. Assim, enquanto experimentava os horrores da guerra de trincheiras, refletia: "Isto é guerra. Foi sobre isto que Homero escreveu."

NO COMEÇO DE 1926, tendo assumido sua cátedra em Oxford no ano anterior, Tolkien mudou-se com a família de Leeds para Northmoor Road, nº 22, nos verdejantes subúrbios não longe do centro da cidade de Oxford. Achou fácil trafegar ao Pembroke College, um pouco depois de Carfax, a movimentada encruzilhada que levava o nome da torre da igreja de S. Martinho, do século XIV. De acordo com seus filhos John e Priscilla: "Ele se tornou um vulto familiar, descendo a Banbury Road propositadamente em alta velocidade, em sua bicicleta de assento excepcionalmente alto, muitas vezes, usando o capelo e a beca de acadêmico!"

Depois da 1ª Guerra Mundial, Edith acomodara-se à vida de esposa de acadêmico e mãe de crianças pequenas, ocupando-se de seus interesses mais caseiros. Grande parte da vida de Tolkien era separada do mundo de Edith, em seu estúdio em casa, e no mundo da universidade, à época dominado pelos homens, e logo haveria de incluir em sua vida frequentes encontros com Lewis. A partir de 1933, haveria os Inklings, o clube literário informal centralizado em Lewis e nele próprio, Tolkien. Essa rotina era interrompida todos os anos pelas férias da família. Em 1927 e 1928 os Tolkien viajaram a Lyme Regis, Dorset. Outro local predileto era Sidmouth, em Devon. Uma foto de família mostra Tolkien ajoelhado na areia com os filhos, alegremente construindo castelos de areia.

Hilary, irmão mais novo de Tolkien, comprara um pequeno pomar e horta perto de Evesham, a oeste de Oxford, o lar ancestral dos Suffield, a família de sua mãe. Depois de sair da escola, ele ajudara na administração de uma fazenda com sua tia Jane Neave antes de se alistar no Exército Britânico em 1914 e combater no regimento Royal Warwickshire. A fazenda ficava numa viela que levava apenas à casa, e que os moradores locais, às vezes, chamavam de "Bag End".[12] Os irmãos podiam manter-se em contato sem demasiada dificuldade.

O quarto bebê de Ronald e Edith, Priscilla Mary Reuel Tolkien, nasceu em 1929. No ano seguinte, a família Tolkien mudou-se para a casa ao lado, Northmoor Road, nº 20. Tolkien montou seu estúdio, "o cômodo mais emocionante" na lembrança dos filhos. "As paredes eram cobertas de livros do chão ao teto, e continha uma grande estufa negra de chumbo, fonte de considerável drama todos os dias: logo de manhã cedo Ronald a acendia e atiçava, depois distraía-se com outros assuntos dos quais era afastado pelos gritos dos vizinhos ou do carteiro de que a chaminé estava pegando fogo, com fumaça negra brotando dela." Alguns dos alunos graduados de Tolkien vinham à casa para instrução.

Lewis começou um diário em 1922, que reflete sua introspecção da época. Seleções foram publicadas em *All My Road*

[12]"Bag End", literalmente "Fim do Saco" ou "Via sem Saída", é o nome do lar de Bilbo e Frodo Bolseiro em *O Senhor dos Anéis* (Bolsão, na tradução brasileira). (N.T.)

Before Me: The Diary of C.S. Lewis 1922-1927 [Toda a minha estrada diante de mim: o diário de C.S. Lewis 1922-1927] (1991). Editados e condensados por Walter Hooper, esses diários manuscritos registram alguns dos dias da vida de Lewis entre 1922 e 1927. O título é uma citação de *Dymer*, um poema que Lewis estava escrevendo na época. A seleção de eventos e conteúdos está ligada à sra. Moore, para quem lia a maioria dos apontamentos à medida que os fazia. Portanto, como Owen Barfield descobriu ao lê-los, não havia relato da "grande guerra" entre ele e Lewis. Os diários retratam intensamente a vida doméstica cotidiana que Lewis levava, assim como caminhadas, o tempo, livros, os escritos e incertezas sobre emprego. Os eventos estão centralizados em "Hillsboro", a casa na Holyoake Road, e seus moradores: Lewis, Maureen, a sra. Moore e um inquilino ocasional. Há uma faxineira apelidada de "Phippy" por causa de seu nome, sra. Phipps, e relatos sobre os amigos e colegas de Lewis do Magdalen College. Um cachorro chamado Pat (e depois outro chamado sr. Papworth) acompanha Lewis em muitas caminhadas.

Os diários de Lewis foram muito provavelmente escritos em benefício da sra. Moore, a quem ele se refere por "D.", não pelo seu apelido usual, Minto. Há especulações de que "D.", no texto datilografado por Warren Lewis (nos *Lewis Family Papers*), seja uma transcrição da letra grega Delta, significando Diotima,[13] uma sacerdotisa do *Banquete* de Platão que apresenta a Sócrates (de modo platônico, é claro) o significado do amor. A sra. Moore, como Diotima, pode ter apresentado o amor ao jovem Lewis de modo menos platônico. Owen Barfield conheceu a sra. Moore na década

[13]A discussão sobre Diotima é de John Bremmer em *The C.S. Lewis Readers' Encyclopedia*. Também há uma Diotima no romance *Hyperion*, de Friedrich Holderin, associada com um anseio insatisfeito; Lewis tinha forte interesse pelo movimento romântico alemão, portanto pode ter conhecido esse romance.

de 1920: "Alguns disseram que Jack tinha um relacionamento com ela. Certamente é possível, mas provavelmente não durou muito; ela era bem mais velha do que ele, e em minha opinião não era fisicamente atraente."

As férias de Natal de 1926 foram a última ocasião em que Lewis, o pai e o irmão passaram todos juntos. As relações entre Albert Lewis e os dois filhos haviam sido difíceis muitas vezes no passado, mas estavam melhorando. Para os filhos, ele era sempre o "P.B." ou *"Pudaita-bird"*,[14] devido a seu lapso ocasional ao pronunciar *"potato"*. (O sotaque irlandês de Albert era fonte constante de diversão para os filhos.) Em *Surpreendido pela alegria*, Lewis retratou o pai como alguém com pouco talento para a felicidade, e que se refugiava na monotonia segura da rotina. O biógrafo A.N. Wilson, no entanto, crê que é unilateral a imagem pintada por Lewis, do pai como "personagem cômico". Albert era uma pessoa complexa, marcada pela perda da esposa. O legado mais rico que deixou a Lewis foi, literalmente, uma casa cheia de livros velhos que o filho talentoso explorou como quis. Lewis reconhece essa dívida de livros em *Surpreendido pela alegria* e em seu prefácio a *Alegoria do amor*. Albert Lewis compartilhava o interesse do filho em escrever e o poder da retórica, incluindo a narração de anedotas (observações incisivas, frequentemente de eventos engraçados).

Quase 18 meses mais tarde, em 2 de maio de 1928, Albert aposentou-se com uma pensão anual de seu cargo de advogado do condado da Belfast Corporation. Com apenas um ano de aposentadoria, em 25 de julho de 1929, fez as primeiras radiografias para investigar uma doença recorrente. O mal era sério o bastante para obrigar Lewis, em 13 de agosto, a viajar para Belfast às pressas. Seu pai morreu

[14]Ave-batata, pelo modo como pronunciava o nome dessa planta. (N.T.)

em 25 de setembro, logo depois que Lewis voltara a Oxford para cuidar de alguns assuntos urgentes. Dois dias mais tarde, Warren recebeu um telegrama em Xangai: "Lamento relatar papai morreu sem dor vinte cinco setembro. Jack." Na ausência do irmão mais velho, Lewis ficou incumbido de organizar o funeral e administrar o espólio.

Warnie Lewis iniciara sua carreira militar quando ingressou no Royal Military College em Sandhurst, logo antes de irromper a 1ª Guerra Mundial. Depois da guerra serviu na Serra Leoa e em Xangai, antes de se reformar como major do exército, com pensão, em 1923. Sua vida militar é intensamente retratada em seus diários. Depois de sair do exército, juntou-se à família incomum comandada pelo irmão e pela sra. Moore. Quando se mudou para o domicílio de Lewis (primeiro em licença do exército, depois em caráter permanente), começou a enorme tarefa de organizar os papéis da família Lewis (cartas, diários, fotografias e vários documentos), datilografando e arranjando o material no que acabou se transformando em 11 volumes. Levam o título *Memoirs of the Lewis Family: 1850-1930* [Memórias da família Lewis: 1850-1930]. Os volumes foram terminados em 1935 e, depois da morte do irmão, deixados como legado por Warren Lewis ao Wade Center em Wheaton, Illinois.

Em outubro de 1930, a sra. Moore, Lewis e Warren compraram em conjunto uma propriedade, The Kilns, a pouca distância do perímetro urbano, perto de Headington, cuja escritura foi lavrada apenas em nome da sra. Moore. Os irmãos Lewis tinham direitos de usufruto. Warren anotou suas primeiras impressões no diário.

> Jack e eu saímos para ver o lugar[...] o jardim de oito acres[15] é coisa de sonho! [...] A casa [...] fica na entrada

[15]Três hectares. (N.T.)

> de seu próprio terreno no sopé setentrional de Shotover [um morro] no fim de uma travessa estreita[...] À esquerda da casa ficam os dois fornos de olaria que lhe dão o nome — à frente, um gramado e uma quadra de tênis dura —, depois uma grande lagoa para banho, com um belo bosque e um lindo banco circular de tijolos acima dela. Depois disso, um mato íngreme cortado por todo tipo de ravinas e recessos sobe até um pequeno penhasco encimado por um campo cheio de cardos, e então o terreno acaba numa espessa faixa de abetos, quase uma floresta. A vista do penhasco por sobre a turva distância azul é simplesmente gloriosa.

Um toque perfeito era que a lagoa existente no terreno tinha, de acordo com Warren, associações com um poeta favorito de Lewis. Era conhecida na região como "Lagoa de Shelley". A tradição afirma que o poeta "costumava meditar ali."

Quando Warren se mudou para The Kilns, logo se sentiu em casa, a despeito de suas apreensões com a sra. Moore. Cada vez mais, ele a percebia como imprópria para o irmão devido ao limitado alcance de seus interesses. De acordo com Maureen, sua mãe transformou The Kilns em "uma casa muito irlandesa", centralizada nela mesma. Eventualmente havia alguns empregados, bem como dois ou três cachorros e dois ou três gatos. Era em alto grau uma "casa de campo", motivo pelo qual sua mãe apreciava The Kilns. Mais tarde, um visitante, Leonard Blake, que iria se casar com Maureen, relembrou como Lewis e Warren conversavam "em volume altíssimo". Há frequentes referências nos diários de Lewis à "fabricação de geleia" da sra. Moore, um evento que iria dominar a casa. Lewis era sempre requisitado para tarefas domésticas. Lewis contou a David Wesley Soper que "tinha de escrever aos trancos e barrancos, nos intervalos entre passear com o cachorro e descascar as batatas".

Maureen lembrava de ter sido incluída na rotina de Lewis depois da compra de um carro. Ele era tutorado na faculdade das nove da manhã à uma da tarde, depois das 17h às 19h durante cada período de oito semanas em Oxford. Maureen ia à cidade de carro e apanhava Lewis à uma e meia, para voltar a The Kilns para o almoço. Depois ele saía para passear com o cachorro. Mais tarde Maureen o devolvia a Magdalen por volta das quatro e meia da tarde. A vida social dele, ela lembrava, só existia na faculdade. De fato, quando moravam todos juntos em The Kilns, ela tinha mais contato social com Warren do que com Lewis.

O estudo e ensino de línguas, ocupação de toda uma vida para Tolkien, estava intimamente ligado às suas criações imaginativas. Em uma carta para W.H. Auden, escrita muitos anos depois, ele confessou que sempre tivera "uma sensibilidade ao padrão linguístico que me afeta emocionalmente, como a cor ou a música." Tão básica quanto a linguagem, na sua complicada constituição, desde bem tenra idade, era uma paixão pelo mito e pelos contos de fadas, particularmente pela lenda heroica que transpunha a divisa entre o conto de fadas e a História (como nos contos do Rei Arthur, ou na história de Beowulf, matador do dragão). Na época de estudante, começou a tornar-se claro para Tolkien que a história e a língua estavam "integralmente relacionadas." Em seu ensaio *Sobre contos de fadas*[16] (1947) ele escreveu: "A mente encarnada, a língua e o conto são coevos em nosso mundo." Seus interesses imaginativos e científicos não estavam em polos opostos. O mito e o conto de fadas,

[16]Atualmente um clássico quando se trata de estudar esse gênero literário. (N.T.)

acreditava, devem conter a verdade moral e religiosa, mas alusivamente, não de forma explícita.

Ainda assim, naquela época ele estava trabalhando para integrar seu pensamento e sua imaginação. A principal plateia de suas histórias era seus filhos. Não tinha leitores adultos. Na década de 1920 não havia, em geral, leitores adultos de fantasia, ou de literatura em que o elemento da história estivesse sujeito — pelo menos história do modo sacramental em que Tolkien a via, prognosticando a maior história de todas, em que um Deus e rei vem à terra oculto em trajes humildes para sacrificar-se num ato aparentemente tolo que conduziria a uma alegria inimaginável — a um virar da mesa cósmica. Havia alguma verdade no seu comentário informal a Lewis, de que a literatura era destinada a homens entre os trinta e quarenta anos. Tolkien buscou reabilitar os contos de fadas como leitura para adultos, em vez de relegá-los à segurança do quarto de crianças. Os contos que amava, como *Beowulf*, tinham outrora sido consumidos normalmente por adultos; na verdade não constrangiam guerreiros empedernidos. De acordo com Austin Olney, que por muitos anos foi o editor americano de Tolkien na Houghton Mifflin: "Durante as décadas de 1920 e 1930, a imaginação de Tolkien corria por duas trajetórias distintas que não se encontravam. De um lado, estavam as histórias compostas para a diversão dos seus filhos. Do outro, estavam os temas mais grandiosos, às vezes arturianos ou célticos, mas normalmente associados às suas próprias lendas[...] Algo estava faltando, algo que juntasse os dois lados da imaginação e produzisse uma história que fosse simultaneamente heroica e mítica, e ao mesmo tempo afinada com a imaginação popular." A ideia de que ele ajudaria a criar um público adulto global leitor de fantasia e contos de fadas, de mito em escala heroica, estaria além até mesmo da imaginação do próprio Tolkien.

No entanto, ele tinha uma visão, nascida talvez em sua associação à T.C.B.S. nos anos de escola em Birmingham, que lentamente o conduzia adiante. Logo haveria de reconhecer uma visão notavelmente similar em Lewis.

No verão de 1925, logo antes de iniciar sua nova cátedra em Oxford, Tolkien começou a escrever uma versão poética do conto de Beren e Lúthien. Essa tornou-se uma das principais histórias de "O Silmarillion", brevemente contada numa canção por Aragorn em *O Senhor dos Anéis*. Assim como *O Senhor dos Anéis*, ela é um romance heroico, porém em escala menor. Tolkien trabalhou em versões poéticas e em prosa, apesar de nenhuma das versões poéticas jamais ter sido completada. Na opinião de A.N. Wilson, "apesar de às vezes os versos serem tecnicamente imperfeitos, está repleto de trechos de uma beleza muito assombrosa; e a concepção global deve fazer dele, mesmo inacabado, um dos mais notáveis poemas escritos em inglês no século XX".

O conto de Beren e Lúthien passa-se em Beleriand, durante a Primeira Era da Terra-média. Lúthien era filha do rei élfico Thingol, monarca de Doriath, e da rainha Melian, e era, portanto, imortal. Beren era um homem mortal. Muitos dos temas característicos de Tolkien emergem nessa história, incluindo a cura e o sacrifício, o mal, a morte e a imortalidade, e o amor romântico. Por causa do consequente casamento de Beren e Lúthien, uma qualidade élfica foi preservada nas gerações futuras — mesmo até a Quarta Era, quando a humanidade se tornou dominante, e os elfos declinaram. Este tema é repetido em *O Senhor dos Anéis* com o casamento de Arwen e Aragorn. Por todas as eras da Terra-média, a história de Beren e Lúthien trouxe esperança e consolo tanto aos elfos quanto àqueles humanos que foram fiéis contra os poderes das trevas. Essa esperança é expressa muitas vezes em *O Senhor dos Anéis*, por Aragorn e outros.

Enquanto a "grande guerra" grassava com Owen Barfield, Lewis, à época ainda materialista, trabalhava em um longo poema narrativo, *Dymer*, que publicou, em 18 de setembro de 1926, sob o pseudônimo de Clive Hamilton (usando o nome de solteira da mãe, como fizera em *Spirits in Bondage*). A história viera-lhe à mente, completa, quando tinha cerca de 17 anos de idade; começara a escrevê-la em 1917, depois voltara a ela em 1922. É um poema antitotalitário que tem algumas semelhanças com *Spirits in Bondage*. Seu herói Dymer escapa de uma cidade perfeita, porém inumana, para a tranquilizante zona rural. Várias aventuras o alcançam. Em contraste com o idealismo de Dymer, um grupo revolucionário se rebela contra a Cidade Perfeita em anarquia, reivindicando o nome de Dymer. Estavam frescos na mente de Lewis, quando começou o poema, os eventos sangrentos da Revolução Russa e na sua Ulster nativa. Considerava causas políticas populares como "demoníacas". Em *Dymer*, o jovem Lewis ataca amargamente o cristianismo, considerando-o uma tentadora ilusão que precisa ser derrotada e destruída em nossa vida. O cristianismo é posto na mesma classe de todas as formas de sobrenaturalismo, incluindo o espiritismo. À época em que Lewis acabou de escrever *Dymer*, porém, tinha largamente rejeitado o ateísmo e o naturalismo em favor de um idealismo remendado.

Lewis estava em busca de uma alternativa às opiniões que abraçara durante tanto tempo. Isso aprofundou sua ocupação intelectual com o mito e com a relação entre o mito e a realidade. Sua vida imaginativa até aquele ponto estivera separada do desenvolvimento intelectual. Em 26 de abril de 1926, ele vislumbrou uma ponte para outra terra numa discussão, improvável e surpreendente, com Thomas Dewar Weldon, um obstinado *don* de filosofia do Magdalen College. Discutiram a historicidade dos Evangelhos do Novo

Testamento. Lewis provavelmente registrou esse conflito em *Surpreendido pela alegria*: "No início de 1926, o mais empedernido de todos os ateus que já conheci estava sentado em minha sala, do lado oposto da lareira, e observou que a evidência para a historicidade dos Evangelhos era de fato surpreendentemente boa. 'Coisa esquisita', prosseguiu. 'Toda essa história de Frazer sobre o Deus Moribundo. Coisa esquisita. Quase parece que alguma vez realmente aconteceu.'" Em seu diário, Lewis escreveu naquela noite: "De algum modo começamos a falar da verdade histórica dos Evangelhos, e concordamos em que havia muita coisa que não podia ser afastada com explicações." O diário conclui: "Uma noite desperdiçada, mas interessante."

LEWIS FICARA INTRIGADO com a alusão de Tolkien aos seus passatempos linguísticos e literários. Logo foi atraído pelo convite de Tolkien para juntar-se a The Coalbiters,[17] um clube informal de leitura que Tolkien iniciara em Oxford, na primavera de 1926. Seu propósito era explorar a literatura islandesa, como a *Edda Poética*. O nome referia-se àqueles que se apinham tão perto do fogo, no inverno, que parecem "morder o carvão". Logo Lewis estava participando das reuniões, assim como seu velho amigo Nevill Coghill (1899-1980), um membro pesquisador de Inglês no Exeter College. Lewis comentou com Arthur Greeves que estava realizando vários dos seus sonhos muito antigos, que incluíam ler *Sir Gawain e o Cavaleiro Verde* no original em inglês médio[18] e aprender islandês antigo. Relatou que The Coalbiters já haviam lido a *Edda* recente e a *Saga dos Volsungos*. No próximo período iriam ler a Saga Laxdale. Como resultado das reuniões dos Coalbiters, Tolkien e Lewis logo estavam

[17]Os mordedores de carvão. (N.T.)
[18]Idioma ancestral do inglês, falado entre o séc. XII e o XVI d.C. (N.E.)

se encontrando regularmente e conversando por horas noite adentro. (Edith estava acostumada com os retornos tardios do marido, e com o modo como ele escrevia até as primeiras horas da manhã — tinham quartos separados para não perturbar o sono dela.) Em outra carta, a Greeves, em dezembro de 1929, Lewis registrou que após uma reunião, Tolkien voltou com ele à sua sala na faculdade e "ficou sentado discursando sobre os deuses e gigantes de Asgard durante três horas." Essas conversas tornar-se-iam cruciais, tanto para os escritos de ambos os homens quanto para a consequente conversão de Lewis à fé cristã. Como Lewis, o nativo de Ulster, observou em *Surpreendido pela alegria*: "A amizade com [...] J.R.R. Tolkien [...] marcou o colapso de dois antigos preconceitos. Quando vim ao mundo fui alertado (implicitamente) para nunca confiar em um papista, e quando vim ao corpo docente de Inglês (explicitamente), para nunca confiar em um filólogo. Tolkien era ambas as coisas."

A amizade crescente de Tolkien e Lewis foi de grande significância para ambos os homens. Tolkien encontrou em Lewis um ouvinte compreensivo de suas florescentes histórias e poesias da Terra-média, grande parte das quais só foi publicada após sua morte. Reconhecia que, sem o estímulo de Lewis ao longo de muitos anos, *O Senhor dos Anéis* jamais teria sido impresso. Igualmente Lewis tinha motivos para estimar Tolkien, cujas opiniões sobre mito, história e imaginação o ajudaram por fim a crer na existência de Deus. A concordância de mentes, tanto sobre a imaginação quanto sobre a verdade do cristianismo, tornou-se o fundamento de sua notável amizade. Os Inklings, o grupo de amigos literários em torno de Lewis, nasceria dessa conformidade entre Lewis e Tolkien. Desde o começo, Lewis reconheceu claramente os notáveis dons literários de Tolkien. Também pelo lado de Tolkien houve muita gratidão. Ele escreveu em 1929: "A amizade com Lewis compensa muita coisa."

3

Um mundo em forma de História

"Mythopoeia"

(1929-1931)

Imagine um dia do começo de verão no período de Trindade[1] de 1929, por volta da hora do almoço. O lugar é o piso superior do ônibus de Headington, começando a subir o morro, rumo ao leste, desde o centro da cidade de Oxford. Lá está sentado um homem de cerca de trinta anos, usando um paletó de *tweed* e calças folgadas de flanela, tendo na cabeça um chapéu surrado com a aba toda virada para baixo. Poderia ser um jovem fazendeiro, de face corada e forma atarracada.

Olha pela janela do ônibus, colocando o cigarro entre os lábios e tragando a fumaça, aparentemente contemplando o Headington Hill Park. O homem é C.S. Lewis, e está começando a lutar com uma decisão importante, evocando toda a questão da liberdade humana. Sem ter sido provocado por qualquer evento em especial durante o trajeto de ônibus, Lewis sente-se subitamente defrontado com um fato sobre si mesmo, um confronto sem palavras e talvez até sem

[1]Um dos períodos acadêmicos em Oxford. (N.T.)

imagens. Sente que esteve excluindo algo, acuando algo. Mais tarde iria descrever isso como "usar roupas desconfortáveis" — como uma armadura incômoda, ou como o uniforme de colarinho alto no qual foi exilado à escola. É como se, de repente, aparecesse diante dele uma porta que ele pudesse abrir com um empurrão ou deixar fechada. Em um instante, escolhe atravessar a porta, livrar sua pele de trajes ásperos. Porém, no mesmo momento que *escolhe*, sente-se *compelido* a fazê-lo. Ao agir, é mais livre do que jamais foi, no entanto a escolha é demandada por sua natureza mais profunda.

O ônibus para com um tranco no ponto junto ao Bury Knowle Park, e Lewis desaparece descendo as escadas às pressas.

Logo após essa experiência em um ônibus de Oxford Lewis ajoelhou-se e rezou ao seu Deus desconhecido, que mal parecia pessoal. Descreveu-se como o "mais relutante convertido de toda a Inglaterra". É como se Lewis houvesse estado em um ônibus celestial, como aquele que mais tarde descreveu na sequência *O grande abismo* (1945), que o transportou das escuras e úmidas ruas do inferno às reluzentes mas distantes fímbrias da terra celeste.

Por causa da epifania no ônibus de Oxford, e de muitas outras conversas e livros com que topara, Lewis acabou se tornando teísta; reconheceu algum tipo de Deus pessoal por detrás da aparência da realidade: "No período de Trindade de 1929 capitulei, e admiti que Deus era Deus, ajoelhei e orei[...]" O movimento do pensar de Lewis àquela época seria intensamente capturado em seu livro *Milagres* (1947). Mais tarde, ele confessou: "Nunca tive a experiência de buscar Deus. Foi o inverso: ele era o caçador (ou assim me pareceu), e eu o cervo. Espreitou-me como um pele-vermelha, mirou infalivelmente e disparou. E sou muito grato por ser assim que ocorreu o primeiro encontro (consciente). Isso nos acautela contra temores subsequentes de que tudo aquilo tenha sido apenas a realização de um desejo. Algo que não se deseja dificilmente pode ser aquilo."

Lewis descreve sua conversão à crença em um Deus pessoal em termos que beiram o místico: "Na região do pavor, [...] na mais profunda solidão, há uma estrada que vem reto desde o eu, um comércio com algo que, recusando-se a se identificar com qualquer objeto dos sentidos, ou qualquer coisa de que possamos ter necessidade biológica ou social, ou qualquer coisa imaginada, ou qualquer estado de nossas próprias mentes, proclama a si mesmo puramente objetivo[...] o Outro despido, isento de imagem (apesar de nossa imaginação o saudar com uma centena de imagens)."

Lewis estava apreciando The Coalbiters, um de vários grupos que frequentava. Tolkien era o mais fluente dos membros; conseguia traduzir sem falhas, direto da página, as sagas islandesas que estudavam. Lewis e a maioria dos demais progrediam muito mais devagar, talvez conseguindo apenas meia página de cada vez. As leituras o fizeram remontar às suas descobertas juvenis dos mitos nórdicos, em que o súbito golpe de "setentrionalidade" o atingia como uma sensação física. Tolkien, ele sabia, compartilhava esse amor por um vasto mundo do norte, com céus amplos e pálidos, dragões, coragem contra as trevas e deuses vulneráveis, um dos quais em particular, Balder, refulgia claro em sua beleza.

Acabou se tornando hábito regular Tolkien passar pela faculdade de Lewis no meio da manhã às segundas-feiras (dia em que Lewis não tinha estudantes). Os dois amigos costumavam atravessar a rua principal e ir ao Eastgate Hotel ou a um *pub* próximo para um trago. Às vezes, ficavam em suas salas na faculdade. Em outras ocasiões, encontravam-se na casa de Tolkien na Northmoor Road, ou depois das reuniões dos Coalbiters. Lewis escreveu ao irmão sobre os encontros semanais com Tolkien, agora regulares. Encontrar-se com o amigo, disse, era um dos momentos mais agradáveis da semana. Às vezes, falavam da política da Escola de Inglês da universidade. Em outras, comentavam os poemas um do outro. Podiam desviar para a teologia ou "o estado da nação". Em raras ocasiões, simplesmente brincavam com obscenidades ou trocadilhos. Entre outras coisas, conspiravam para estabelecer um coerente plano de ensino para estudantes na Escola de Inglês em Oxford. "Talvez uma das contribuições mais significativas [de Lewis] ao estudo da literatura inglesa em Oxford", escreveu Dame Helen Gardner após a morte dele, "tenha sido o papel que desempenhou com seu amigo, o professor J.R.R. Tolkien, no estabelecimento de um plano de ensino para a Final Honour School,[2] que incorporou sua crença no valor da literatura medieval (em especial do inglês antigo), sua convicção de que um estudo adequado da literatura moderna requer o treinamento linguístico dado pelo estudo da literatura mais antiga, e seu senso da continuidade da literatura inglesa, e o plano de ensino, que permaneceu em vigor por mais de vinte anos, era admirável de várias maneiras". De fato, o plano de ensino reformado de Tolkien foi aceito, em 1931, com a junção de "Lang." e "Lit.".[3]

Àquele tempo, era praxe chamarem-se pelo sobrenome ou apelido (Tolkien era "Tollers" e Lewis era simplesmente "Lewis"). Lewis nem sequer soube os prenomes de Tolkien,

---

[2]A Final Honour School refere-se à parte principal do curso de graduação, os últimos dois anos do estudo de três anos para um Bacharelado em Artes em Inglês. (N.T.)

[3]Língua e Literatura, respectivamente. (N.T.)

exceto "Ronald", até 1957. Muitos anos mais tarde, descreveu o estilo de conversa de Tolkien: "Ele é o homem mais intratável (no diálogo) que já encontrei. Fala com você, sim, mas o assunto de suas observações será o que o estiver interessando no momento, e isso pode ser qualquer coisa desde palavras do M.E. — Middle English, o inglês médio — até a política [da Escola de Inglês] de Oxford." Também Tolkien, muito tempo depois, recordou as conversas com Lewis nesse período: "C.S. Lewis foi uma das únicas três pessoas que até agora leram toda ou parte considerável de minha 'mitologia' da Primeira e Segunda Eras, que em linhas gerais já estava construída antes de nos conhecermos. Ele tinha a peculiaridade de gostar que lessem para ele. Tudo o que sabia de minha 'matéria' era o que sua memória, espaçosa mas não infalível, retinha quando eu lia para ele, minha única plateia." Também rememorou: "Nos primeiros dias de nossa parceria, Jack costumava vir à minha casa, e li *O Silmarillion* para ele em voz alta, até o ponto que este tinha alcançado então, incluindo um poema muito comprido: Beren e Lúthien."

Foi perto do fim de 1929 que Tolkien decidiu dar para Lewis ler a "Balada de Leithien" — a versão poética do conto de Beren e Lúthien. Seu amigo leu-a na noite de 6 de dezembro. Sua reação foi entusiástica — já no dia seguinte, ele escreveu a Tolkien: "Posso dizer com toda a honestidade que faz muito tempo que não tive uma noite de tanto deleite: e o interesse pessoal de ler a obra de um amigo bem pouco teve a ver com isso[...]. As duas coisas que se destacaram claramente são o sentido de realidade em segundo plano e o valor mítico: sendo da essência do mito que ele não deve ter nenhuma mácula de alegoria para o autor e, ainda assim, sugerir alegorias incipientes ao leitor." No início do ano seguinte, Lewis fez uma engenhosa crítica sobre o poema inacabado, em forma de simulação de comentário acadêmico, que se estendia por catorze páginas. Apresentou o comentário na forma de diversos pseudocríticos literários que representavam várias posições, incluindo a crítica de fonte alemã (influente na teologia) — Schick, Schuffer, Pumpernickel, Bentley e Peabody. Já descobrira que a reação de Tolkien às críticas de sua obra era ignorá-las ou então voltar à origem e começar a reescrever tudo. Achava que a obra tinha mérito considerável, mas se beneficiaria com algumas alterações — certamente não uma reescrita radical.

Compartilhar sua mitologia com Lewis foi um importante passo para Tolkien, ao encontrar um público adulto (então quase inexistente) para "contos de fadas". As fadas, para Tolkien, eram os nobres elfos da Terra-média, como a bela Lúthien e seus pais, o rei Thingol e a rainha Melian.[4] Deu outro passo experimental apresentando um trabalho chamado "Um vício secreto" a uma sociedade de Oxford, em 1931. Esse trabalho é de especial interesse por causa de diversas referências à sua vida. Tolkien fala do prazer de inventar línguas e acredita que esse "passatempo" técnico linguístico é natural na infância. É capaz de sobreviver até a idade adulta: ele dá exemplos da sua própria invenção, incluindo as línguas élficas.

Um dos muitos temas que Tolkien e Lewis discutiam era a natureza da linguagem, suas mudanças ao longo do tempo e o modo como a linguagem conduzia e era moldada pelo mito. Tolkien leu *Poetic Diction*, de Owen Barfield; pode ser que Lewis lhe tenha emprestado um exemplar. Numa carta sem data a Barfield, possivelmente escrita em 1929, Lewis observou: "Você ficará feliz em saber que, quando Tolkien jantou comigo uma noite dessas, ele falou apropriadamente sobre algo bem diferente que sua concepção, Barfield, da

---

[4]Melian, na verdade, não é de raça élfica, e sim uma Maia — uma figura semiangelical no mito tolkieniano. (N.T.)

antiga unidade semântica havia modificado todo o ponto de vista dele, e que quase estava a ponto de dizer algo numa preleção quando sua concepção o deteve a tempo. 'É uma dessas coisas', disse ele, 'que, uma vez que você a enxergou, existe todo um conjunto de coisas que você nunca pode dizer outra vez.'"

Também compartilhavam um fervoroso interesse pela literatura inglesa antiga e média. Apesar de a gama de interesses literários de Lewis ser bem mais ampla que a de Tolkien, ainda assim ele havia lido muita coisa desse período. Sem dúvida poemas como *Pearl* [Pérola],[5] *Sir Orfeo*[6] e *Beowulf* frequentemente constavam de suas conversas. Tolkien provavelmente mostrou ou leu a Lewis sua tradução em verso de *Beowulf*,[7] composta quando estava em Leeds. Certamente mostrou ao amigo a primeira das duas traduções em prosa de *Beowulf* que compôs no final dos anos 1920 ou início dos anos 1930, pois o texto datilografado contém emendas no que é, mais que provavelmente, a letra de Lewis. Isso indica que Lewis leu e comentou a tradução. Tolkien incorporou as emendas em sua versão final.

No fim da década de 1920, Lewis estava engordando enquanto Tolkien mantinha a compleição esbelta. Na adolescência Lewis fora magro e desengonçado, mas agora se tornara bastante pesado. Sua estatura física, sua voz ressoante e seu aspecto eram facilmente lembrados, como pelo professor A.G. Dickens:

---

[5]Poema aliterante escrito no século XIV; de autor desconhecido, é considerado o mesmo de *Sir Gawain e o Cavaleiro Verde*, traduzido e analisado por Tolkien. (N.E.)

[6]Poema narrativo inglês médio, provavelmente escrito entre os séculos XIII e XIV, mistura o mito grego Orfeu com a mitologia e o folclore célticos. (N.E.)

[7]Informação sobre as traduções de *Beowulf* por Tolkien baseadas em comunicação pessoal do dr. Michael Drout, do Wheaton College, Norton, Massachusetts, que descobriu o material em 1996. Ele publicou uma versão estendida da conferência de Tolkien em 1936 sobre *Beowulf*, baseada no material recém-descoberto, e as traduções deverão ser publicadas num futuro próximo.

> Talvez a primeira coisa que se notava nele era que tinha uma compleição extraordinariamente corada, quase como se fosse ter uma apoplexia a qualquer momento. [...] Tinha traços bem marcados, bastante sólidos, belos olhos expressivos, um tipo físico muito sólido, uma voz clara e enfática. Falava em muito boa prosa. Poder-se-ia gravá-la, acrescentar um pouco de pontuação e fazer algo como um ensaio. Vestia-se de modo muito informal. Sempre usava paletó de *tweed* e calças de flanela, que na época eram o uniforme da população estudantil.

O professor Dickens acrescentou que muitos membros seniores da universidade também usavam tais trajes, mas talvez de forma mais arrumada que Lewis.

Lewis usava roupas "masculinas" em deliberado contraste com a tendência ajanotada dos estetas que podiam ser vistos — e gostavam de ser vistos — em Oxford naqueles dias. Tolkien vestia-se mais na moda, mas ainda no uniforme do acadêmico livresco: paletó de *tweed* e calça de flanela. (Talvez Tolkien quisesse compensar sua criação menos privilegiada com uma aparência mais elegante.) Tolkien confidenciou, numa carta muito posterior, suas impressões do amigo: "C.S.L., é claro, tinha algumas esquisitices e às vezes podia ser irritante. Afinal de contas, era e continuava sendo um irlandês de Ulster. Mas não fazia nada para aparecer; não era um palhaço profissional, e sim natural, quando era um palhaço. Tinha uma mente generosa, alerta contra todos os preconceitos, apesar de alguns estarem por demais enraizados em sua experiência nativa para que ele os observasse." Numa carta a um estudioso americano, anos mais tarde, Lewis, por sua vez, lançou luz sobre Tolkien: "É um grande homem. Suas obras publicadas (tanto imaginativas quanto eruditas) deveriam a esta altura preencher uma estante: mas ele é uma dessas pessoas que nunca estão satisfeitas com um [manuscrito].” Lewis também se referiu a ele, em outra carta, como “aquele grande homem, porém lento e pouco metódico”.

Logo após sua conversão ao teísmo em 1929, Lewis começou a escrever uma autobiografia espiritual, uma espécie de precursor de *Surpreendido pela alegria.* Sua finalidade era explicar a importância de sua experiência da alegria, associada, no processo, com um anseio inconsolável. Esse manuscrito precoce tinha 72 páginas. Começava com uma declaração de propósito, explicando que não era uma defesa intelectual do teísmo como tal, mas sim a história de uma persistente experiência que o fez crer em Deus:

> Neste livro, proponho-me a descrever o processo pelo qual retornei, como tantos de minha geração, do materialismo para uma crença em Deus[...] Cheguei aonde estou, não somente por reflexão, mas por reflexão sobre uma experiência recorrente em particular. Sou um teísta empírico. Cheguei a Deus por indução.

Essa autobiografia inacabada é uma indicação de um autoexame após Lewis aceitar o teísmo. A grande batalha entre sua vida intelectual e a imaginativa começava a mostrar sinais de armistício. Lewis viu-se reagindo ao relato de John Bunyan sobre sua angústia interior e conversão subsequente, registrado em sua confissão *Grace Abounding to the Chief of Sinners* [Graça abundante para o principal pecador] (1666). Escreveu sobre a confissão de Bunyan em uma de suas frequentes cartas a Arthur Greeves, seu amigo de Ulster:

> Gostaria de saber [...] em geral o que você acha de todo o lado mais obscuro da religião, tal como o encontramos

> em livros antigos. Antigamente eu o considerava uma mera adoração do diabo baseada em superstições horríveis. Agora que encontrei, e ainda estou encontrando cada vez mais o elemento de verdade nas velhas crenças, sinto que não posso descartar nem o lado terrível delas com tanta arrogância. Deve haver algo nele. Mas o quê?

Por volta da época da mudança para The Kilns, em 11 de outubro de 1930, Lewis começou a ler o Evangelho de João em grego — logo se tornou hábito ler algum trecho da Bíblia mais ou menos diariamente. Também começou a frequentar a capela do Magdalen College durante a semana e sua igreja paroquial aos domingos. A leitura de João começou a mudar sua imagem da vida e da pessoa de Cristo. Significativamente, ele também estivera lendo *Diary of an Old Soul* [Diário de uma velha alma] (1880), de George MacDonald, no começo de 1930. O período de primavera (ou Sto. Hilário) de Oxford havia começado, excluindo as leituras particulares exceto pelo calendário de versos de MacDonald, escrito após a morte de dois de seus filhos. Numa carta a Greeves, Lewis declarou-se satisfeito porque, quando ele terminasse de ler *Diary of an Old Soul*, haveria muitos outros livros do mesmo gênero. Enxergou isso como "mais uma das belezas de se chegar, não digo à religião, mas a uma tentativa de religião — a gente se encontra na estrada principal com toda a humanidade e pode comparar suas experiências com uma infinda sucessão de viajantes pregressos. É enfaticamente uma volta para casa[...]". Pensamentos semelhantes estavam em sua mente quando escreveu a outro amigo, Alfred Kenneth Hamilton Jenkin, a 21 de março de 1930. Contou a Jenkin como sua perspectiva estava mudando. Não achava que estivesse se movendo exatamente rumo ao cristianismo, apesar de que, confessou Lewis, poderia dar nisso no fim. O melhor modo de explicar a mudança, disse, era este: outrora ele teria dito "Hei de adotar o cristianismo?"; agora esperava para ver se o cristianismo o adotaria. Havia outra parte envolvida — era como se estivesse jogando pôquer, não paciência, como antes supunha. Por volta dessa época, Lewis, em sobressalto fingido, escreveu a Barfield que coisas aterrorizantes lhe estavam acontecendo. Disse, na linguagem de seus interesses filosóficos, que o "Espírito" ou "Eu Real" tendia a tornar-se muito mais pessoal e, para seu temor, estava tomando a ofensiva. Na verdade, estava se comportando exatamente como Deus. Concluiu: "É melhor você vir na segunda-feira no máximo, ou poderei ter entrado para um mosteiro."

Pouco mais de dois anos se passaram desde a epifania totalmente inesperada de Lewis, num trajeto de ônibus no verão de 1929. Então ele decidira, relutantemente, dobrar os joelhos a um Deus um tanto sem forma, mas incorrigivelmente pessoal, e claramente teístico; isto é, um Deus que é criador de tudo o que não é ele — estrelas e galáxias, matéria e espaço, rochas e água, vegetação, vida animal e seres humanos.

Na segunda-feira, 28 de setembro de 1931, num meio de transporte bem diferente, Lewis dá outro passo repentino em sua jornada espiritual. Instala-se no *sidecar* da motocicleta Daudel de Warren. O irmão sobe na moto e ajusta os óculos. Logo estão correndo pelas estradas interioranas da ensolarada Oxfordshire, e seus vislumbres dos bosques, das cercas vivas e dos riachos que passam são, às vezes, toldados pelas nuvens tardias da névoa matutina. Rumam para o leste, na direção do zoológico de Whipsnade.

Pode parecer um evento incongruente: um brilhante *don* de Oxford e um experiente major do exército tirando o dia para ir ao zoológico, em visita ao urso sr. Bultitude e a floresta Wallaby — com seu tapete de jacintos e os *wallabies*[8] saltando cá, lá e em toda parte, uma verdadeira visão, para os irmãos, do Éden reconquistado. É bem verdade que aos dois juntam-se a sra. Moore, Maureen e um amigo irlandês, sem esquecer o canino sr. Papworth, que vem atrás no carro muito mais lento. A visita, porém, é um prazer livremente escolhido pelos irmãos. Lewis, muitas vezes, acha que toda a sua labuta de escrever e ensinar é exatamente para um momento como este, para uma excursão feliz e vagarosa com seu amigo e irmão Warnie, onde podem ter as velhas, velhas conversas. Lewis não é um esteta (isto fica óbvio pelo modo como se veste), apesar de seguir honestamente as pegadas deixadas pela beleza onde quer que as encontre. Ele, como o irmão, espoja-se no caráter físico do mundo.

À medida que a motocicleta corre rumo a Whipsnade, todo o mundo de Lewis subitamente vira de pernas para o ar. Uma escolha foi-lhe apresentada, e ele empurra outra porta para abri-la, transformando-se no escritor e pensador cristão que, sem buscar fama, acabará sendo conhecido por muitos milhões de pessoas em todo o globo. Antes desse momento ele é um poeta obscuro a meio caminho na vida, com grandes aspirações, e um professor conhecido apenas por uns poucos, que não muitos anos antes fora ateu. Lewis sente-se puxado para frente no banco quando a moto reduz a velocidade num cruzamento. Uma placa de estrada mostra que estão quase em Whipsnade.[9]

---

[8]Espécie aparentada ao canguru. (N.T.)

[9]As vinhetas deste capítulo nas páginas 77-78 e 86-88, baseiam-se nos relatos de Lewis em *Surpreendido pela alegria* (174-175 e 184-185) e no registro do diário de Warren Lewis descrevendo a excursão para Whipsnade (segunda--feira, 28 de setembro de 1931), em *Brothers and Friends*, 100-102. O estilo da visita a Whipsnade foi restringido pela chegada tardia do carro levando a sra. Moore e os demais, e pelo fato de que depois Lewis e Warnie se revezaram cuidando do cachorro, que não podia entrar no zoo.

O PROCESSO DA CONVERSÃO de Lewis ao cristianismo havia começado com sua aceitação do teísmo pouco mais de dois anos antes, em seguida ao marcante trajeto de ônibus subindo a Headington Hill. A peregrinação chegara ao ápice poucos dias antes do passeio a Whipsnade. Na noite de 19-20 de setembro, descendo o Addison's Walk,[10] no terreno do Magdalen College, Lewis tivera uma longa conversa com Tolkien, àquela altura amigo chegado, e com um amigo de ambos, Henry "Hugo" Victor Dyson Dyson (1896-1975), que o abalara até as raízes. Como Tolkien, Dyson era cristão devoto. A fé de Tolkien remontava à infância, à conversão da mãe ao catolicismo romano e à sua primeira comunhão como menino em Birmingham. Tolkien registrou a longa conversa noturna no Addison's Walk e muitos diálogos anteriores com Lewis em seu poema "Mythopoeia" (a "produção do mito"; parte da obra *Tree and Leaf* [Árvore e folha]). Também anotou em seu diário: "A amizade com Lewis compensa muita coisa e, além de dar prazer e conforto constantes, fez-me muito bem pelo contato com um homem ao mesmo tempo honesto, valente, intelectual — um erudito, um poeta e um filósofo — e um amante, ao menos após longa peregrinação, de Nosso Senhor."

Dyson reforçara o argumento de Tolkien. Lewis conhecera-o no ano anterior, em uma de suas visitas à Universidade de Reading, onde ensinava. Descrevendo esse encontro, em 28 de julho de 1930, Lewis escreveu: "É um homem que realmente ama a verdade: um filósofo e um homem religioso, que faz com que suas atividades críticas e literárias derivem disso — não um desses malditos diletantes." Lewis o apreciava muito, inclusive sua vivacidade, rapidez ao falar e risada jovial. Sem dúvida Dyson conferiu peso emocional

[10]Caminho de Addison, uma das muitas trilhas pitorescas que cruzam Oxford. (N.T.)

ao argumento mais comedido de Tolkien naquela noite marcante. Tolkien argumentara a favor dos Evangelhos cristãos na base do amor universal pela história que, para ele, era sacramental. Seu poema "Mythopoeia" nos dá uma boa ideia do fluxo da conversa. Tolkien escreveu que o coração humano não é composto de falsidade, mas recebe nutrição e conhecimento do Sábio, e ainda o relembra. Apesar de ser antiga a alienação, os seres humanos não estão nem completamente abandonados por Deus nem totalmente corrompidos. Apesar de estarmos desgraçados, ainda mantemos vestígios de nosso mandado para reinar. Continuamos a criar de acordo com "a lei na qual somos feitos."

Mais tarde, Lewis escreveu um poderoso ensaio sobre a harmonia da história e do fato nos Evangelhos, lembrando aquela conversa com Tolkien e Dyson que mudara sua vida: "Este é o casamento do céu e da terra, o Mito perfeito e o Fato perfeito: reivindicando não apenas nosso amor e Obediência, mas também nossa maravilha e deleite, dirigido ao selvagem, à criança e ao poeta em cada um de nós, não menos que ao moralista, ao erudito e ao filósofo." Percebia que as pretensões e histórias de Cristo demandam de nós uma reação imaginativa, tanto quanto intelectual. Tratou mais plenamente do tema em seu livro *Milagres* (1947).

Tolkien, por sua vez, expôs sua opinião mais completamente na conferência "Sobre contos de fadas". Argumentou que os próprios eventos históricos das narrativas dos Evangelhos são moldados por Deus, o mestre criador de Histórias, com uma estrutura de virada repentina da catástrofe para o mais satisfatório de todos os finais felizes — uma estrutura compartilhada pelas melhores histórias humanas. Os Evangelhos, em sua fonte divina, penetram assim a "teia" sem emendas da narração humana de histórias, esclarecendo e aperfeiçoando as percepções que Deus, em sua graça, permitiu à imaginação humana. Nos Evangelhos, concluiu Tolkien, "a arte foi verificada". Entre essa arte que apontava para a história-mestra dos Evangelhos estavam os mitos nórdicos que Tolkien amara desde a infância, um amor e fascínio que compartilhava com Lewis.

Uma voz perpassa o ar enevoado das alturas como o grito pesaroso dos grous que passam. Ela lamenta:

Balder, o Belo
Está morto, está morto![11]

O pálido cadáver do sol morto é carregado através do firmamento setentrional. Lufadas de Niffelheim erguem os lençóis de névoa ao seu redor quando ele passa. Balder está morto — Balder, o Belo, deus do sol do verão, mais bonito de todos os deuses! A luz irradia de sua fronte, há runas em sua língua, assim como na espada do guerreiro. Todas as coisas na terra e no ar estão obrigadas, por mágico feitiço, a jamais feri-lo; mesmo as plantas e as pedras — todas exceto o visco! Hoeder, velho deus cego e silencioso, inocentemente transpassara o brando peito de Balder com sua lança afiada, feita por artifício com o visco maldito!

Assim diz, numa paráfrase, o poema sueco do século XIX *Drapa*, de Isaias Tegner, que o jovem Lewis leu na tradução em versos do erudito Henry Longfellow. Foi um dos muitos exemplos de mito nórdico que o extasiaram, um importante indicador na jornada imaginativa de Lewis, enquanto ele buscava a fonte de seu anseio inconsolável, marcado pela alegria.

A vida de Lewis até sua conversão aos 32 anos de idade está registrada em *Surpreendido pela alegria* (1955), e um

[11]*Drapa*, de Balder e Tegner. Minha paráfrase é baseada na tradução poética de Tegner por Longfellow.

pouco em sua longa alegoria *O regresso do peregrino* (1933). Essas obras nos contam que sua peregrinação demorada, variada e relutante foi grandemente influenciada por um certo tom distinto de sentimento que ele descobriu na primeira infância, e que o acompanhou, ora mais, ora menos, por toda a adolescência e jovem idade adulta.

Ele nos conta que aprendeu esse anseio pela beleza ou alegria ao contemplar os morros distantes pelas janelas do quarto de criança e ao ver o jardim em miniatura do irmão na tampa da lata de biscoitos. Mais tarde, ao ler sobre mitos e sagas do Norte, intensificou essa insatisfação. Sem dúvidas, em 1922, Lewis escreveu um poema sobre esse tema, "Alegria". Mais no fim da vida, Lewis personificou o anseio imaginativo na personagem da princesa Psiquê em *Até que tenhamos rostos* (1956), baseado no mito clássico. Mitos e contos do outro mundo, Lewis descobriu, muitas vezes, definiam esse anseio pela beleza.

Em *Surpreendido pela alegria,* Lewis relatou suas sensações de alegria, algumas das quais eram reações à beleza natural, enquanto outras eram evocadas pela literatura e pela arte. Esperava que outras pessoas reconhecessem suas próprias experiências ao lerem o relato. Seus primeiros gostos de beleza ensinaram-lhe o anseio e, por bem ou por mal, fizeram dele um devoto da "Flor Azul" — o símbolo de *Sehnsucht* ou anseio inconsolável na literatura romântica alemã e nas baladas escandinavas — antes de completar seis anos de idade.

A relação entre o deleite pela vida e o desejo pela beleza constantemente fascinava Lewis. As histórias de George MacDonald, que moldaram a imaginação de Lewis, são dominadas por uma alegre condição de santidade ou bondade da vida — mas não era uma espiritualidade platônica. As histórias de MacDonald (incluindo seus romances) tratam do simples e do ordinário, transformados por uma nova luz.

Lewis capturou isso exatamente ao escrever: "A qualidade que me encantara em suas obras imaginativas revelou-se como a qualidade do universo real, da divina, mágica, aterrorizante e extática realidade em que todos vivemos."

As criações imaginativas do próprio Lewis, como *As crônicas de Nárnia*, nasceriam desse desejo de beleza, encaixadas em uma estrutura cristã. O último capítulo de *O problema do sofrimento* (1940) fala a respeito; um sermão, *O peso da glória* (1941), tenta definir o desejo; *A viagem do Peregrino da Alvorada* (1952) trata da busca de Ripchip, camundongo de Nárnia, pelo País de Aslam no Fim do Mundo; *Surpreendido pela alegria* acompanha os fios gêmeos do pensamento de Lewis e de seu anseio pela beleza até sua conversão; e em *Até termos rostos* a princesa Psiquê tem um amor por essa beleza que é mais poderosa que a morte. Lewis escreveu: "Não queremos meramente ver a beleza,[...] queremos algo mais que mal pode ser expresso em palavras — sermos unidos à beleza que vemos, passar para dentro dela, recebê-la em nós para nos banharmos nela, tornarmo-nos parte dela. Foi por isso que povoamos o ar e a terra e a água com deuses e deusas e ninfas e elfos."

Lewis via esse anseio inextinguível como um sinal certeiro de que nenhuma parte do mundo criado, e portanto nenhum aspecto de nossa existência, é capaz de preencher a humanidade. Somos dominados por uma falta de lar, e no entanto por uma aguda percepção do que significa "lar".

Samuel Alexander (1859-1938) criou uma distinção filosófica entre o prazer e a contemplação que se tornou essencial para o pensamento de Lewis à época, em especial sua preocupação com a "dialética do desejo". Em *Surpreendido pela alegria* ele iria confessar: "Toda a minha espera e vigia da Alegria, todas as minhas vãs esperanças de encontrar algum conteúdo mental para o qual pudesse, por assim dizer, apontar e dizer: 'É isto', haviam sido uma fútil tentativa de contemplar o prazeroso." Foi uma descoberta muito importante. O segredo da alegria não estava dentro dele, mas fora dele, em algum lugar do mundo. No entanto, o próprio mundo, com sua complexidade e vastidão, não era adequado. Como seus recursos mentais e imaginativos, as características do mundo só podiam proporcionar uma lente com a qual se enxerga. O mesmo era verdade em relação às histórias do mundo — contos de deuses moribundos e buscas por terras imortais apontavam para uma realização em outro lugar. A fonte e o objeto da alegria ficavam "além das muralhas do mundo".

Com sua conversão, Lewis rejeitou a grandiosa impessoalidade de sistemas gerados pelo materialismo, e mesmo pelo idealismo. Passou a preferir a individualidade de lugares e pessoas, estações do ano e tempos, humores e tons de sentimento. O próprio Deus, concluiu ele, era a mais concreta e articulada das existências. A encarnação de Cristo possuía uma esplêndida lógica. Os relatos dos Evangelhos eram (como aprendeu de Tolkien) a epítome da narração de histórias e produção de mitos humanos, com uma espantosa dimensão de veracidade histórica. Tudo era verdade no mundo real, primário, sem perder a qualidade de mito que engendrava a alegria. As narrativas dos Evangelhos, portanto, demandavam uma reação tanto imaginativa quanto raciocinada. Pela primeira vez, os dois lados de Lewis — o filosófico e o imaginativo — encaixaram-se.

Um Deus que é plenamente pessoal, Lewis descobriu, é também mais interessante. A divindade está envolvida na contingência do mundo, incluindo a matéria da História; não é uma entidade imutável, abstrata (mesmo que seu caráter seja imutável), como Lewis argumentaria vigorosamente em seu livro *Milagres* (1947). O fato de que os

Evangelhos são histórias diz-nos muita coisa sobre nós mesmos, sobre quem somos. A narrativa dos Evangelhos é essencialmente interessante como história; uma boa história implica interesse humano e uma reação humana. A narrativa, o *evangelion*, demonstra como Deus conhece a nós e a nossos interesses. Na lógica de Lewis, inspirada pelos argumentos de Tolkien e Dyson, Deus é o contador de histórias que entra em sua própria história, colocando à sombra os romancistas futuros. Mas não apenas as narrativas dos Evangelhos proporcionam a chave de nós mesmos, elas nos contam muita coisa sobre Deus, seu principal assunto. Ele é intrinsecamente interessante, demandando nossa atenção intelectual e também imaginativa. Tudo o que tem a ver com ele pode ser posto em forma de história. Tudo a respeito dele é matéria do mais rico mito e do mais profundo raciocínio filosófico e científico.

Lewis explicou, sucintamente, sua compreensão do mito que se torna fato, uma compreensão que dali em diante iria escorar seus escritos:

> O coração do cristianismo é um mito que também é um fato. O antigo mito do Deus Moribundo, sem deixar de ser mito, desce do céu da lenda e da imaginação para a terra da História. Ele acontece — numa determinada data, num determinado lugar, seguido de consequências históricas definíveis. Passamos de um Balder ou um Osíris, que morre ninguém sabe quando nem onde, para uma Pessoa histórica crucificada (está tudo em ordem) sob Pôncio Pilatos. Tornando-se fato não deixa de ser mito: esse é o milagre. Para sermos verdadeiramente cristãos, precisamos concordar com o fato histórico e também receber o mito (por muito que tenha se tornado fato) com o mesmo abraço imaginativo que concedemos a todos os mitos.

Lewis, assumindo essa opinião, enfrentava tensões antigas, assim como Tolkien. A tensão entre o realismo e a fantasia é somente uma dessas tensões, expressa na acusação comum de que a fantasia é escapismo. O emprego do mito e da fantasia, no entanto, não denotava, tradicionalmente, uma falta de confiança; esse foi um fenômeno moderno. Seu uso em Lewis e em Tolkien retém um senso de confiança. Quando Lewis aplicou as categorias de mito e história aos Evangelhos, não estava demonstrando incerteza sobre sua historicidade. Apesar de os dois terem consciência das tensões entre o mito e o realismo, para eles, a tensão estava basicamente reconciliada, a despeito do fato de que a tensão está embutida no uso moderno do termo "mito". O mito pode ser definido em termos da corporificação da visão de mundo de um povo ou cultura, possuindo assim um importante elemento de crença. O mito também pode ser definido como irreal, fictício e meramente imaginativo. A existência do mito dá destaque ao dilema de que as "mentiras" do poeta, do autor de ficção e do construtor de modelos científicos capturam realidades profundas, realidades impossíveis de capturar de qualquer outro modo. A ficção, a poesia e a metáfora, apesar de serem "mentiras", contêm necessariamente um elemento que representa o mundo. Em seu poema "Mythopoeia", que reflete sua discussão com Lewis, Tolkien refuta plenamente a acusação de que histórias são "mentiras sopradas através de prata".

São evidentes outras formas da tensão inerente do mito. As tensões entre mito e razão, mito e História e mito e conhecimento remontam a tempos antigos. No entanto, foi só no período moderno que essa tensão representou uma crise de conhecimento. Nos tempos antigos, até a época que Lewis acabaria descrevendo como a Grande Divisão entre o Antigo Ocidente e o Ocidente Pós-cristão, a tensão entre o mito e o fato era criativa, resultando em grande literatura. Os dois amigos tinham confiança tangível em que a separação entre história e fato fora reconciliada, o que os levou a continuar uma tradição de ficção simbólica, contando histórias de dragões e reis disfarçados, animais falantes e demandas heroicas, passadas em mundos imaginados. Para eles, em um momento particular, definível no espaço e no tempo, o céu desceu à terra, e nossa humanidade subsequentemente foi elevada a Deus e nele permanece. Nosso mundo familiar e um mundo maior, fraturado pela antiga queda da humanidade, encontraram-se e se fundiram para sempre por causa do heroísmo de Cristo. Sua confiança nessa reconciliação entre mito e fato conduziu Tolkien e Lewis diretamente à criação da Terra-média, de Nárnia, Glome e Perelandra, que visam a apresentar uma imagem verdadeira da realidade que combina o céu e a terra, o espírito e a natureza.

4

Os anos 1930

O contexto da ortodoxia imaginativa

Em algum momento durante as longas guerras da Primeira Era da Terra-média, um dragão está deitado à beira de um desfiladeiro estreito e profundo através do qual se precipita um rio, conhecido como a "Escada Chuvosa". O sol está se pondo quando o guerreiro Túrin chega com dois companheiros. Por muitos anos, combateu contra Morgoth, o obscuro, que pretende reinar na Terra-média e busca vingança contra o dragão Glaurung pelo mal que este fez. Vendo sua oportunidade, Túrin planeja escalar o desfiladeiro abaixo do ponto onde Glaurung está e surpreendê-lo. Isso significará uma arriscada travessia do rio. Vendo o desfiladeiro nas trevas da noite, um dos companheiros se acovarda, e somente Túrin e Hunthor atravessam. O rugido do rio afoga todos os sons que fazem. Começam a subida. Por volta da meia-noite o dragão se agita e começa a puxar sua vasta massa para o outro lado da estreita ravina, deixando exposto o macio baixo-ventre. Uma rocha deslocada atinge Hunthor e o mata, mas Túrin escala às pressas e empurra sua espada negra para dentro do ventre do dragão, até o punho. Glaurung solta um enorme berro ao sentir o golpe mortal e atravessa totalmente o abismo. Por fim, seu fogo se apaga, e ele jaz imóvel.

Desejando recuperar a preciosa espada, Túrin atravessa o rio impetuoso outra vez e sobe até onde o dragão está estendido. Quando retoma a grande espada com um brado de vitória, Glaurung abre os olhos pela última vez e encara o inimigo com malícia. Túrin desmaia como que morto.[1]

O conto trágico de Túrin Turambar, que, entre outras coisas, se casa ignorantemente com a irmã há muito perdida, é uma das histórias centrais de *O Silmarillion* de Tolkien. Caracteristicamente, ela contende com a realidade do mal. Tolkien comentou que no conto de Túrin "está revelada a maioria das obras malignas de Morgoth", e que era "a pior das obras de Morgoth no mundo antigo". Tolkien esteve moldando seus relatos das eras primitivas da Terra-média durante boa parte da década de 1930, até abandoná-los por muitos anos em favor de uma continuação de *O hobbit*. Na verdade, Tolkien compôs uma versão de "O Silmarillion" em 1930. Esse foi o único relato da mitologia da Primeira Era que Tolkien jamais completou.

"O Silmarillion", tal como existia na década de 1930, era uma crônica dos dias antigos da Terra-média. Começava com a criação das Duas Lâmpadas que iluminavam o mundo e concluía com a grande batalha, em que Morgoth, o poder malévolo, é derrotado. O fio unificador dos anais e contos de "O Silmarillion" é, como sugere o título, o destino das Silmarils, as joias preciosas iluminadas com a luz original do mundo.

[1]Minha descrição desse incidente representativo baseia-se no conto de Túrin Turambar, encontrado em *O Silmarillion* e em várias versões em *Contos Inacabados* e *The History of Middle-earth*. Uma versão poética inacabada existe em *The Lays of Beleriand* (de *The History of Middle-earth*).

O Silmarillion, tal como foi publicado em 1977, está dividido em várias seções. A primeira é o Ainulindalë — o relato da criação do mundo. Esse é um dos mais belos textos de Tolkien, combinando perfeitamente temas filosóficos e teológicos em forma artística. A segunda seção é o Valaquenta — a História dos Valar, os poderes angelicais por detrás da criação. Segue-se então a seção principal, a maior, o Quenta Silmarillion — a "História das Silmarils". A próxima seção é o Akallabêth, o relato da queda de Númenor, o reino insular a oeste da Terra-média, sua Atlântida. A seção final trata da História dos Anéis de Poder e da Terceira Era, criando um pano de fundo para os eventos de *O Senhor dos Anéis*.

A mitologia, a História e os contos da Terra-média existem em papéis inacabados, esboçados durante a maior parte da vida de Tolkien, com evoluções e mudanças narrativas, muitas vezes, surpreendentes. Não menos, alguns dos grandes contos existem como versões em poesia e em prosa.

"O Silmarillion" compreendia inúmeras histórias, variados seres, uma geografia e História consistentes e diversas línguas inventadas que geram os nomes de pessoas e lugares, criando uma unidade de estilo. O escopo dessas criações é formidável. Ademais, não são meramente elementos. Tolkien inspirou-lhes vida, de forma que se interrelacionam constantemente. Acreditava mais e mais que as histórias, as línguas e os povos haviam adquirido vida própria, que ele lutava em capturar de modo adequado. No entanto, ao escrever primeiro *O hobbit* e depois *O Senhor dos Anéis*, Tolkien conseguiu atingir uma unidade artística acessível a um público leitor popular. No processo, precisou criar, quase sozinho, as condições em que uma tal ficção fantástica e mitopeica pudesse chegar a um público leitor adulto. Lewis apoiou essa tarefa cordialmente, escrevendo sua trilogia de ficção científica *Além do planeta silencioso, Perelandra* e *Uma força medonha* (1938-1945); *O grande abismo* (1945); e, mais tarde, *Até que tenhamos rostos* (1956).

Em 1932, Tolkien comprou seu primeiro carro, um Morris Cowley conhecido por "Velho Jo" de acordo com a placa.[2] (Mais tarde, desistiu de ser dono de um carro por uma questão de princípios, por causa do efeito ambiental do grande número de proprietários e da maciça produção de carros.) A propriedade do carro permitiu uma acidentada viagem familiar para visitar Hilary Tolkien em Evesham, em que dois pneus esvaziaram e o veículo, conduzido de maneira desastrada, demoliu parcialmente um muro de pedra seca perto de Chipping Norton. As consequências de ter um carro inspiraram outra história infantil, *Sr. Bliss*[3] (toda ilustrada em cores pelo próprio Tolkien), que de fato só foi publicada em 1982. É a história do sr. Bliss, um homem notável pelos chapéus altos, que mora numa casa alta, e suas aventuras depois que comprou um carro amarelo-vivo por cinco xelins.

O estranho vulto de Tom Bombadil, "mestre do bosque, da água e da colina", também adquiriu vida nesse período. É um espírito da natureza, sem mestre, e que se recusa a ter posses. Como o Adão bíblico, é um criador de nomes.

Tom Bombadil começou como um boneco holandês, que pertencia a Michael Tolkien quando criança, e tinha uma esplêndida pena no chapéu. Na invenção de Tolkien, tornou-se o herói de "As aventuras de Tom Bombadil", publicado numa coleção de poesias em 1934. Tom Bombadil acabou reemergindo em *O Senhor dos Anéis*. Deu aos pôneis dos hobbits nomes aos quais "responderam pelo resto de

---

[2]A placa de licença do carro incluía as letras JO. (N.T.)

[3]*Bliss* significa alegria, felicidade. O nome poderia ser adaptado para algo como sr. Alegria. (N.E.)

suas vidas". Como os magos, tinha aspecto de homem, mas diferentemente deles estivera na Terra-média desde os dias mais remotos. O talento de Tolkien para canções, baladas e enigmas engenhosos, expresso em Tom Bombadil, encaixava-se bem num ambiente de hobbits. Numa carta ao seu editor em 1937, Tolkien falou de Tom Bombadil como o espírito da desvanecente região rural de Berkshire e Oxfordshire. É um vulto muito oportuno, recusando a dominação da natureza, que bem poderia servir como santo padroeiro do bom cientista.

No início de 1938, Tolkien leu uma nova história, *Mestre Gil de Ham*, para uma sociedade estudantil no Worcester College, em vez do anunciado ensaio acadêmico sobre contos de fadas, que ainda não estava pronto. Apesar de adequada para crianças, ela, pouco a pouco, vai se aproximando da história adulta, e, quem sabe, por isso Tolkien a tenha visto como substituta adequada para o ensaio acadêmico. Publicado só em 1950, esse despreocupado conto tem por subtítulo: "A ascensão e as aventuras maravilhosas de Mestre Gil, fazendeiro, senhor de Tame, conde de Worminghall e rei do Pequeno Reino". Começa com um prefácio fingidamente erudito sobre sua suposta autoria, sua tradução do latim, e a extensão do "Pequeno Reino" "num período obscuro da História da Grã-Bretanha", antes dos dias do Rei Arthur, no vale do Tâmisa.

A história jocosa, apesar de superficialmente ser muito diferente dos contos da Terra-média, possui temas característicos de Tolkien. A inspiração da história é linguística: ela oferece uma explicação paródica do nome de um vilarejo real a leste de Oxford, predileto de Tolkien, chamado Worminghall, perto de Thame. O Pequeno Reino tem semelhanças com o Condado, em especial a vida protegida e rústica de Mestre Gil. Ele é como um hobbit complacente, com qualidades inesperadas. O humor — com sua erudição fingida — é semelhante ao do livro de versos hobbits *The Adventures of Tom Bombadil* [As aventuras de Tom Bombadil], publicado somente em 1962.

As leituras de Lewis eram muito mais amplas e ecléticas que as do amigo, que focalizava sua atenção cada vez mais nas West Midlands inglesas medievais, tanto na ficção quanto no trabalho linguístico em Oxford. O fruto dessa leitura condensada foram muitos ensaios literários ao longo dos anos, a maior parte coletada postumamente, e importantes estudos, como *Alegoria do amor: um estudo da tradição medieval* (1936), sobre o crescimento da alegoria e as evoluções do amor romântico, e *English Literature in the Sixteenth Century* [Literatura inglesa no século XVI] (1954), a contribuição de Lewis à *Oxford History of English Literature* [História Oxford da literatura inglesa]. Lewis começou a escrever esta última em 1935, depois de completar *A alegoria do amor*, por sugestão do professor F.P. Wilson, um dos editores da série. Frank Wilson fora instrutor de Lewis quando este era estudante. Assim como muitos contemporâneos, fora gravemente ferido na 1ª Guerra Mundial — assim como Tolkien, tinha lutado na Batalha do Somme. Um dia envolver-se-ia na eleição de Lewis para uma cátedra na Universidade de Cambridge. Lewis continuou o trabalho sobre um autor do século XVI que adorava, Edmund Spenser, e os resultados foram dispersos em muitos livros e ensaios acadêmicos. David L. Russell comenta perceptivamente que "a maior parte das críticas literárias fica obsoleta em sua própria geração, mas as de Lewis permanecem extremamente legíveis, provocativas e, talvez mais significativamente, sendo impressas mais de três décadas após sua morte — um vigoroso testemunho de seus poderes de estudioso."

Alegoria do amor é considerado por muitos uma das mais destacadas obras de crítica literária do século XX. "Aos estudos medievais neste país, o direcionamento lógico e filosófico de Lewis conferiu uma dimensão totalmente nova", comentou o Professor Jack Arthur Walter Bennett (1911-1981), sucessor de Lewis em Cambridge. Esse interesse pelas ideias fundamentais é demonstrado na sua preocupação com a evolução filosófica e semântica do termo "natureza". Lewis rastreou esse conceito desde os começos da alegoria literária, passando por Chaucer e Spenser, retornando a ele perto do fim da vida em seu livro *Studies in Words* [Estudos de palavras] (1960).

Lewis começou a trabalhar em *Alegoria do amor* em 1928 e o terminou em 1935, de forma que o livro abarca o período de sua conversão ao teísmo e depois ao cristianismo. Numa carta escrita em 1934, quando *Alegoria do amor* estava quase terminado, sugeriu que o segredo para compreender a Idade Média, incluindo sua preocupação com alegoria e amor palaciano, era travar conhecimento profundo com *A divina comédia* de Dante, *O romance da rosa*, os clássicos, a Bíblia e o Novo Testamento Apócrifo.

A Idade Média proporciona a chave e o arcabouço dos pensamentos e da ficção de Lewis, exatamente como ocorre com Tolkien. Grande parte da obra erudita de Lewis focalizava esse período, e ele considerava os escritores do século XVI, e de toda a Renascença, como parte do mesmo mundo intelectual e imaginativo. Suas histórias de ficção científica celebram uma imagem medieval do cosmo, assim como seus contos de Nárnia. Buscou reabilitar as percepções imaginativas e intelectuais daquele vasto período para o leitor contemporâneo.

Enquanto procurava um editor para *Alegoria do amor*, apresentou o livro à Oxford University Press, que o aceitou para publicação. Ele explicou que o livro tinha dois temas globais. O primeiro tratava do nascimento da alegoria e seu crescimento daquilo que se encontra na poesia de Prudêncio ao que se torna em Spenser. O segundo tema era o nascimento da ideia romântica do amor e a longa contenda entre sua forma primitiva, a que Lewis chamava o romance do adultério, e a forma posterior, a que chamava o romance do matrimônio.

Parte do estímulo intelectual do livro pode ser transmitida por uma pequena seleção de frases extraídas dele:

> Compreenderemos melhor nosso presente, e talvez até nosso futuro, se conseguirmos, por um esforço de imaginação histórica, reconstruir aquele estado mental, há muito perdido, para o qual o poema de amor alegórico era um modo natural de expressão[...]. O "amor", em nosso sentido da palavra, está tão ausente da literatura da Idade das Trevas quanto daquela da antiguidade clássica[...]. Precisamos indagar como algo sempre latente na fala humana [alegoria] torna-se adicionalmente explícito na estrutura de poemas inteiros; e como poemas desse tipo chegam a gozar de popularidade incomum na Idade Média.

Lewis esclarece a natureza da alegoria: "O alegorista deixa o que é dado — suas próprias paixões — para falar do que é confessadamente menos real, do que é uma ficção[...]. A alegoria é um modo de expressão [...] [em que] o olhar dos homens se voltava para dentro[...] A evolução da alegoria [iria] fornecer o elemento subjetivo da literatura, pintar o mundo interior."

Alegoria do amor demonstra a preocupação de Lewis em ajudar o leitor a penetrar o mais profundamente possível nas intenções de um autor. Ele se concentrou na crítica textual, que ele valorizava acima de outros tipos de atividade crítica, como esclarece um comentário posterior: "Descubra o que o autor de fato escreveu, e o que significavam as palavras difíceis, e a que se referiam as alusões, e terá feito por mim muito mais do que uma centena de novas interpretações ou avaliações jamais poderiam fazer." Lewis estava comprometido com a autoridade do autor. Harry Blamires destaca que Lewis "reviveu o gênero da crítica histórica com seu trabalho sobre literatura medieval e renascentista em *Alegoria do amor* (1936) e *English Literature in the Sixteenth Century* (1954)." Seu restabelecimento desse gênero, na opinião de Blamires, é talvez ainda mais significativo que essas próprias obras. Particularmente, apesar de as conclusões de Lewis nesses livros nem sempre serem aceitas, os livros com erudição histórica são admirados quase universalmente.

No prefácio de *Alegoria do amor* fazem-se referências a três amigos significativos: Tolkien, Hugo Dyson e Owen Barfield — a quem o livro é dedicado, e ao qual Lewis confessa a maior dívida, depois de seu pai:

> Parece que quase não há nenhum dos meus conhecidos de quem eu não tenha aprendido. A maior dessas dívidas — a que devo a meu pai pelo benefício inestimável de uma infância passada praticamente a sós numa casa repleta de livros — está agora além da possibilidade de ser saldada; e entre as demais só posso escolher[...]. Acima de tudo, o amigo a quem dediquei o livro ensinou-me a não tratar o passado com condescendência, e treinou-me para ver o presente, ele também, como um "período". Não desejo para mim função mais elevada que ser um dos instrumentos pelos quais essa teoria e prática em tais assuntos possa se tornar mais amplamente eficaz.

LEWIS VIA-SE CADA VEZ MAIS enfrentando uma nova abordagem à crítica, grande parte da qual provinha da Escola de Inglês da Universidade de Cambridge e se identificava com I.A. Richards, em especial naquela época. Tolkien reagia mais indiretamente, pela sua reforma e implementação do plano de ensino da Oxford Honours English School, que foi aceita em 1931. Isso contrariou a ênfase de Cambridge no movimento moderno em literatura e sua crescente preocupação com a teoria literária. A Escola de Cambridge era particularmente diferente da de Oxford, especialmente depois da reforma do plano de ensino em 1928. O anglo-saxão era opcional, introduziu-se a "crítica prática", a literatura anterior a Shakespeare era minimizada, e ensinavam-se escritores do período moderno. A nova abordagem tendia a reavaliar o cânone literário tradicional, e alguns dos prediletos de Lewis, como Milton e Shelley, sucumbiram. Lewis já atacara a degradação de Shelley por T.S. Eliot num ensaio reproduzido em seu *Rehabilitations and Other Essays* [Reabilitações e outros ensaios] (1938), mas também o perturbava uma tendência mais ampla a ver a poesia como expressão da personalidade do poeta. Chamava essa tendência de "a heresia pessoal" e tratara dela desde 1930 em um ensaio para uma sociedade estudantil de Oxford, os Martlets,[4] sobre "A Heresia Pessoal na Poética". Essa posição levou-o a uma cortês disputa com o *don* de Cambridge Eustace Mandeville Wetenhall Tillyard (1889-1962), que ajudara a montar a Escola de Inglês dali. Começou com um ensaio citando o livro de Tillyard *Milton* (1930) como exemplo desse tratamento da poesia como expressão pessoal. Tillyard reagiu, o que levou a uma resposta de Lewis e, eventualmente, a um

[4]Martlet: ave simbólica heráldica inglesa, encontrada em brasões e escudos, normalmente relacionada ao quarto filho de uma família tradicional. Semelhante ao colibri, mas representado sem os pés. (N.E.)

livro do qual foram coautores. Lewis argumentava contra a opinião de que a poesia expressa informações biográficas do poeta e de que é necessário conhecer algo do poeta para compreender o poema. Seu foco era o caráter inerente de uma obra de literatura — o poema como algo artesanal, o significado original de *poiema*, de onde vem o termo "poesia". Lewis não negava a importância do poeta, nem seu contexto sociocultural ou intenção ao escrever. Mas lendo um poema, argumentava Lewis, olhamos com o poeta e não para sua constituição psicológica. Vemos com seus olhos. A consciência do poeta é uma condição de nosso conhecimento, não o próprio conhecimento. A análise de Lewis foi notável ao antecipar novas escolas de crítica literária que iriam focalizar o caráter inerente da literatura, expressa, por exemplo, em *The New Criticism* [A nova crítica] (1942), de John Crowe Ransom.

O que Lewis via como leituras equivocadas de Milton, ou, mais seriamente, degradações dele — como eram encontradas particularmente nas opiniões do crítico de Cambridge Frank Raymond Leavis (1895-1978) —, eram, para ele, sintomas de uma tendência moderna que achava cada vez mais alarmante. Lewis percebia que a nova abordagem à crítica tinha uma ênfase bastante elitista. Pela sua ampla experiência de leitura, rejeitava instintivamente uma diferença entre literatura culta e inculta, séria e popular, e até mesmo entre livros ditos bons e ruins. Para ele, uma diferença muito mais importante e fundamental era entre leitores bons e ruins. A literatura, acreditava cada vez mais, existe para o deleite dos leitores, e, portanto, os livros devem ser julgados pelo tipo de leitura que evocam. Em vez de julgar se um livro é bom ou ruim, é melhor reverter o processo e considerar leitores bons e ruins. "O bom leitor", argumentou Lewis em seu *An Experiment in Criticism* [Uma experiência em crítica]

(1961), "lê cada obra seriamente, no sentido de lê-la totalmente, torna-se tão receptivo quanto pode." Foi por isso que Lewis escreveu elogiando Rider Haggard, Tolkien, *Sir* Walter Scott e a ficção científica, bem como Spenser, Shakespeare, Bunyan, Chaucer e Milton. Sua ênfase estava na recepção da literatura, não em sua análise.

A Universidade de Cambridge, porém, não era tão monolítica em seu apoio ao modernismo quanto Lewis e Tolkien supunham. Na verdade, ironicamente, em 1954, Cambridge acabou conferindo a Lewis a honra que Oxford relutara em lhe oferecer por tanto tempo: uma cátedra de inglês. No período da primavera de 1938, Lewis viu-se dando uma aula por semana na Escola de Inglês de Cambridge sobre "Prolegômenos à Literatura da Renascença". Fora convidado a lecionar sobre o século XVI por Henry Stanley Bennett (1889-1972), um homem importante da escola de Cambridge. Bennett estava ficando inquieto com a crescente proeminência de F.R. Leavis, que fora profundamente influenciado pelas teorias de I.A. Richards e iria tornar-se um dos mais importantes críticos literários da língua inglesa de seu tempo. Ao preparar e apresentar suas aulas em Cambridge, Lewis fez uma descoberta surpreendente, que explicou ao amigo A.K. Hamilton em uma carta: "Vou a Cambridge para dar uma aula por semana nesse período. Já lhe contei que descobri que a Renascença nunca ocorreu? É sobre isso que estou lecionando. Você acha razoável chamar as conferências de 'A Renascença' nessas circunstâncias?" Sua crença de que a ascenção do modernismo era uma mudança histórica muito mais importante que quaisquer mudanças ocorridas na Renascença proporcionar-lhe-ia o assunto para sua Preleção Inaugural em Cambridge, em 1954. A continuidade, não a mudança radical, foi o tema da longa introdução de seu *English Literature in the Sixteenth*

Century, "Nova erudição e nova ignorância", que se baseava nas aulas de Cambridge de 1938 e em uma série posterior dada em Cambridge em 1944 — as Preleções Clark. Ali, argumentou a favor de uma profunda continuidade entre o período medieval e a Renascença.

Ao contrário dos de Lewis, os escritos acadêmicos de Tolkien eram esparsos e raros. Prestava bastante atenção às aulas e instruções. Em 25 de novembro de 1936, no entanto, fez uma conferência à British Academy em Londres. Edith o acompanhou por causa da importância da ocasião. O título dado por Tolkien foi "*Beowulf*: os monstros e os críticos". De acordo com Donald K. Fry, essa conferência (publicada no ano seguinte) "alterou por completo a trajetória dos estudos de *Beowulf*". Era uma defesa da unidade artística daquele conto em inglês antigo. (O mais antigo manuscrito sobrevivente data de cerca de 1000 d.C.) Assim como sua conferência de 1939, "Sobre contos de fadas", esta acerca de *Beowulf* proporciona uma importante chave para sua obra, tanto como erudito quanto como escritor de ficção.

O trecho seguinte de *Beowulf*, em tradução do século XIX, fala de um dragão vigiando seu tesouro, semelhante a Smaug em *O hobbit*, e enfurecendo-se com o roubo de uma das preciosidades:

> Na tumba no morro / guardava um tesouro,
> na colina em aclive. / Reto caminho lá levava,
> que os homens ignoravam. / No entanto, um ousado
> veio por ventura / ao vão da caverna,
> ao mealheiro do monte. / Em mãos tomou
> uma taça dourada, / tomou sem devolver,
> furtou e fugiu, / em fundo sono o guardião,

com o ardil da ocasião: / pela ira do vigia
o príncipe e o povo / pagarão em breve![5]

Em sua conferência, Tolkien exprime insatisfação com a crítica existente de *Beowulf.* De fato, queixou-se, não fora crítica propriamente dita, visto que não se dirigia a uma compreensão do poema como poema, como obra de arte unificada. Ele fora visto, isso sim, como uma fonte de dados históricos sobre seu período. Em particular, os dois monstros que o dominam — Grendel e o dragão — não tinham sido suficientemente considerados como centro e foco do poema. Tolkien argumentou que aquilo que chamava de "estrutura e conduta" do poema nascia desse tema central dos monstros.

Para Tolkien, estava claro que o poeta de *Beowulf* criara, pela arte, uma ilusão de verdade e perspectiva históricas. O poeta tinha um sentido histórico instintivo que usava para fins artísticos, poéticos. Tolkien disse à plateia naquela noite de outono: "Longe de ser um poema tão fraco que somente seu interesse histórico acidental ainda possa recomendá-lo, *Beowulf* é de fato tão interessante como poesia; em alguns trechos, poesia tão poderosa, que isto obscurece totalmente o conteúdo histórico, e é largamente independente mesmo dos fatos mais importantes [...] que a pesquisa descobriu." Um

---

[5]Em inglês, estes versos dizem:

In the grave on the hill / a hoard it guarded,
in the stone-barrow steep. / A strait path reached it,
unknown to mortals. / Some man, however,
came by chance / that cave within
to the heathen hoard. / In hand he took
a golden goblet, / nor gave he it back,
stole with it away, / while the watcher slept,
by thievish wiles: / for the warden's wrath
prince and people / must pay betimes!

Notam-se aqui os princípios da poesia aliterante — anteriormente mencionados —, por exemplo no último verso: *P*rince and *P*eople / must *P*ay betimes! [o *P*ríncipe e o *P*ovo / *P*agarão em breve!]. (N.T.)

estudo literário de *Beowulf*, Tolkien argumentou, precisa lidar com um poema inglês nativo que usa de forma nova materiais antigos e mormente tradicionais, e portanto o foco não deveria estar nas fontes do poeta, e sim no que ele fez delas.

Considerando os monstros, que são tão fundamentais em *Beowulf*, Tolkien explicou que essa escolha de tema realmente explica a grandeza do poema. O poder vem do "modo mítico de imaginação". A abordagem de Tolkien a *Beowulf* é admiravelmente adequada às suas próprias histórias: "A significância do mito não pode ser facilmente fixada no papel pelo raciocínio analítico. É mais bem apresentada por um poeta que sente, em vez de tornar explícito, o que seu tema pressagia; que o apresenta encarnado no mundo da História e da geografia, assim como nosso poeta [de *Beowulf*] o fez." Tolkien apontou o perigo e a dificuldade de se levar em consideração o modo mítico da imaginação em uma obra como *Beowulf*:

> Assim, seu defensor está em desvantagem: a não ser que seja cauteloso, e fale em parábolas, matará por vivisecção aquilo que está estudando, e lhe sobrará uma alegoria formal ou mecânica, e mais ainda, provavelmente uma alegoria que não funciona. Pois o mito vive ao mesmo tempo e em todas as suas partes, e morre antes de poder ser dissecado. É possível, creio, emocionar-se com o poder do mito e ainda assim interpretar mal a sensação, atribuí-la totalmente a algo diverso que também está presente: à arte métrica, ao estilo ou à habilidade verbal.

Beowulf era o matador do dragão. Tolkien via o dragão como um símbolo potente. "Algo mais significativo que o herói padrão, um homem que enfrenta um inimigo mais maligno que qualquer inimigo humano da casa ou do reino, está diante de nós, e, ainda assim, encarnado no tempo, caminhando na História heroica, e pisando as terras nomeadas do Norte." De acordo com Tolkien, o criador de *Beowulf* não somente usou as antigas lendas de modo novo e original, mas também proporcionou "uma medida e interpretação de todas elas." Nesse poema vemos "o homem em guerra com o mundo hostil, e sua inevitável derrota com o tempo." A questão do poder do mal é central. Beowulf "move-se em uma era heroica setentrional imaginada por um cristão e, portanto, tem uma qualidade nobre e branda, apesar de concebido como pagão".

Em *Beowulf,* existe uma fusão do cristão e do antigo Norte, do velho e do novo. No entanto, a imaginação do autor de *Beowulf* não havia evoluído para uma imaginação alegórica. A alegoria foi um desenvolvimento posterior. Seu dragão, como símbolo do mal, conserva a antiga força da imaginação pagã setentrional; não é uma alegoria do mal em referência à redenção ou danação da alma individual. Ele se ocupa do "homem na terra", não da jornada à Cidade Celestial. "Cada homem e todos os homens, e todas as suas obras, hão de morrer[...] A sombra de seu desespero, nem que seja apenas como humor, como intensa emoção de remorso, ainda existe. O valor da bravura derrotada neste mundo é sentido profundamente." O poeta sente esse tema imaginativa ou poeticamente, não de modo literal, porém com o senso da definitiva derrota das trevas.

O autor de *Beowulf* explorou percepções que podem ser encontradas na imaginação pagã, um tema que seria poderosamente explorado por Tolkien em *O Senhor dos Anéis.* Na verdade, a maior parte da ficção de Tolkien está ambientada em um mundo pagão e pré-cristão. Tolkien concluiu sua conferência apontando que "em *Beowulf* temos, portanto, um poema histórico sobre o passado pagão, ou uma tentativa de tal poema[...] É um poema de um homem estudado que escreve sobre os tempos antigos, que, reexaminando o heroísmo e o pesar, sente neles algo permanente e algo simbólico. Longe de ser um semipagão confuso — historicamente improvável para um homem dessa espécie naquele período — provavelmente, ele trouxe primeiro à sua tarefa um conhecimento da poesia cristã[...]".

Há vários paralelos entre o autor de *Beowulf* tal como foi compreendido por Tolkien, e o próprio Tolkien. Tolkien foi um contador de histórias cristão reexaminando um passado norte-europeu imaginado — sua Terra-média. O poeta de *Beowulf* foi um cristão reexaminando os recursos imaginativos de um passado pagão. Ambos fizeram uso de dragões e outros símbolos potentes, símbolos que unificaram suas obras. Ambos ocuparam-se mais de simbolismo que de alegoria. Assim como em *Beowulf*, não são tanto as fontes que importam, e sim o que foi feito delas. Como o antigo autor, também, Tolkien criou uma impressão de História real e um sentido das profundezas do passado.

Em março de 1939, Tolkien viajou de trem até a Universidade de St. Andrews, na Escócia, para proferir a conferência Andrew Lang anual. A sua chamava-se "Sobre contos de fadas". Expunha as ideias básicas de Tolkien acerca da imaginação, da fantasia e do que ele, caracteristicamente, chamou de "subcriação".

Essa conferência é a fonte-chave para o pensamento e a teologia de Tolkien, por trás de sua criação da Terra-média e suas histórias: Tolkien vincula Deus e a humanidade de duas formas relacionadas. Na primeira, ele, como cristão, vê a humanidade feita à imagem de Deus. Esse ponto estabelece uma diferença qualitativa entre a humanidade e todas as demais coisas que existem no universo. Nossa habilidade de falar, amar e criar fantasia origina-se nessa imagem de

Deus. A segunda forma em que Tolkien vincula Deus e a humanidade consiste nas semelhanças que necessariamente existem entre o universo feito por Deus e a produção humana. Ou seja, a produção humana deriva-se do fato de que somos imagem de Deus.

O trajeto efetivo da conferência de Tolkien não destacava tão nitidamente estes dois vínculos relacionados entre Deus e a humanidade, mas claramente eles são ao mesmo tempo o fundamento dessa conferência e da ficção de Tolkien. O objetivo de "Sobre contos de fadas" era reabilitar para os adultos a ideia dos contos de fadas e da fantasia em geral, que foram relegados à literatura infantil. Considerar contos de fadas como triviais — adequados apenas para crianças — não fazia justiça, na opinião dele, nem aos contos de fadas nem às crianças.

Tolkien, que, àquela altura, escrevera grande parte do material básico de *O Silmarillion* e publicara *O hobbit* (em 1937), tentou estabelecer uma estrutura básica dos bons contos de fadas e fantasias, uma estrutura que demonstrasse que os contos de fadas eram dignos de atenção séria.

Os contos de fadas, destacou, eram histórias sobre o Reino Encantado: "O reino ou estado onde as fadas têm sua existência." Os ouvintes que haviam lido seu ensaio "*Beowulf*: os monstros e os críticos" poderiam notar uma semelhança com o modo como Tolkien retratou o poema em inglês antigo. Tolkien falara do poeta tornando seu tema "encarnado no mundo da História e da geografia." Os contos de fadas, disse à plateia em St. Andrews, eram fantasia, permitindo que os ouvintes ou leitores se deslocassem dos detalhes de sua experiência limitada para "inspecionar as profundezas do espaço e do tempo." Na verdade, o conto de fadas bem-sucedido era "subcriação", a façanha máxima da fantasia, a arte suprema, derivando seu poder da própria linguagem humana. O autor de sucesso de contos de fadas "faz um mundo secundário em que sua mente pode entrar. Lá dentro, o que ele relata é 'verdadeiro': está de acordo com as leis daquele mundo."

Além de oferecer um mundo secundário, com uma "consistência interna de realidade", um bom conto de fadas, na opinião de Tolkien, tem outras três características-chave estruturais. Primeiro, ajuda a criar no leitor o que Tolkien chamou de recuperação — isto é, a restauração de uma visão verdadeira do significado das coisas ordinárias e humildes que compõem a vida e a realidade humana, coisas como amor, pensamento, árvores, colinas e comida. Segundo, o bom conto de fadas oferece uma evasão de nossa visão estreita e distorcida da realidade e do significado — a evasão do prisioneiro, não a fuga do desertor. Terceiro, a boa história oferece consolo, que conduz à alegria (de modo semelhante à experiência que Lewis delinearia em *Surpreendido pela alegria*). Um tal consolo, argumentou Tolkien, só tem significado porque as boas histórias apontam para a maior história de todas, o Evangelho de Jesus. Esse relato do século I tem todas as características estruturais de um conto de fadas, mito ou grande história e, adicionalmente, é verdadeiro na História humana factual — o maior de todos os contadores de histórias entrou em sua própria história. Tolkien acreditava, de fato, que o próprio Deus viera à Terra como humilde ser humano, um rei como Aragorn, disfarçado, aparentemente um tolo, como Frodo, que arrisca a vida para destruir o Anel governante.

Essa oportunidade de expor em público seus mais profundos pensamentos sobre fantasia e contos de fadas foi um importante estímulo para Tolkien; ele enfrentaria mais muitos anos de labuta em *O Senhor dos Anéis*, o "novo *O hobbit*", uma tarefa de composição e revisão incessante que começara em dezembro de 1937.

Os anos 1930 marcaram o que o historiador literário Harry Blamires (antigo aluno de Lewis) chamou de uma "renascença menor" dos temas cristãos na literatura inglesa. Não foi um movimento autoconsciente, pois muitos dos autores faziam parte de grupos menores, como os Inklings. Esse ressurgimento ocorreu diante de um forte liberalismo teológico — que decorreu do impacto de um clima de modernismo. Muitos autores, no entanto, insatisfeitos com o materialismo, se voltaram para a crença cristã ortodoxa, como Lewis fez em 1931. Outros, como Tolkien e Charles Williams, jamais haviam perdido a fé da infância. Lewis e Tolkien foram parte importante dessa significativa tendência na literatura.

Uma indicação de que algo estava acontecendo ocorreu em 1928, quando George Bell, à época deão da Catedral de Canterbury, decidiu trazer o teatro de volta à igreja, retomando uma grande tradição que caíra em desuso. Instituiu o Festival de Canterbury, que logo atraiu seguidores. Em 1935, *Assassínio na catedral*, drama em versos de T.S. Eliot, foi representado ali pela primeira vez. No ano seguinte, foi apresentado *Thomas Cranmer of Canterbury* [Thomas Cranmer de Canterbury], por Charles Williams.

Além de T.S. Eliot, outros autores cristãos — como Graham Greene, Evelyn Waugh e Christopher Fry — tiveram impacto nos anos 1930. Dorothy L. Sayers estava escrevendo seus romances policiais sobre lorde Peter Wimsey, iniciados nos anos 1920, e Charles Williams estava publicando críticas literárias e histórias de suspense sobrenatural como *The Place of the Lion* [O lugar do leão], que encantou Lewis, Tolkien e outros em 1936. Por sugestão de Williams, Dorothy L. Sayers foi contatada para escrever para o Festival de Canterbury. O próprio Tolkien publicou *O hobbit* em 1937, e, em 1940, um jovem poeta chamado W.H. Auden começou a compor sua "Carta do ano-novo" sob a influência da inimitável História da Igreja por Charles Williams, *Descent of the Dove* [Descida da pomba], publicada no ano anterior.

Lewis e Tolkien não estavam tão isolados e desconectados da cultura contemporânea como achavam. Este ponto é admiravelmente resumido por Harry Blamires:

> Lewis começou a escrever exatamente no ponto em que essa pequena renascença cristã na literatura estava decolando. Seu *Regresso do peregrino* saiu em 1933. E os anos 1930 foram uma década notável nesse respeito. *Quarta-feira de cinzas*, de Eliot, saiu em 1930, A rocha, em 1934, *Assassínio na catedral*, em 1935 e Burnt Norton, em 1936. Charles Williams publicou *War in Heaven* [Guerra no céu] em 1930, *The Place of the Lion* [O local do leão] em 1931, *The Greater Trumps* [Os trunfos maiores] em 1932, e a peça *Thomas Cranmer of Canterbury* [Thomas Cranmer de Canterbury] em 1936. *Peter Abelard* [Pedro Abelardo], de Helen Waddell, saiu em 1933. Enquanto isso, James Bridie obtinha grandes sucessos populares no palco, com suas peças bíblicas *Tobias and the Angel* [Tobias e o anjo] (1930) e *Jonah and the Whale* [Jonas e a baleia] (1932). Então, em 1937, Christopher Fry lançou *O menino com o carrinho de mão*. Esse mesmo ano viu a representação de Dorothy Sayers para *The Zeal of Thy House* [O zelo da tua casa], e a publicação de *In Parenthesis* [Entre parênteses], de David Jones, e *O hobbit*, de Tolkien. *Além do planeta silencioso*, de Lewis, seguiu-se em 1938, juntamente com *Taliessin through Logres* [Taliessin através de Logres], de Williams, e *O condenado*, de Greene, *Family Reunion* [Reencontro de família], de Eliot, seguiu-se em 1939, *O poder e a glória*, de Greene, em 1940. Durante a mesma década, Evelyn Waugh estava ficando conhecida e

> Rose Macauley fazia sucesso. Edwin Muir, Andrew Young e Francis Berry também publicaram obras suas.
>
> Assim, quando o historiador literário volta o olhar para a cena literária inglesa dos anos 1930 e 1940, verá C.S. Lewis e Charles Williams não como excêntricos atavismos, mas como contribuintes iniciais daquilo que chamei de renascença literária cristã, mesmo que em pequeno grau.

Olhando para trás décadas mais tarde, é mais fácil de se perceber esse padrão emergindo. Mais significativo para Tolkien e Lewis, na época, era o clube informal que haviam iniciado em 1933. O período de outono daquele ano marcou o começo da convocação, por Lewis, de um círculo de amigos batizado de "Os Inklings". Nos 16 anos seguintes, até 1949, continuaram a se reunir, muitas vezes nos aposentos de Lewis no Magdalen College, nas tardes de quinta-feira, e antes do almoço às segundas ou terças, numa aconchegante sala dos fundos de The Eagle and Child, um *pub* na St. Giles, que os locais chamavam de "The Bird and Baby".[6] Depois de 1949, as reuniões foram mais limitadas e não incluíam mais a leitura de manuscritos em progresso. Os membros dos Inklings nos primeiros anos incluíam Tolkien, Lewis, seu irmão Warren, Hugo Dyson, Robert Emlyn "Humphrey" Havard (1901-1985), Adam Fox (1883-1977), Charles Leslie Wrenn (1895-1969) e, muito ocasionalmente, Owen Barfield. Nevill Coghill aparecia de tempos em tempos e de modo imprevisível.

As reuniões das terças-feiras dos Inklings tornaram-se uma tal instituição local que foram imortalizadas no romance

---

[6]O *pub* chamava-se The Eagle and Child (A Águia e a Criança), e tinha na sua fachada um cartaz mostrando uma águia carregando um bebê nas garras. O apelido local, "The Bird and Baby" (A Ave e o Bebê), é, ao mesmo tempo, ironicamente depreciativo e aliterante. (N.T.)

policial de 1947, *Swan Song* [Canto do cisne], de Edmund Crispin. É uma dentre várias histórias que apresentam Gervase Fen, professor de língua e literatura inglesa em Oxford e detetive particular.

> — Oh, quem me dera uma caneca cheia do Norte frio — disse Fen, engolindo seu Burton. — Os assassinatos impossíveis, neste momento, precisam esperar sua vez.
>
> Estavam sentados diante de um fogo ardente e hospitaleiro na pequena sala da frente do "The Bird and Baby" [...] Adam, Elizabeth, *Sir* Richard Freeman e Fen estavam agora aquecendo-se em confortável incandescência. Lá fora ainda tentava nevar, mas apenas com sucesso parcial [...]
>
> — Lá vai C.S. Lewis — disse Fen de repente. — Deve ser terça-feira.
>
> — É terça-feira. — *Sir* Richard riscou um fósforo e pitou o cachimbo obstinadamente.
>
> — Parece que você fuma o tabaco mais incombustível — comentou Fen.

5

Surgem os Inklings

Amizade compartilhada?

(1933-1939)

Lewis abre a porta da frente do *pub* The Eagle and Child para um bem-vindo alarido de conversa. É uma manhã de inverno no fim de 1937. Alguns flocos de neve aderem ao seu sobretudo surrado. Ele está um tanto sem fôlego porque subiu a St. Giles às pressas, um pouco atrasado. Sua segunda aula estourara o tempo. Já passa das 11h30, porém Lewis não sabe disso com precisão — nunca usa relógio. É preciso lembrar-se de dar corda.

Abrindo espaço por meio dos fregueses na animada sala da frente, a caminho da sala dos fundos, mais reservada, ele escuta uma referência a assassinatos e depois o som do seu nome em uma das muitas conversas em andamento. Alarmado, e dando uma olhadela à sua direita, ele vislumbra um quadro fugaz: quatro pessoas aquecendo-se perto da lareira crepitante — uma bonita jovem e três homens, um dos quais usa o paletó de *tweed* e as calças de flanela de um acadêmico de Oxford, e outro, de porte militar, acendendo o cachimbo. Poderiam ter saído direto de um romance policial, observa Lewis, intrigado com a referência a assassinatos. Ele nunca lê os jornais. Então, sem dar mais atenção ao grupo, pois está acostumado a ser um personagem local, pelo menos no *pub*, ele segue adiante.

Os demais Inklings já estão reunidos. Lewis pode ouvir suas vozes e suas risadas altas antes de chegar à saleta, chamada *The Rabbit Room*.[1] Tolkien inicia uma conversa sobre hobbits enquanto manuseia desajeitadamente o cachimbo em sua boca; o dr. "Humphrey" Havard termina de perguntar a Warnie Lewis sobre sua moto; Adam Fox puxa seu apertado colarinho eclesiástico para afrouxá-lo. Dyson não compareceu esta semana, ou o volume seria mais alto — ele está preso a seus deveres na Universidade de Reading. Nevill Coghill está examinando atentamente um exemplar de *O hobbit*, recém-publicado, que Tolkien trouxe para a garçonete. (Ela escutou parte da conversa deles na semana anterior e, subitamente, se deu conta de que aquele simpático cavalheiro, o sr. Tolkien, havia escrito um livro para crianças.) Copos de cerveja e sidra entrechocam-se na mesa comprida. Agora o cachimbo de Tolkien está bem aceso. Coghill tem um cigarro entre os lábios, e sua cabeça grande assente a algum comentário enquanto ele vira as páginas. Levantando os olhos depressa, ele pergunta: "Posso lhe pagar uma *pint*, Lewis?" Quando o recém-chegado está instalado, e as saudações terminam, Tolkien retoma a conversa.

— Os hobbits têm o que se poderia chamar de moral universal; eles são o homem comum.

— Quer dizer que são comuns em Oxford? — pergunta Coghill arrastando as palavras, com um sorriso que revela dentes um tanto gastos.

Tolkien recusa-se a morder a isca.

---

[1]A Sala do Coelho. (N.T.)

— Eu deveria dizer que são exemplos da filosofia natural e da religião natural.

— Entendo que você quer dizer que exemplificam o melhor do paganismo sem a luz de Cristo — interrompe Lewis, com expressão interessada.

— Quero — retruca Tolkien. — Ainda estou tentando formular algumas ideias para uma conferência. Como Lewis sabe, vai ser sobre a natureza dos contos de fadas. Que não se destinam às crianças em primeiro lugar; foi aí que errei em *O hobbit*. Que as melhores histórias antecipam a maior das histórias, o *Evangelium*.

— O casamento do mito e do fato — acrescenta Lewis.

Fox, o teólogo entre eles, esteve em silêncio até agora:

— Acho que existe muita coisa na ideia de olhar os Evangelhos dessa forma. Os modernistas na verdade não entendem que os Evangelhos são narrativas. Não compreendem a imaginação, aliás; não conhecem Platão.

A conversa é interrompida pela oferta de Havard para pagar mais uma rodada de bebidas[2].

TOLKIEN DESCREVEU os Inklings como um "círculo indeterminado e não eleito de amigos que se reuniram em torno de C.S.L[ewis] e se encontravam em seus aposentos em Magdalen[...] Nosso costume era ler em voz alta composições de vários tipos (e comprimentos!)[...]." Os Inklings personificavam os ideais de vida e prazer de Tolkien e Lewis,

---

[2]A vinheta é construída a partir de comentários feitos pelos Inklings em diversas ocasiões. A planta do Eagle and Child mudou desde aquela data — no final do outono de 1937 — devido a uma reestruturação e expansão nos fundos. O presente à garçonete é fictício, mas Chad Walsh registra que, por volta de 1948, ele perguntou a uma garçonete se ela sabia alguma coisa de Lewis, que ela servira com frequência. Ela respondeu: "É só um cavalheiro simpático do Magdalen College", e ficou simplesmente espantada ao saber que ele escrevera um livro. Adaptei isso, imaginando uma garçonete, talvez com filhos pequenos, ouvindo falar de *O hobbit* na tumultuosa conversa dos Inklings.

especialmente Lewis. Ambos os amigos tinham uma predileção por clubes informais. Tolkien lembrava-se do quanto Lewis se sentia em casa nesse tipo de companhia. "C.S.L. tinha uma paixão por ouvir coisas lidas em voz alta, um poder de memória para coisas recebidas dessa forma, e também uma facilidade para crítica extemporânea, e nada disso era compartilhado (especialmente não esta última) pelos seus amigos, nem em grau semelhante."

Numa carta a Donald Swann, muitos anos mais tarde, Tolkien explicou que o nome "The Inklings" pertencia originalmente a um grupo de estudantes (como era comum em Oxford naqueles dias). Falou sobre como lhes leu uma versão precoce de seu poema *Errantry* [Vida errante] (mais tarde musicado por Swann). O clube estudantil, explicou Tolkien, costumava ouvir os membros lerem poemas ou contos curtos inéditos. Os melhores eram registrados em ata. Os estudantes inventaram o nome *Inklings*, não ele nem Lewis, que estavam entre os poucos membros que pertenciam ao corpo docente. O nome era um trocadilho sobre o fato de que os membros eram aspirantes a escritor.[3] Tolkien lembrava-se de que o clube durou um ou dois anos, o normal entre sociedades de estudantes. Depois que fechou as portas no período de verão de 1933, seu nome "foi transferido ao círculo de C.S. Lewis".

Desde o começo, os Inklings desempenharam um papel importante na vida de Tolkien. Seriam particularmente significativos durante a composição de *O Senhor dos Anéis* (1937-1949). O grupo não tinha constituição formal, de forma que não se lavravam atas. Como Tolkien e Lewis se encontravam com frequência, raramente trocavam correspondências, portanto pouca coisa de suas conversas foi registrada desse modo. Tolkien, pensando na magnífica biografia *Vida*

[3]O trocadilho baseia-se na palavra inglesa *ink* (tinta), mas pode também referir-se a *inkling* (vaga ideia), denotando a pouca experiência dos membros. (N.T.)

de Samuel Johnson, de James Boswell (1791), destacou que "os Inklings não tinham registrador e C.S. Lewis não tinha Boswell". Tolkien era sem dúvida uma figura central nesse grupo literário de amigos, porém o grupo era mantido coeso pelo interesse e entusiasmo de Lewis. Tolkien era uma pessoa muito mais reservada que Lewis, tendo naturalmente menos amigos íntimos, apesar de ser bem apessoado e amigável com toda espécie de gente.

Os dois padrões de reuniões dos Inklings formaram-se nos anos 1930: reuniões às terças-feiras de manhã no *pub* e nas tardes de quinta normalmente nos aposentos de trabalho de Lewis em Magdalen. As tardes tinham caráter mais literário — ali os membros liam obras em produção uns para os outros, recebendo críticas e estímulo. O "novo *O hobbit*", *O Senhor dos Anéis*, começou a ser lido desta forma depois de 1937.

Uma pergunta incomoda quando focalizamos o relacionamento entre Lewis e Tolkien. As amizades dos Inklings significavam tanto para Tolkien quanto para Lewis? Sem dúvida o grupo expandiu-se da profunda amizade entre Tolkien e Lewis. Lewis, em seu livro *Os quatro amores*, explica o processo pelo qual a amizade se expande e usa exemplos esclarecedores dos Inklings: "Ronald" é Tolkien, é claro, e "Charles" é Williams, (um membro que entrou para os Inklings mais tarde):

> Em cada um de meus amigos, há algo que somente um outro amigo pode extrair plenamente. Eu sozinho não sou grande o bastante para chamar o homem inteiro à atividade; preciso de outras luzes além das minhas para mostrar todas as suas facetas. Agora que Charles morreu, nunca mais hei de ver a reação de Ronald a uma piada especificamente carolina.[4] Longe de ter mais

[4]Própria de Charles (*Carolus* em latim). (N.T.)

> de Ronald, tê-lo "só para mim" agora que Charles se foi, tenho menos de Ronald. Portanto a verdadeira amizade é o menos ciumento dos amores. Dois amigos deleitam-se em se unirem a um terceiro, e três a um quarto, contanto que o recém-chegado esteja qualificado para se tornar um amigo de verdade[...] É claro que a escassez de almas congêneres — sem mencionar considerações práticas como o tamanho dos recintos ou a audibilidade das vozes — impõe limites à expansão do círculo; mas dentro desses limites possuímos cada amigo não menos, e sim mais, à medida que aumenta o número daqueles com quem o compartilhamos.

Apesar de Lewis ter a sabedoria de destacar que a amizade é o menos ciumento de nossos amores, as pessoas — e, portanto, suas amizades — são complexas. Lewis significava muito para Tolkien à medida que sua amizade evoluía. Tolkien lembrava com afeto os profundos vínculos — ideológicos e emocionais — entre os membros da T.C.B.S., mas a guerra destruíra aquele grupo. Os dois sobreviventes, ele e Christopher Wiseman, haviam se afastado. Tolkien não ficou em Leeds tempo o bastante para estabelecer amizades próximas. Agora, em Oxford, era capaz de compartilhar seu chamado vício secreto — suas criações filológicas e seus contos da Terra-média — com Lewis. Na verdade, dependia cada vez mais do encorajamento de Lewis para avançar em suas criações, criações que às vezes comoviam Lewis ao ponto de levá-lo às lágrimas. Enquanto os Inklings eram um grupo pequeno e íntimo nos anos 1930, tudo era muito do agrado de Tolkien. Mas quando o grupo se expandiu, especialmente admitindo Charles Williams, ele começou a se sentir um tanto excluído das atenções de Lewis. A dinâmica de um grupo maior funcionava para Lewis, mas não parecia funcionar para Tolkien. Ciúme é uma palavra demasiado forte para o sentimento de perda de Tolkien; era, talvez, mais uma mágoa gradativa e quase inarticulada. No entanto, ele era um homem cordial e generoso, e continuou participando dos Inklings, demonstrando afeto e interesse a cada um dos membros.

Falando nos Estados Unidos em 1969, vários anos após a morte de Lewis, Owen Barfield relembrou o modo como Lewis afetava todos os grupos de que participava, inclusive os Inklings. Um modo era, inconsciente e discretamente, pela mera força e peso da personalidade de Lewis, e, como Barfield expressou, "uma voz bem potente quando estava de bom humor". Ele estabelecia o tom e decidia o tópico da conversa. Barfield recordava que em certa ocasião, quando o tópico não interessava a Lewis (poderia ser política ou economia), ele simplesmente se afastou da conversa, apanhou um livro e começou a lê-lo em vez de falar. Segundo, independentemente do tema que era tratado, Lewis sempre o virava até o ponto em que se tornava um assunto ou problema moral. Se alguém não achasse que estava envolvido algo moral no assunto, Lewis lembrava que *deveria* estar.

A FORMAÇÃO DOS INKLINGS no outono de 1933 coincidiu com o término natural dos Coalbiters, que àquela altura cumprira seu propósito. Três dos Coalbiters — Tolkien, Lewis e Nevill Coghill — tornaram-se Inklings. Charles Wrenn ajudou Tolkien com o ensino do anglo-saxão, tendo entrado na universidade em 1930. Logo após a formação dos Inklings ele foi convidado a participar. O cônego Adam Fox, deão de teologia na faculdade de Lewis, foi recrutado depois.

O grupo era informal, não requerendo associação. O único "requisito" era que os visitantes fossem amigos de Lewis, ou tivessem sido convidados. Todo o grupo reconhecia Lewis como líder natural. No entanto, apesar de sua personalidade ser dominante, não havia coerção de sua parte sobre o que aconteceria numa dada reunião. Ser membro dos Inklings era uma livre escolha de iguais.

Só podemos especular sobre os assuntos das conversas no "The Bird and Baby", ou sobre os textos que foram lidos no clube em voz alta, pois não há documentação dos dias iniciais. Lewis terminara de escrever *O regresso do peregrino* antes que o Inklings surgisse. Grande parte de *O hobbit* estava completa no final de 1932; sabemos disso porque Tolkien emprestara o manuscrito para que C.S. o lesse nessa época. Talvez os capítulos finais de *O hobbit* tenham sido lidos ao grupo, mas não sabemos.

Só quando o dr. Robert Havard — apelidado de "Humphrey" por Hugo Dyson, quando este não conseguiu lembrar seu nome em certa ocasião — foi convidado a participar é que começamos a entrever detalhes concretos do grupo. Relembrando os eventos muitos anos mais tarde, Havard acreditava que se tornara membro em 1935. No começo do ano, Havard tratou a gripe de Lewis como clínico geral. Em minutos, estavam discutindo Tomás de Aquino. Talvez Lewis tivesse feito uma observação sobre a proveniência do termo — ele iria dizer, em seu livro *A imagem descartada* (1964), que *influenza*[5] se refere à influência do firmamento estrelado nos tempos medievais. Logo depois, lembrou Havard, ele foi convidado a participar dos Inklings por causa de seu evidente interesse em "discussão religioso-filosófica". Os Inklings foram descritos a Havard como um grupo que se reunia nas tardes de quinta-feira, lia textos que eles haviam escrito e os discutia. O grupo, ele descobriu, era composto de

[5]Doença infecciosa de origem viral e que ataca as vias respiratórias. Seu nome vem do italiano *influenza della stagione* (influência da estação, no caso, do frio do inverno), e deriva também da suposta influência planetária sobre a saúde. (N.E.)

amigos de Lewis. Foi anos mais tarde, disse Havard, que ele acordou certa manhã e descobriu que seus amigos Inklings haviam ficado famosos.

Afetuosamente conhecido como o "Charlatão Inútil", Havard era filho de um clérigo anglicano. Estudara medicina depois de se formar em química em Oxford, em 1922. Em 1934, começou a clinicar em Oxford, com cirurgias em Headington e também em St. Giles, perto do *pub* "The Bird and Baby". Havard convertera-se ao catolicismo romano em 1931, influenciado por Ronald Knox, e logo descobriu que tinha muita coisa em comum com Tolkien.

De acordo com Havard, o grupo se compunha de cristãos críticos. Todos eles, de um modo ou de outro, estavam insatisfeitos com a Igreja tal como existia naquele momento, mas não com a fé cristã em si.

Havard relembrou que não levavam Lewis assim tão a sério. Não faziam ideia de que ele iria se tornar uma celebridade. Para eles, ele era simplesmente um entre outros. Gostavam ou não gostavam do que ele lhes lia; normalmente gostavam, e diziam isso. Parecia a Havard que ninguém do grupo tinha consciência de que aquilo era algo especial; eram simplesmente um grupo de amigos. Não havia regras, e "nenhuma mensalidade, exceto a hospitalidade de Lewis". De acordo com Havard, as reuniões dos Inklings tinham uma atmosfera limpa e confortável — uma assembleia tão informal quanto qualquer outra que já frequentara. Os membros diziam o que pensavam "sem obstáculo nem impedimento".

Havard descreveu a amizade entre Lewis e Tolkien, a qual vira de perto:

> Eram homens muito diferentes. Lewis era um homem grande e maduro — quase dominador, tanto pelo peso de

> sua personalidade quanto por sua massa física. Tolkien era um homem esbelto — eu diria com três quartos do peso de Lewis. Os comentários [de Tolkien] eram sempre feitos de passagem, não [com uma] atitude competitiva, de pegar ou largar. Todos os modos dele eram esquivos, não diretos, enquanto Lewis enfrentava as pessoas diretamente. Estas são superficialidades, mas há uma grande diferença na constituição mental. A palavra "volúvel" vem-me à mente em conexão com Tolkien. É enganosa, porque de forma nenhuma quero dizer isso no sentido comum. Mas ele saltava de um assunto para outro de modo esquivo. Podia-se ver que a mente dele trabalhava mais como um marceneiro numa bancada de marceneiro. Estas são descrições muito imperfeitas das suas diferenças, mas são muito aparentes no contato próximo. Eram duas pessoas muito diferentes. E o surpreendente, na verdade, é que se tornaram amigos tão chegados, sem que as diferenças aparecessem e os separassem.

Owen Barfield especulou, muitos anos mais tarde, que o que os Inklings "tinham em comum [...] era mais uma perspectiva do mundo, uma *Weltanschauung*,[6] que uma doutrina". Alguns séculos antes, observou, a perspectiva poderia ter sido descrita como "A matéria dos Inklings".[7] Barfield estava interessado em mudanças e realidades culturais, não simplesmente na História das ideias, um interesse que compartilhava com Lewis.

Barfield quase certamente tem razão. Essa perspectiva do mundo não somente fazia parte do caráter dos Inklings,

---

[6]Visão do mundo, em alemão. (N.T.)

[7]De forma semelhante, a visão do mundo incorporada ao mito arturiano é designada "A matéria de Artur". (N.T.)

mas alguns autores afins de fora do clube também a compartilhavam. Ela foi definida e moldada nos anos 1930, estabelecendo o padrão para escritos futuros, em especial os de Lewis e Tolkien. Poder-se-ia dizer que escritores ou amigos que descobriam compartilhar a mesma perspectiva eram, às vezes, convidados a participar do círculo. (Havia óbvias limitações de tamanho.) Uma escritora contemporânea que compartilhava essa perspectiva (e que não podia fazer parte dos Inklings porque, como era costumeiro em tais grupos na Oxford daqueles dias, todos eram homens) era Dorothy L. Sayers[8]. Já em 1916, numa conferência em Hull intitulada "O caminho para o Outro Mundo", ela especulava sobre a presença do eterno no temporal:

> É necessário recordar que, muito embora em um sentido o Outro Mundo era um lugar definido, ainda assim em outro sentido o reino dos deuses estava dentro de nós, a Terra e o reino das fadas coexistindo na mesma área do chão. Era tudo uma questão do olho que vê[...]. O habitante deste mundo pode ficar consciente de uma existência num plano totalmente diferente. Ir da terra ao Reino Encantado é como passar deste tempo à eternidade; não é uma jornada no espaço, mas uma mudança de perspectiva mental.

[8]O caráter exclusivamente masculino dos Inklings tem de ser visto em seu contexto contemporâneo. Um tal grupo era típico da sua época. Isto é convenientemente destacado em *Oxford Memories* de Mabbott, especialmente em seu capítulo "A estudante". Em contraste, no seu contexto de Ulster, Lewis tinha amigas como Jane McNeill e, mais perto de casa, amigas como Ruth Pitter e Joy Davidman; também Tolkien tinha amigas fora dos Inklings; e Williams tinha inúmeras. Dorothy L. Sayers era amiga comum de Lewis e Williams. Lewis e Tolkien compartilhavam a opinião do período de que para os homens as amizades profundas só eram possíveis com outros homens. Joy Davidman contradisse essa opinião para Lewis, mas ele ainda a mantinha em seu capítulo sobre a amizade à época de *Os quatro amores* (1960).

Suas palavras poderiam ter sido escritas por Lewis ou Tolkien. Uma perspectiva similar do mundo pode ser descoberta (como foi por Lewis) no poeta, romancista e escritor de fantasia do século XIX George MacDonald, tanto em sua ficção como em seus ensaios "A imaginação: suas funções e sua cultura" (1867) e "A imaginação fantástica" (1882). Mudanças de perspectiva e consciência, capturadas e causadas por vislumbres de outro mundo, eram a própria batida do coração de MacDonald, Sayers e dos principais Inklings: Lewis, Tolkien, Williams e Barfield. Ocupavam-se da presença do eterno no temporal, que era a perspectiva do mundo à qual Barfield se referia.

Em 1936, Lewis descobriu o romance de Charles Williams *The Place of the Lion*. Visitando Nevill Coghill no Exeter College em fevereiro daquele ano, Lewis ouviu dele o enredo básico em termos vívidos. Dada a força da variegada descrição de Coghill, Lewis tomara emprestado um exemplar da "obra espiritual e alarmante." Sua leitura encantou Lewis, e, numa carta a Arthur Greeves, ele a caracterizou como mistura de Gênesis e Platão, tratando dos dias da criação. Baseava-se, contou a Greeves, na teoria platônica do outro mundo. Ali existem os arquétipos ou originais de todas as qualidades terrenas. No romance de Williams, esses arquétipos primevos estão puxando nosso mundo de volta para si. Os processos da criação revertem-se, e o mundo está em perigo. O romance começa ao norte de Londres, com dois homens esperando por um ônibus na Hertfordshire Road; eles topam com um grupo que está buscando uma leoa fugida. Envolvidos na busca, eles veem o animal no terreno de uma grande casa. Anthony, um dos homens, tem uma noiva que está escrevendo uma dissertação sobre as ideias platônicas, mal percebendo os potentes poderes que elas representam. Eles veem outro leão, que começa a se transformar dramaticamente:

> Anthony e Quentin viram diante de si o vulto de um homem deitado no chão, e de pé diante dele a forma de um tremendo leão adulto, com a cabeça atirada para trás, a boca aberta e o corpo estremecendo. Parou de rugir e voltou a recolher-se em si mesmo. Era um leão tal como os jovens jamais tinham visto em qualquer zoológico ou exibição de animais; era gigantesco, e aos seus sentidos atordoados parecia aumentar a cada momento[...] Lá estava de pé, medonho e solitário[...] Depois se movimentou majestosamente [...] e, enquanto ainda o fitavam, entrou na escura sombra das árvores e ocultou-se de suas vistas.

Por uma estranha coincidência, Charles Williams estivera lendo as provas tipográficas de *Alegoria do amor*, de Lewis, não para corrigi-las, mas sim para lê-las às pressas e preparar um texto que ajudasse na divulgação e na venda do livro. Williams, por muitos anos, fizera parte da equipe do escritório londrino da Oxford University Press, mas raramente estivera tão animado com uma de suas publicações. Decidiu dar o passo incomum de escrever ao autor em sinal de reconhecimento. No entanto, antes de pôr a pena no papel, recebeu, em 11 de março de 1936, uma notável carta de Lewis, elogiando seu próprio *The Place of the Lion* e convidando Williams a participar de uma reunião dos Inklings em Oxford:

> Às vezes, cruza nosso caminho um livro que é [...] como o som de nossa língua nativa em um país estranho[...] Para mim, é um dos grandes eventos literários de minha vida — comparável à minha primeira descoberta de George MacDonald, G.K. Chesterton ou Wm. Morris[...] Coghill, de Exeter, recomendou-me o livro: recomendei-o a Tolkien (Professor de anglo-saxão e papista) e ao meu irmão. Portanto há três dons e um soldado, todos

> murmurando com admiração entusiasmada. Temos uma espécie de clube informal chamado Inklings: os requisitos (que se desenvolveram informalmente) são: o cristianismo e uma inclinação para escrever. Você pode vir até aqui em algum dia do próximo período (de preferência, não num sábado ou domingo), passar a noite como meu hóspede no College, comer conosco num restaurante de costeletas e conversar conosco até de madrugada?

Charles Williams respondeu pela volta do correio:

> Se você tivesse demorado mais 24 horas para escrever, nossas cartas teriam se cruzado. Nunca me aconteceu antes admirar um autor de um livro enquanto ele, ao mesmo tempo, admirava a mim. Minha admiração pelo trabalho de equipe da Onipotência aumenta a cada dia[...]. Considero seu livro praticamente o único com que já topei, desde Dante, que mostra a mínima compreensão do que significa essa identidade muito peculiar entre amor e religião[...].

Williams visitou os Inklings logo depois (a data exata não está registrada), e Lewis retribuiu aceitando um convite para se encontrar com Williams em Londres. Mais tarde, em um tributo a Williams, Lewis relembrou o encontro em Londres como "um certo almoço imortal" ao qual se seguiu uma "discussão quase platônica" no adro da Catedral de S. Paulo, que durou quase duas horas. Naquela ocasião, Williams presenteou o novo amigo com um exemplar de seu *He Came Down from Heaven* [Ele desceu dos céus], recém-saído do prelo e publicado pela William Heinemann. Na guarda do livro, está escrito "No Shirreffs, 2.10, 4 de julho de 1938." O Shirreffs era o restaurante favorito de Williams e, há muito, não existe mais. Era próximo de seu escritório na cidade de Londres e ficava ao pé de Ludgate Hill, sob a ponte ferroviária.

Não longe do escritório londrino da Oxford University Press em Amen Corner, perto da Catedral de S. Paulo, ficava um agrupamento de outras editoras prestigiosas e particulares, a maioria das quais foi agora absorvida por gigantes editoriais como a HarperCollins ou a Random House. Entre essas, ficava a George Allen & Unwin, editora de Tolkien na rua Museum (por causa do Museu Britânico que ficava nas redondezas). Em 18 de fevereiro de 1938, Tolkien escreveu a Stanley Unwin sobre uma história de ficção científica que seu amigo Lewis escrevera. Disse que ela fora lida em voz alta para os Inklings ("nosso clube local"), que apreciava "ler em voz alta coisas curtas e longas". Registrou que demonstrara ser emocionante como seriado, e que tinha sido francamente aprovada por todos eles.

A história de Lewis, que acabou sendo publicada como *Além do planeta silencioso* (1938), foi apenas uma dentre muitas histórias que se beneficiaram com a crítica honesta que recebiam todos os membros dos Inklings. Suas reuniões haveriam de continuar desempenhando um significativo papel nas vidas de Tolkien e Lewis ainda por muitos anos.

6

Duas viagens para lá e de volta outra vez

O regresso do peregrino e O hobbit

(1930-1937)

Em um dia de verão, por volta do final dos anos 1920, um homem franzino — vago em contraste com o fulgor da claridade lá fora — está sentado diante de uma janela aberta em frente à escrivaninha, caneta na mão, tendo por perto uma caneca em forma de homem gordo de onde brotam cachimbos e um pote de tabaco. Um raio de sol oblíquo o toca. Seu cabelo é tão fino que a luz faz brilhar o topo de sua cabeça. A escuridão comparativa do estúdio é enfatizada pela abundância de livros com encadernações escuras — livros que revestem as paredes do recinto do chão ao teto, livros que criam mesmo as paredes de um túnel através do qual se entra no estúdio, com prateleiras projetando-se de ambos os lados da porta. O homem está em silêncio, exceto por um ocasional resmungo de "Ó, senhor", concentrando-se com relutância na tarefa diante dele. Pois ao seu lado estão duas pilhas de papéis. A maior compõe-se de provas da escola, não corrigidas. A pilha menor compõe-se das que já foram corrigidas. Folhas abandonadas de um elegante manuscrito estão empoleiradas nas bordas da escrivaninha.

Tolkien, como Lewis, empreende a tarefa sazonal de corrigir provas para complementar sua parca receita da universidade. Ambos têm famílias para sustentar. Tolkien preferiria estar trabalhando em sua versão poética de "Os contos de Beren e Lúthien, donzela élfica", elaborando algum detalhe da cronologia da Primeira Era da Terra-média, ou conferindo a origem e a formação, numa variante do élfico, do nome de um determinado personagem que surgiu, sem ser convidado, em sua história.

Neste dia de verão em especial, parece pouco provável que ocorra algo digno de nota, como em tantos outros anteriores. Há os sons familiares de seus filhos brincando no jardim, e a inegável montanha de manuscritos a serem avaliados antes que termine sua prisão voluntária. Tudo muda, no entanto, quando Tolkien vira uma página e, em vez de uma resposta escrita às pressas, encontra-a em branco. É de fato uma alegria. Um dos candidatos, misericordiosamente ao que lhe parece, deixou uma das folhas sem nada escrito. Tolkien hesita por um momento, e então escreve arrojadamente na folha: "Numa toca no chão vivia um hobbit." Como sempre, nomes geram uma história em sua mente. Acaba decidindo que seria melhor descobrir como são esses misteriosos hobbits.[1]

Em fins de 1932, Tolkien pôde entregar a Lewis um maço de papéis para serem lidos. Era o esboço incompleto daquilo que se tornaria *O hobbit: ou Lá e de volta outra*

---

[1]A vinheta baseia-se em diversas entrevistas com Tolkien que descrevem a origem de O *hobbit*. A descrição do recinto é baseada em lembranças do estúdio do pai por John e Priscilla Tolkien em *The Tolkien Family Album* (55-56) e no estúdio fictício do Professor Timbermill em *Young Pattullo de J.I.M. Stewart* (1975), p. 106-108 — Timbermill é baseado em Tolkien em Northmoor Road, nº 20.

vez.[2] Lewis descreveu sua reação ao livro numa carta para Arthur Greeves: "Foi esquisito ler este conto de fadas — é exatamente o que ambos teríamos almejado escrever (ou ler) em 1916, de modo que se sente que ele não está inventando, mas meramente descrevendo o mesmo mundo para o qual todos os três temos passaporte." Lewis já escrevera a Greeves nos termos mais otimistas sobre sua amizade com Tolkien, comparando-a favoravelmente com a deles próprios — como eles, disse Lewis, Tolkien crescera lendo William Morris e George MacDonald. Numa carta, algumas semanas mais tarde, menciona que Tolkien compartilha o mesmo gosto deles pela literatura de "romance", e, no mesmo sentido: "Ele concordou em que, para o que *nós* queremos dizer com romance, precisa haver pelo menos a alusão de outro mundo — é preciso ouvir as trompas da terra dos elfos."[3]

O hobbit acabou sendo publicado em 21 de setembro de 1937, completado pelas ilustrações do próprio Tolkien; a impressão inicial foi de 1,5 mil exemplares. W.H. Auden, quando fez a resenha de *A Sociedade do Anel* para o *New York Times* em 31 de outubro de 1954, escreveu: "Em minha opinião, [*O hobbit*] é uma das melhores histórias para crianças deste século."

Apesar de Tolkien provavelmente ter começado a escrever o livro em 1930, seus filhos mais velhos, John e Michael, lembravam-se da história lhes ter sido contada antes dos anos 1930. Talvez várias formas orais da história tenham se fundido no esboço final. O que é significativo nessas lembranças indistintas é que *O hobbit* começou como história

---

[2]O título original em inglês é *The Hobbit or There and Back Again*, mas já foi publicado apenas como *O hobbit*, sem subtítulo. (N.E.)

[3]As "trompas da terra dos elfos" fazem alusão a um capítulo de *Ortodoxia*, de G.K. Chesterton, cuja compreensão da fantasia e do conto de fadas é semelhante à partilhada por Lewis e Tolkien.

contada por um pai aos seus filhos. Foi escrito conscientemente como história infantil, e esse fato molda seu estilo. Parece também que inicialmente a história era independente do nascente ciclo mitológico de Tolkien, "O Silmarillion", e, só mais tarde, foi incorporada ao seu mundo e História inventados. O conto introduziu os hobbits na Terra-média, afetando dramaticamente o decorrer dos acontecimentos ali. *O hobbit* pertence à Terceira Era da Terra-média e, cronologicamente, precede *O Senhor dos Anéis.*

À época da publicação, Lewis fez uma resenha do livro do amigo para *The Times Literary Supplement*: "Previsões são perigosas: mas *O hobbit* poderá muito bem revelar-se um clássico." Outro crítico, no *New Statesman*, observou sobre Tolkien: "É um triunfo que o gênero *Hobbit*, que ele mesmo inventou, tenha o mesmo som de realidade que os gêneros, consagrados pelo tempo, de Duende, Troll e Elfo." Lewis acreditava que os hobbits "são talvez um mito que somente um inglês (ou acrescentaríamos um holandês?) poderia ter criado". Em vez de uma criação de personagem como a encontramos em romances comuns, grande parte da personalidade de Bilbo, Frodo e Sam decorre das suas características de hobbits, exatamente como identificamos Gandalf com caráter de mago ou Barbárvore como ent. Tolkien sustenta as qualidades coletivas dessas diferentes espécies mitológicas com grande habilidade.

O título de *O hobbit* refere-se a seu herói improvável, o sr. Bilbo Bolseiro. Ele é uma criatura paradoxal, o que se resume em seu papel oxímoro na história, de larápio burguês. Antes de Bilbo, os hobbits visavam a ter boa reputação entre seus pares — não somente por estarem bem de vida, mas por não terem nenhuma aventura nem fazerem algo inesperado. A casa de Bilbo era a moradia típica de um hobbit rico. Não era uma toca cheia de minhocas, suja e úmida, e sim um lar subterrâneo confortável e com muitos cômodos. O que interligava todos os cômodos era um corredor "com paredes revestidas, com o chão ladrilhado e acarpetado, com cadeiras de madeira polida e montes e montes de cabides para chapéus e casacos — o hobbit gostava de visitas". Em geral, os hobbits gostavam de ser considerados respeitáveis, sem terem aventuras nem se comportarem de modo inesperado. Foram recolhidos no mundo da infância de Tolkien, nas West Midlands rurais, inspiração do Condado.

A reputação de Bilbo fica manchada para sempre quando ele é apanhado subitamente numa busca por um tesouro de dragão. Relutantemente, ele descobre que isso lhe é mais apropriado do que jamais pensara. Todo um novo mundo abre-se para ele, e nos anos posteriores ele até se transforma em uma espécie de erudito, traduzindo e recontando histórias dos dias antigos. A busca também desenvolve seu caráter, apesar de ele sempre manter a característica caseira associada aos hobbits e ao Condado onde vivem.

Em *O hobbit*, um grupo de anões, em número de 13, está empenhado numa busca por seu tesouro há muito perdido, que é enciumadamente vigiado pelo dragão Smaug. Seu líder é o grande Thorin Escudo de Carvalho. Empregam Bilbo Bolseiro como mestre larápio para roubar o tesouro, por recomendação do mago Gandalf, o Cinzento. No começo, o relutante sr. Bolseiro preferiria passar um dia tranquilo com seu cachimbo e uma xícara de chá na sua confortável toca de hobbit, a participar de qualquer aventura arriscada.

Mas, à medida que a jornada se desenrola, os anões ficam cada vez mais gratos por terem-no empregado, a despeito das dúvidas iniciais, pois ele os tira de muitos apuros. Parece ter uma sorte extraordinária. Em certo ponto da aventura, Bilbo fica desacordado em um túnel sob as Montanhas da Névoa, e o restante do grupo o deixa para trás.

Recuperando os sentidos, Bilbo descobre um anel no chão ao seu lado, no interior do túnel. É o anel dominante, o Um Anel, que acabaria se tornando o assunto de *O Senhor dos Anéis*, mas naquele ponto Bilbo descobriria apenas sua propriedade mágica de invisibilidade. Depois de pôr o anel no bolso, Bilbo segue tropeçando pelo túnel escuro. Acaba chegando a um lago subterrâneo onde habita Gollum, um vestígio vivo de hobbit, cuja vida foi preservada ao longo dos séculos pelo anel que agora perdeu pela primeira vez. Após um combate de charadas, Bilbo escapa, aparentemente por sorte, pondo o anel no dedo. Seguindo o vingativo Gollum, que não consegue vê-lo, ele encontra a saída para o outro lado das montanhas.

Depois do encontro com Gollum, o corajoso Bilbo acaba conduzindo o grupo com sucesso até o tesouro do dragão, e o monstro escamoso perece ao atacar a Cidade do Lago nas proximidades. Bilbo e Gandalf, no fim, viajam de volta ao pacífico Condado — foram "lá e de volta outra vez". Bilbo decide recusar a maior parte de seu quinhão do tesouro, pois viu os resultados da ganância. De fato, os eventos o transformaram para sempre, mas ainda mais, o anel que ele possui em segredo moldará os eventos que serão registrados em *O Senhor dos Anéis*.

A observação de Thorin acerca de Bilbo pode dar um resumo adequado de seu caráter multifacetado: "Um hobbit cheio de coragem e capacidade que em muito excedem seu tamanho e, se me permitem dizer, que tem uma boa sorte que excede em muito o quinhão normal." A "boa sorte" percebida por Thorin é na verdade a presença incomum da providência que se realiza em eventos que o usam como agente principal.

Tolkien chama a atenção para o sangue raro na constituição de Bilbo, herdado de sua mãe. Essa qualidade pouco típica de hobbit emerge e se desenvolve à medida que Bilbo participa da aventura. No entanto, o mais importante para ele não é encontrar o tesouro (o que leva à morte do dragão Smaug), mas sim encontrar o Um Anel.

A descoberta do anel por Bilbo acabaria proporcionando a Tolkien o elo entre *O hobbit* e sua grande continuação, *O Senhor dos Anéis*. No entanto, Tolkien percebeu que teria de reescrever parte do capítulo 5 do livro anterior para obter a correta continuidade entre as duas obras a respeito do grande significado do anel governante. Esboçou a revisão dez anos após a publicação de *O hobbit*, no meio da finalização de *O Senhor dos Anéis*. A nova edição, incorporando o capítulo revisado, foi publicada em 1951.

O que impressiona na história de Tolkien é sua habilidade em ajustar ao nível infantil a escala de sua grande mitologia dos tempos antigos da Terra-média. Nomes, por exemplo, são simples, em completo contraste com as complexidades de "O Silmarillion". Erebor é simplesmente A Montanha Solitária. Esgaroth é normalmente chamada de Cidade do Lago. A casa de Elrond em Valfenda é descrita como a Última Casa Amiga a oeste das Montanhas. Em sua resenha em *The Times Literary Supplement*, Lewis fez uma observação sobre "o curioso deslocamento entre o início prosaico da sua história ('os hobbits são um povo pequeno, menor que os anões — e não têm barba — porém muito maior que os liliputianos') e o tom de saga dos capítulos finais ('Quero perguntar-lhe que parte da herança vocês teriam pago a meu povo, se nos tivessem encontrado mortos e o tesouro sem guarda')." Esse deslocamento de tom assinalava um reconhecimento crescente, por parte de Tolkien, de que seria possível escrever um conto de fadas moderno para adultos. A viagem lá e de volta outra vez do próprio Tolkien levou a uma continuação, redigida ao longo de 13 anos, que não é mais uma história infantil, apesar de, é claro, inúmeras crianças terem apreciado *O Senhor dos Anéis* desde que foi publicado em 1954-1955.

Enquanto Tolkien se esforçava muito para terminar *O hobbit*, Lewis esboçou uma história simbólica diretamente para adultos, durante duas semanas de férias. Apesar de não ser um conto de fadas, tinha os elementos de tais histórias; como *O hobbit*, era um conto de "lá e de volta outra vez", chamado *O regresso do peregrino* (1933), um eco de *O peregrino*, do puritano John Bunyan (publicado em duas partes em 1678 e 1684). Assim como *O hobbit*, *O regresso do peregrino* assinalou a primeira publicação, por Lewis, do tipo de ficção simbólica que os dois amigos admiravam e desenvolviam. Apesar de Tolkien não compartilhar com Lewis o gosto pela alegoria, está relatado que ele gostou do livro. Lewis pode ter lido o manuscrito para ele, em parte ou todo, e Tolkien citou, aprobativamente, um poema sobre um dragão que ele contém, em versões primitivas de seu ensaio "*Beowulf*: os monstros e os críticos". *O regresso do peregrino* mostra, imediatamente, as diferenças e as afinidades entre Lewis, com sua criação protestante, e Tolkien, com seu catolicismo romano sacramental. O livro de Lewis deleita-se na dimensão imaginativa das ideias, o de Tolkien no rico mundo da imaginação nórdica, preocupado em apanhar um tom ou qualidade que via como a essência das West Midlands inglesas em vias de desaparecer. Lewis também tentava capturar uma qualidade, mas era uma qualidade de alegria e anseio inconsolável que pode aparecer com a mesma probabilidade, se bem que fugazmente, tanto numa história clássica grega ou romana quanto num mito nórdico antigo como o da morte do belo deus Balder. Enquanto Tolkien levou vários anos concebendo e desenvolvendo *O hobbit*, enredando-o gradativamente com sua História, suas línguas e sua geografia da Terra-média, Lewis compôs sua história essencialmente em um par de semanas. *O regresso do peregrino* é notável, tanto como jornada espiritual na tradição de Bunyan quanto como mapa do pensamento contemporâneo dos anos 1920 e início dos anos 1930, que ainda hoje tem muita relevância. Ambos os amigos, trabalhando nesses livros, estavam afiando habilidades que um dia os ajudariam a se tornarem autores celebrados. Eram claramente eruditos e contadores de histórias no molde de Oxford.

Lewis estava pesquisando o método da alegoria em literatura para seu estudo *Alegoria do amor* quando escreveu *The Pilgrim's Regress: An Allegorical Apology for Christianity, Reason and Romanticism* [O retorno do peregrino: uma apologia alegórica para o cristianismo, a razão e o romantismo]. Em literatura, a alegoria é uma narrativa ou descrição figurativa que transmite um significado oculto, frequentemente moral. Entre os principais exemplos da literatura inglesa estão *O peregrino*, de John Bunyan, e a *A rainha das fadas*, de Edmund Spenser, ambos grandes favoritos de Lewis. As parábolas bíblicas têm elementos alegóricos; a alegoria é uma espécie de instrução.[4] Lewis deu sua própria definição numa carta: "uma composição [...] em que as realidades imateriais são representadas por objetos físicos simulados". A predileção de Lewis pela alegoria fazia parte de seu ecletismo. Estava em casa na vasta gama da imaginação pré-moderna, desde os antigos gregos até os períodos medieval e renascentista.

De forma ficcional e mais geral, *O regresso do peregrino* abrange o terreno do posterior relato de sua vida até a conversão ao cristianismo em 1931, relatado em *Surpreendido pela alegria*, publicado mais de vinte anos depois, em 1955. Escreveu *O regresso do peregrino* em férias na Irlanda do Norte, na segunda metade de agosto de 1932. Já que "Little Lea" fora

[4]O conto "Folha, de Migalha" (1945), de Tolkien, é uma alegoria, apesar de ele tender a evitar o gênero e não ter simpatia por ele.

vendida, Lewis alojou-se em "Bernagh", a cerca de noventa metros de sua antiga casa, com a família Greeves. Em correspondência posterior com Arthur, perguntando-lhe se se importava que o livro fosse dedicado a ele, Lewis acrescentou: "É seu por todos os direitos — escrito em sua casa, lido a você à medida que foi escrito, e comemorando (pelo menos nas partes mais importantes) uma experiência que tenho mais em comum com você que com qualquer outra pessoa." Lewis referia-se à sua experiência de anseio, marcada pela alegria.

O regresso do peregrino é, de fato, uma versão intelectual, do início do século XX, de *O peregrino* e de *Guerra Santa,* os dois escritos por John Bunyan. Em vez da figura alegórica de Christian em Bunyan, o protagonista central é John, um Homem Comum ou peregrino contemporâneo, livremente baseado no próprio Lewis. O nome "John", possivelmente, era uma alusão ao modelo de Lewis, John Bunyan. Outra influência foi Boécio. *O consolo da filosofia* (escrito por volta de 525 d.C. enquanto seu autor aguardava a execução) era um dos livros prediletos de Lewis, mesclando poesia e prosa como Lewis faz em *O regresso do peregrino*, e com uma figura feminina que representa a Filosofia, companheira de Boécio. Em *O regresso do peregrino*, a Razão — um dos temas do livro — é interpretada por uma mulher de armadura, de capa azul, que salva John do Gigante, o Espírito da Era:

> O vulto a cavalo lançou a capa para trás, e um clarão de aço lançou luz nos olhos de John e no rosto do gigante. John viu que era uma mulher na flor da idade: era tão alta que lhe pareceu uma Titã, uma virgem luzente como o sol toda trajada em aço, com uma espada nua na mão.

Assim como em *O peregrino*, a saga de John pode ser mapeada. De fato, Lewis fornece aos leitores um *Mappa*

Mundi, em que a alma humana é dividida em Norte e Sul, com o Norte representando o intelectualismo árido e o Sul, o excesso emocional. Uma estrada reta passa entre eles. Nem é necessário dizer que o trajeto de John desvia-se para longe do reto e estreito. Assim como o jovem Lewis, ele tende para as insensatezes intelectuais mais que as sensuais.

Nesse *Mappa Mundi*, Lewis muito significativamente caracterizou o pensamento moderno de seu tempo em termos religiosos, representando uma guerra cósmica. Ele e Tolkien, cada vez mais, se viam como adversários do espírito moderno, do modernismo tanto como movimento literário quanto, mais profundamente, como postura intelectual. Compartilhavam uma missão contra o *Zeitgeist*.[5] Numa carta escrita em 8 de maio de 1939, Lewis observou: "Minhas lembranças da última guerra assombraram meus sonhos durante anos." Para ele, a guerra moderna, preocupação de uma geração de escritores que haviam sobrevivido à 1ª Guerra Mundial, era a imagem de uma permanente guerra cósmica entre o bem e o mal. Num ensaio posterior, "Aprendendo em tempo de guerra", ele comentou: "A guerra não cria nenhuma situação absolutamente nova; ela simplesmente agrava a situação humana permanente de forma que não possamos mais ignorá-la." Apesar de a história de *O regresso do peregrino* iluminar poderosamente o clima intelectual dos anos 1920 e do início dos anos 1930, sua geografia do pensamento aplica-se de forma muito mais ampla. O *Mappa Mundi* mostra ferrovias militares tanto ao Norte quanto ao Sul. Em seu prefácio da terceira edição (1943), Lewis observou que "as duas ferrovias militares pretendem simbolizar o duplo ataque pelo Inferno contra os dois lados de nossa natureza. Era esperado que as estradas que se

[5]Espírito do tempo, em alemão. (N.T.)

estendem de ambos os lados dos terminais ferroviários inimigos se assemelhassem a garras ou tentáculos que invadem as terras da Alma Humana."

Lewis explicou o mapa geral como um esquema da "Guerra Santa como a vejo." Ele representa "o duplo ataque pelo Inferno contra os dois lados de nossa natureza" (a mente e as sensações físicas). O teólogo James I. Packer destacou que a ideia da Guerra Santa, colhida em Bunyan e outros, bem como na própria experiência de guerra de Lewis, não somente instrui *O regresso do peregrino*, mas "confere forma e perspectiva à produção de Lewis como um todo." O ataque contra a alma desde o Norte e o Sul representa, nas palavras de Lewis, "males iguais e opostos, cada um continuamente reforçado e tornado plausível por sua crítica do outro." As pessoas do Norte são frias, com "sistemas rígidos, sejam céticos ou dogmáticos, aristocratas, estoicos, fariseus, rigoristas, membros assinados e selados de 'Partidos' altamente organizados". Os sulistas emotivos são o contrário, "almas sem ossos cujas portas estão abertas dia e noite para quase todos os visitantes, mas sempre com as boas-vindas mais prontas àqueles [...] que oferecem alguma espécie de embriaguez[...] Todos os sentimentos são justificados pelo mero fato de serem sentidos: para um nortista, todos os sentimentos são suspeitos pelo mesmo motivo".

Ambas as tendências, de acordo com o esquema de Lewis, na verdade nos desumanizam, uma tese que ele exploraria em 1943, em suas Conferências Memoriais Riddell na Universidade de Durham, subsequentemente publicadas no final daquele ano como *A abolição do homem*. Para nos mantermos humanos, argumentou Lewis, não temos escolha senão o reto e estreito, a "Estrada Principal" da humanidade comum: "Tanto com o 'Norte' quanto com o 'Sul', creio que o homem só tem uma preocupação — evitá-los e se manter na

Estrada Principal[...] Não fomos feitos para sermos homens cerebrais nem homens viscerais, mas homens."

O caminho de John é um retorno, não um progresso, porque ele de fato está se afastando, não se aproximando, da bela Ilha que busca. A Ilha é o equivalente lewisiano da Cidade Celestial de Bunyan. Vislumbrada na infância, ela é ao mesmo tempo causa e objeto de seu doce desejo, um anseio que evoca alegria. Quando obtém o conhecimento de como alcançar sua Ilha, por meio da Mãe Kirk (sua personificação do que mais tarde chamaria de "Mero Cristianismo"), John descobre que precisa retornar para o Leste por seus próprios passos.

A busca da Ilha por John é uma bela personificação do tema da alegria que é tão central na autobiografia de Lewis, *Surpreendido pela alegria*. A busca ajuda John a evitar as diversas armadilhas e perigos que encontra ao viver a "dialética do desejo".

Nascido na Puritânia, John desde cedo foi ensinado a temer o senhorio do País. A Puritânia fica na borda ocidental das Montanhas do Leste às quais ele acaba voltando. Apesar de não haver a intenção de retratar o Ulster nativo de Lewis, há ecos de sua infância nos padrões de dicção da mãe e do pai de John, do cozinheiro, do camareiro e do tio George, e sem dúvida tais vozes lhe soavam nos ouvidos durante as duas semanas em que compôs o livro na Irlanda do Norte. O trecho seguinte revela um diálogo que exemplifica a influência de Ulster, com expressões como "de fato não", "com certeza", "parece cruelmente duro" e "nem um pouco"[6]:

> — O coitado do tio George recebeu uma intimação para ir embora — disse [a mãe de John].

---

[6]No original, "*indeed we did not*", "*to be sure*", "*it seems cruelly hard*" e "*not at all*", respectivamente. (N.T.)

— Por quê? — disse John.

— O contrato do aluguel dele expirou. O senhorio lhe mandou uma intimação para ir embora.

— Mas vocês não sabiam por quanto tempo era o aluguel?

— Oh não, de fato não. Pensávamos que era por mais anos e anos. Tenho certeza de que o senhorio nunca nos deu ideia de que iria expulsá-lo assim, de uma hora para a outra.

— Ah, mas ele não precisa de intimação — interrompeu o camareiro. — Sabem que ele sempre se reserva o direito de expulsar qualquer um quando lhe aprouver. É muito bom da parte dele deixar algum de nós ficar aqui.

— Com certeza, com certeza — disse a mãe.

— Nem se fala — disse o pai.

— Não estou me queixando — disse o tio George. — Mas parece cruelmente duro.

— Nem um pouco — disse o camareiro. — É só ir ao Castelo, bater nos portões e falar com o próprio senhorio. Sabe que ele só o está expulsando daqui para lhe dar muito mais conforto em outro lugar[...].

Quando a Sheed and Ward republicou o livro em 1935, Lewis discordou deles sobre os paralelos entre a Puritânia e Ulster na sinopse de capa ("Esta história começa na Puritânia [o sr. Lewis foi criado em Ulster]"). Na verdade, ele sempre teve na mais alta conta a sua terra natal, a despeito dos excessos de orangeísmo[7] que lhe desagradavam. Suas

[7]No original, *orangeism*. O termo se refere à Orange Order (Ordem Laranja), organização protestante que atua predominantemente na Irlanda e na Escócia, fundada na Irlanda em 1795. A organização tem caráter bastante conservador, apoiando a permanência da Irlanda do Norte como parte do Reino Unido (unionismo) supostamente para proteger a religião protestante. (N.E.)

paisagens, em particular o Condado de Down, não somente apareceram de forma fugaz mas vívida nos primeiros capítulos de *O regresso do Peregrino*, mas também ajudaram a inspirar o mundo de Nárnia em anos posteriores. Lewis também apreciava o povo de Ulster, como Lizzie Endicott, sua babá na infância, e W.T. Kirkpatrick, seu inflexível instrutor, inspiração para o cético jardineiro Andrew MacPhee em *Uma força medonha*.

À nova edição de *O regresso do Peregrino*, de 1943, ele forneceu um prefácio detalhado e notas aos capítulos para ajudar os leitores com os pontos mais obscuros da alegoria. Na verdade, o melhor é apreciar o livro como história e não se preocupar demais com o significado de cada alusão. Lido como uma busca pela alegria e, em paralelo, com *Surpreendido pela alegria*, ele revela seus principais significados, especialmente no contexto de seu mapeamento da alma humana no *Mappa Mundi*.

7

Espaço, tempo e o "novo O hobbit"

(1936-1939)

Lewis olha pensativo pela janela de sua grande sala de estar no Magdalen College, para o parque de cervos que contempla do alto. É a primavera de 1936. Ele considera a cena do parque diante dele bela além de qualquer comparação. Além de um trecho de grama cuidadosamente arrumada fica um bosque de árvores com folhas novas. Alguns cervos perambulam entre as árvores ou no gramado. Meia dúzia rumina bem abaixo de sua janela. À direita está a visão reconfortante de sua trilha favorita — Addison's Walk —, onde cinco anos antes Tolkien, Hugo Dyson e ele tiveram aquela marcante conversa noturna que levou à sua conversão ao cristianismo.

Ele se vira para falar com o amigo, que está empoleirado em uma poltrona puída, tendo atrás de si as bonitas paredes do recinto, revestidas de branco. Tolkien estende a mão para um caneco esmaltado de cerveja que está sobre a mesa e o reabastece.

— Sabe, Tollers, existe muito pouco daquilo que apreciamos nas histórias. Você gostou tanto quanto eu de *The Place of the Lion*, de Williams. Na verdade espanta-me quão raros são esses livros.

Tolkien exclama através de nuvens de fumaça que se dispersam:

— Não há ecos o bastante das trompas da Terra dos Elfos. — Ele suga o cachimbo para reanimar as brasas agonizantes, e continua: — Uma parte da ficção científica que há por aí provoca admiração; às vezes proporciona vislumbres fugidios de outros mundos verdadeiros. Há algum material deplorável também, mas isso vale para todos os gêneros. Histórias de espaço e tempo podem proporcionar Recuperação e Evasão. — Ele pronuncia os dois últimos substantivos com sonoridade repentina, talvez para enfatizar que deveriam ser escritos com maiúsculas. — Espero dar logo uma conferência sobre isso como qualidade do conto de fadas. Aprecio histórias que examinam as profundezas do espaço e do tempo.

— Com certeza, com certeza — concorda Lewis, chamando atenção para o tênue Ulster com suas expressões. Esta manhã ele está incomumente silencioso. — Veja H.G. Wells. Mesmo as histórias wellsianas conseguem tocar o verdadeiro outro mundo do Espírito. Gosto das suas primeiras; é pena que ele tenha vendido sua primogenitura por uma tigela de mensagem. Esse tipo de história que cria regiões do espírito; elas de fato acrescentam algo à vida, não? São como alguns sonhos que só vêm de tempos em tempos e nos dão sensações que nunca tivemos antes. Poderíamos dizer que ampliam nossa própria ideia do que é possível na experiência humana.

— O seu *O regresso do peregrino* tem algo daquilo que apreciamos: romance. É pena que não fez sucesso com o público — acrescenta Tolkien. — Era um pouco obscuro em certos trechos. Pode ser um diabo dum trabalho para consertar.

— Sabe, Tollers — diz Lewis decidido, de cachimbo na mão —, temo que nós mesmos precisemos escrevê-las.

Precisamos de histórias como seu livro *O hobbit*, mas na escala mais heroica dos seus contos mais antigos de Gondolin e das guerras dos orcs. Um de nós deveria escrever um conto de viagem no tempo, e o outro, de viagem no espaço.

Tolkien lembra ao amigo um desafio bem semelhante, mais de um século antes:

— No Lago de Genebra, em 1816, Lord Byron desafiara Percy Shelley e Mary Shelley a escreverem uma história de fantasmas... e Mary, apenas uma garota na época, seguiu em frente e escreveu *Frankenstein*. Eles precisavam — prossegue Tolkien com os olhos se iluminando — de histórias que expusessem a magia moderna: a tirania da máquina.

— Vamos lançar a sorte, Tollers. Cara, você escreve sobre viagem no tempo; coroa, você tenta a viagem no espaço. Eu faço a outra. — Tolkien assente com a cabeça, dando um largo sorriso.

Lewis procura nos bolsos de sua calça de flanela, amarrotada e folgada, e uma moeda gira no ar.

— Deu cara.[1]

A REAÇÃO DE TOLKIEN ao desafio de escrever uma "história de suspense excursionária" no tempo logo tomou forma, ao contrário da conferência que planejava sobre o tema dos contos de fadas. Por muitos anos, estivera atormentado pelo

---

[1]O ambiente dos aposentos de Lewis em Magdalen baseia-se em diversas descrições, incluindo as em "Don x Diabo", revista *Time*, 8 de setembro de 1947; *Sprightly Running* [Corrida enérgica] de John Wain, p. 184; e *Torso arturiano* de C.S. Lewis, citado abaixo, p. 118. A vinheta deve muito ao relato de Christopher Tolkien sobre o desafio, exposto em *The Lost Road* [A estrada perdida], p. 7-10, e em várias cartas: de Tolkien (julho de 1964, Carta 257; (fevereiro de 1968, Carta 257 [N.T.]) e de Lewis (21 de outubro de 1925). Também usa comentários publicados dos dois homens, da época, sobre a natureza da história. A referência a Mary Shelley e os demais é imaginária, mas Tolkien lera bastante ficção científica, apesar de ler pouca ficção contemporânea que não fosse fantasia. A data da conversa é assunto de especulação, mas, seguindo Christopher Tolkien em seu comentário sobre "A estrada perdida", creio que 1936 seja mais provável que 1937.

problema de uma estrutura satisfatória para seus contos da antiga Terra-média — "O Silmarillion". A viagem no tempo bem poderia fornecer uma ponte narrativa para os leitores modernos e permitir um encontro com o mito. Começara a se desdobrar uma nova dimensão de "O Silmarillion", ligada a um pesadelo que ele tinha, de ondas gigantescas submergindo de um interior verdejante, um pesadelo que recorria desde a infância. Era sua versão do mito de Atlântida. Chamava aquela ilha condenada, longe nos mares ocidentais, de Númenor; tinha forma de estrela e fora dada aos amigos-dos--elfos, homens que resistiram a Morgoth, o primeiro Senhor do Escuro, no final da Primeira Era da Terra-média. Apesar de mal poderem ser distinguidos dos elfos em sua nobreza, os númenorianos eram mortais, como todos os humanos, mas tinham uma vida muito mais longa.

A história que Tolkien começara a escrever logo depois do desafio de Lewis chamava-se "A estrada perdida", e explorava a ideia de um relacionamento incomum entre pai e filho que se repetia em vários pontos da História. Esse parentesco em particular representava uma continuidade de língua, cultura e linhagem que permitia a descoberta de vestígios de uma antiga História da Europa setentrional. O pai e o filho de "A estrada perdida" são vultos contemporâneos, vivendo perto do Atlântico, talvez na Cornualha ou em Gales Ocidental. Oswin Errol é professor de História. Seu filho Alboin é assombrado por nomes que emergem em sonhos profundos. Grandes nuvens escuras sobre o mar ocidental evocam para ele a visão das águias dos "Senhores do Oeste" assomando sobre Númenor, sem que ele saiba o significado desses nomes. Mais tarde, após a morte de Oswin, Audoin, filho de Alboin, tem percepções ou intuições semelhantes, porém mais visuais do que linguísticas, acerca de "coisas e descrições". Essas descobertas mentais permitem que Alboin e

Audoin viajem para trás no tempo até Númenor, onde existem um pai e um filho semelhantes e de algumas maneiras equivalentes a eles, chamados Elendil e Herendil[2] (na verdade, Alboin algumas vezes pensou em seu próprio filho usando esse nome misterioso). Elendil e Herendil vivem na época em que Númenor é destruída, e Sauron, lugar-tenente do banido Morgoth e epicentro do mal em *O Senhor dos Anéis*, está dominando a ilha por meios sutis. Nesse tempo, Sauron ainda é belo de contemplar, e consegue convencer as pessoas com raciocínios plausíveis, não com poder explicitamente. O destino de Númenor desempenha um importante papel na História da Terra-média, pois a nobre raça de humanos que foge da sua destruição vai fundar os grandes reinos de Arnor no norte e Gondor no sul da Terra-média.

Tolkien abandonou a história depois de escrever apenas quatro capítulos e algumas notas sobre seu enredo e evolução. A ideia da "estrada perdida" ou "estrada reta" permaneceu integral, no entanto, em sua concepção da Terra-média. Após a queda de Númenor, o mundo foi transformado em esfera, e os mares se curvaram. A alguns navios élficos era permitido passar além do mundo até as terras imortais. Usavam a estrada reta, a mesma estrada percorrida pelos Portadores do Anel, Bilbo e Frodo, depois que partiram dos Portos Cinzentos rumo ao Extremo Oeste em *O Senhor dos Anéis*. Tolkien usou a ideia da estrada perdida nas primeiras formulações de sua mitologia, envolvendo a viagem do marinheiro Aelfwine à ilha élfica de Tol Eressëa, onde ele ouve os contos de "O Silmarillion".

"A estrada perdida", até o ponto a que chegou, muito provavelmente foi lida para os Inklings. Assim, eles devem ter

[2]Em *O Senhor dos Anéis* Tolkien revela que Elendil e seus filhos Isildur (equivalente de Herendil?) e Anárion fogem para a Terra-média a Leste quando Númenor submerge, e fundam os reinos de Arnor e Gondor.

destacado as dificuldades que ela apresentaria a um leitor contemporâneo. Certamente Lewis a ouviu sendo lida, pois o próprio Tolkien explicou que foi por isso que Lewis grafou errado alguns dos nomes, ou os reproduziu em suas histórias de ficção científica *Perelandra* e *Uma força medonha.* Tolkien escreveu sobre sua própria influência nas histórias de Lewis numa carta a Roger Lancelyn Green, explicando que "Numinor" era a versão de Lewis de um nome que ele só ouvira nas leituras de Tolkien: Númenor.

Outro exemplo da influência de Tolkien são os personagens Tor e Tinidril em *Perelandra,* de Lewis. Trata-se claramente de Tuor e sua esposa élfica Idril, de "O Silmarillion", fundidos com Tinúviel, o segundo nome de Lúthien. Os eldils angelicais de Lewis, na trilogia de ficção científica, devem algo aos eldar (os altos-elfos) da Terra-média.

O próprio Lewis esclareceu sua inspiração por Tolkien e a ideia de Atlântida numa carta escrita vários anos antes da publicação de *O Senhor dos Anéis.* Ali explicou que sua Numinor é uma grafia incorreta da Númenor de Tolkien. Númenor, disse, pertencia à "mitologia particular" da época, que nasceu da "língua particular" que Tolkien inventara. Era, acrescentou, uma língua real que possuía leis fonéticas e raízes como só um "grande filólogo" tinha a habilidade de criar. Tolkien descobriu ser impossível criar uma língua sem ao mesmo tempo inventar uma mitologia. Sua mitologia particular, disse Lewis, foi apropriada por nosso mundo no momento em que "o particípio *atlan* (caído ou despedaçado)" foi aplicado à terra desaparecida e Númenor. As leis fonéticas haviam produzido esse particípio sem uma clara previsão do resultado por parte de Tolkien: uma conexão com a terra mitológica de Atlântida em nosso mundo.

Não somente essa história inacabada (e peças posteriores acerca da ilha de Númenor) influenciou Lewis, mas outros elementos da história também lhe agradaram. Na verdade, podem ter contribuído para a matriz imaginativa que inspirou outras histórias de Lewis.

Os paralelos entre Alboin e seu filho Audoin, na Inglaterra ocidental, e Elendil e seu filho Herendil em Númenor, podem ter ajudado a sugerir os duplos de Scudamour e Camilla — apesar de terem uma finalidade diferente — na história abandonada de Lewis "A torre escura" (possivelmente escrita entre 1938 e 1939). Lewis também utiliza a ideia dos duplos em seu fragmento de história "Após dez anos" (escrito perto do fim de sua vida), que apresenta uma Helena de Troia real e uma idealizada.

Um segundo elemento que teria agradado a Lewis, e talvez influenciado sua escrita, foi o uso do tempo por Tolkien. Durante o período em que Alboin e seu filho viajam no tempo para Númenor, nenhum tempo transcorre no presente. Os dois se veem de volta ao século XX justamente no mesmo ponto do tempo. Tolkien bem pode ter discutido esse ponto com Lewis. Seu amigo usa o mesmo artifício quando as crianças visitam Nárnia, exceto em *A última batalha*, onde os visitantes já morreram neste mundo em um acidente de trem.

Uma influência adicional sobre Lewis pode ter sido *o Ainulindalë*. Tolkien estava retrabalhando este belo mito cosmológico nos anos 1930 (provavelmente incluindo o tempo em que escreveu "A estrada perdida"), e deve tê-lo compartilhado com Lewis em alguma etapa. Em *O Silmarillion*, essa é "A Música dos Ainur" (os Ainur — ou Valar — são os seres angelicais responsáveis pela criação). Também chama-se "A Grande Música" ou "A Grande Canção". A música expressava o projeto da criação, a providência e o intento de Ilúvatar, o nome de Deus na mitologia tolkieniana da Terra-média. A música é paralela à personificação da Sabedoria em um dos mais belos trechos da Bíblia, no capítulo 8 de Provérbios.

Ali a Sabedoria representa o padrão pelo qual Deus trabalha ao conjeturar a criação que há de realizar. A Grande Música era sinonímia da concepção e criação do mundo a partir do nada, bem como de sua evolução subsequente. A rebelião de Morgoth (um vulto semelhante ao anjo caído Lúcifer) é incorporada à música e se realiza ao longo de toda a História inventada da Terra-média, tornando-se um tema central na obra de Tolkien, por exemplo na ascensão de Sauron, o maior servo de Morgoth. Os Valar, ou poderes angelicais, primeiro assumem o papel de preparar o mundo para a chegada dos elfos, e então dos humanos. Eles administram o mundo e lhe fornecem luz, primeiro as Duas Lâmpadas, depois as Duas Árvores e finalmente o sol e a lua. Na Terceira Era, quando ocorrem os eventos de *O Senhor dos Anéis*, diversos Valar menores, ou Maiar — mais famosamente Gandalf — assumem forma humana para servirem de guardiões contra o poder renascente de Sauron. Lewis pode ter se inspirado parcialmente em *o Ainulindalë* quando descreveu a criação de Nárnia pela canção de Aslam em seu *O sobrinho do mago* (iniciado em 1949), e na Grande Dança no clímax de sua história de ficção científica *Perelandra* (iniciada em 1941).

"A estrada perdida" não somente é de grande interesse para a compreensão do crescente poder de Tolkien como contador de histórias, lutando com importantes temas de cosmologia, providência e teologia, mas também por seu raro vislumbre de personalidade. Deixando de lado os apartes ocasionais em suas conferências sobre *Beowulf* e contos de fadas, o único outro documento que tem referências autobiográficas igualmente fortes é seu *Leaf by Niggle* [Folha, de Migalha] (1945). "A estrada perdida" mostra duas gerações de meninos sem mãe e um pai idealizado, o que pode indicar a perda do pai e da mãe de Tolkien na infância. Alboin é especialmente parecido com Tolkien, nasceu mais ou menos na mesma época, e esclarece ficcionalmente o processo criativo de descoberta que levou Tolkien a escrever o material de "O Silmarillion" e, finalmente, *O Senhor dos Anéis.* Lemos que na infância "Alboin apreciava o sabor das línguas mais antigas do norte, tanto quanto apreciava algumas das coisas escritas nelas." Esse tom ou característica estava "relacionado com a atmosfera das lendas e dos mitos contados nas línguas." Nomes e frases inexplicáveis insinuavam-se na consciência de Alboin, que, seguindo sua trilha, chegou a descobertas adicionais. O filho de Alboin, em anos subsequentes, observou esse processo no pai. Ele "estava acostumado com palavras e nomes esquisitos que seu pai deixava escapar num murmúrio. Às vezes, seu pai construía uma longa história em torno deles."

Talvez o mais notável é que a história realça a preocupação de Tolkien com o antigo passado da Europa, cujo primeiro plano eram Worcestershire e Warwickshire em sua infância. Isso era inteiramente apropriado no âmbito de uma história de viagem no tempo rumo ao passado remoto. Também esclarece o propósito artístico de Tolkien em *O Senhor dos Anéis*, que começaria a escrever logo depois, desviando-se ao mesmo tempo da composição de "O Silmarillion" — este permaneceria essencialmente inalterado por cerca de 13 anos. Alboin, à medida que envelhece (atingindo mais ou menos a idade de Tolkien quando este escreveu "A estrada perdida"), reflete sobre sua vida:

> Repassando os últimos trinta anos, ele acreditava poder dizer que sua disposição mais duradoura, apesar de muitas vezes encoberta ou reprimida, fora desde a infância o desejo de voltar. Caminhar no Tempo, talvez, como os homens caminham em longas estradas; ou inspecioná-lo, como os homens podem ver o mundo de uma montanha,

> ou a terra como mapa vívido debaixo de um dirigível. Mas, em qualquer caso, ver com olhos e ouvir com ouvidos: ver a situação de terras antigas e até mesmo esquecidas, contemplar homens antigos caminhando, e ouvir suas línguas como as falavam, nos dias antes dos dias, quando se ouviam idiomas de linhagem esquecida em reinos há muito caídos às margens do Atlântico.

O editor de Tolkien, Stanley Unwin, estivera pressionando para obter mais material da sua pena após a publicação de *O hobbit*, em setembro de 1937. Em novembro daquele ano Tolkien mandou a Unwin os quatro capítulos que escrevera de "A estrada perdida". Ao mesmo tempo, ofereceu ao editor boa parte do material de "O Silmarillion", que descreveu como sua "bobagem particular e querida". Concordou com Unwin em que uma "sequência ou continuação de *O hobbit* é requerida", mas não sabia dizer o que mais os hobbits eram capazes de fazer. Confessou isto numa carta em 16 de dezembro, mas apenas três dias depois, em 19 de dezembro, relatou a Unwin uma conquista: "Escrevi o primeiro capítulo de uma nova história sobre hobbits." Publicado 17 anos mais tarde, este se tornaria o capítulo inicial de *O Senhor dos Anéis.*

Enquanto Tolkien escrevia seu conto abortado de viagem no tempo, "A estrada perdida", Lewis seguia em frente com sua história de viagem no espaço, *Out of the Silent Planet*, lendo-a para os Inklings capítulo a capítulo à medida que ia sendo escrita. Particularmente, a história de Lewis *também* lança luz sobre o complexo caráter de Tolkien.

Como vimos, o trabalho de Tolkien, o ensino do antigo e inglês médio, estava intimamente relacionado com sua construção das línguas, dos povos e da História da Terra-média.

De sua criação dos idiomas élficos, avançara para inventar um mundo de fantasia como se fosse um mundo esquecido que ele desencavara do antigo passado da Europa setentrional. Isso seguia o padrão de sua construção profissional como filólogo, de contextos obscuros e distantes e formas primitivas vindas dos vestígios de velhos idiomas existentes, como o inglês antigo.

Em *Além do planeta silencioso*, Lewis capturou os instintos e as paixões austeras de um linguista muito similar a Tolkien na figura do filólogo de Cambridge Elwin Ransom. Elwin significa "amigo-dos-elfos" como o nome Aelfwine. O dr. Ransom tinha um ferimento de guerra e era um "estudioso sedentário". Uma de suas publicações era *Dialeto e Semântica*. Combinava qualidades intelectuais e heroicas, apesar de apresentar uma tendência a se rebaixar. Era alto, esbelto, de cabelos dourados e com cerca de 35 a 40 anos de idade no fim dos anos 1930, quando se passam os eventos de *Além do planeta silencioso*. Não tinha muito bom gosto no vestir, e à primeira vista poderia ser confundido com um médico ou professor de escola.

Ransom é sequestrado por seu maligno colega Edward Weston e transportado para Malacandra (Marte) numa nave espacial, lá escapando aos seus captores. Teme encontrar nos ermos formas de vida alienígenas chamadas sorns, até que ocorre um evento surpreendente que subverte suas percepções dramaticamente; encontra uma criatura alienígena que demonstra ser inteligente:

> A criatura, que ainda fumegava e se sacudia na margem e obviamente não o vira, abriu a boca e começou a fazer ruídos. Isso por si só não era digno de nota; mas toda uma vida de estudo linguístico garantiu a Ransom, quase de imediato, que se tratava de ruídos articulados.

> A criatura estava falando. Tinha linguagem. Se você mesmo não for filólogo, temo que terá de aceitar por fé as prodigiosas consequências emocionais dessa constatação na mente de Ransom. Um novo mundo ele já vira, mas uma linguagem nova, extraterrestre, não humana, era outra coisa. De algum modo ele não pensara nisso em conexão com os sorns; agora isso o atingia como uma revelação. O amor pelo conhecimento é uma espécie de loucura. Na fração de segundo que Ransom levou para decidir que a criatura realmente estava falando, e enquanto ainda sabia que poderia estar diante da morte instantânea, sua imaginação saltara por cima de todos os temores e esperanças e probabilidades de sua situação para perseguir o deslumbrante projeto de produzir uma gramática malacandriana. *Uma Introdução à Língua Malacandriana*; *O Verbo Lunar*; *Um Dicionário Conciso Marciano-Inglês*... os títulos esvoaçavam em sua mente. E o que não se poderia descobrir da fala de uma espécie não humana? A própria forma da linguagem em si, o princípio por trás de todas as linguagens possíveis, poderia cair-lhe nas mãos. Involuntariamente, ergueu-se em um cotovelo e encarou o negro animal[...]. Nos minutos que se seguiram, em absoluto silêncio, os representantes das duas espécies tão longinquamente apartadas olharam-se fixamente nos rostos.

O pensamento de Ransom: "O que não se poderia descobrir da fala de uma espécie não humana?" é o tipo de ideia que ocorreria com naturalidade a Tolkien. Na verdade, a criação das línguas élficas — espécies de línguas não-humanas — era para ele uma explicação das ofuscantes possibilidades da linguagem para iluminar nosso conhecimento da realidade, natural e sobrenatural, visível e invisível.

Lewis baseou o personagem Elwin Ransom ao menos parcialmente em seu amigo. Tolkien estava cônscio dessa semelhança, e vários anos mais tarde escreveu ao seu filho Christopher: "Como filólogo posso ter alguma parte em [Ransom], e reconheço algumas das minhas opiniões lewisificadas nele."

No âmago da amizade de Tolkien e Lewis, estava sua compartilhada antipatia pelo mundo moderno. Não se opunham a dentistas, ônibus, chope ou outras características do século XX, mas sim ao que viam como a mentalidade subjacente do modernismo. Não eram contra a ciência ou os cientistas, mas contra o culto à ciência encontrado no modernismo, e sua tendência a monopolizar o conhecimento, negando abordagens alternativas através das artes, da religião e da sabedoria humana comum. Tolkien e Lewis acreditavam que essa mentalidade era um mal-estar que representava uma séria ameaça à humanidade. O personagem fictício Elwin Ransom incorporava o que os amigos viam como os antigos e perenes valores contrastantes comuns à humanidade — valores a que Lewis mais tarde se referiu como Tao.

Esses valores positivos são demonstrados na reflexão de Ransom, que é pré-moderna e se baseia essencialmente nas percepções medievais da natureza e da humanidade. Lewis, como Tolkien, amava o cosmo renascentista e medieval, seu modelo imaginativo da realidade, e essa imagem do mundo é "contrabandeada" para dentro das mentes dos leitores modernos enquanto apreciam a história de Lewis. Nas profundezas do espaço, a caminho de Malacandra numa nave espacial, Ransom descobre que inesperadamente se sente bem, apesar da provação de seu sequestro. Ele começa a readquirir o que Lewis considerava a consciência perdida da humanidade:

> Ficava horas deitado contemplando a luz da claraboia. O disco da Terra não estava à vista em nenhum lugar; as estrelas, densas como margaridas num gramado por aparar, reinavam perpetuamente, sem nuvem, sem lua, sem nascer do sol a disputar seu domínio. Havia planetas de incrível majestade, e constelações nunca sonhadas: havia safiras, rubis, esmeraldas celestiais e alfinetadas de ouro ardente; muito à esquerda do quadro estava suspenso um cometa, minúsculo e remoto: e no meio de tudo e por trás de tudo, muito mais enfático e palpável do que aparecia na Terra, o negrume sem dimensão, enigmático. As luzes estremeciam: pareciam avivar-se quando as contemplava. Estirado nu em seu leito, uma segunda Dânae, a cada noite ele achava mais difícil descrer da velha astrologia: quase sentia, inteiramente imaginava, uma "doce influência" derramando-se ou mesmo trespassando seu corpo rendido.

Os valores positivos de Ransom são contrastados com os valores negativos de seu sequestrador, o professor Edward Weston, um eminente físico que representa tudo o que Lewis detestava no mundo modernista. Weston, juntamente com seu assecla Dick Devine, sequestra Ransom crendo erroneamente que um sacrifício humano era requerido pelos misteriosos soberanos de Marte, um ato que ele considera completamente justificável. Desdenha todos os valores da humanidade comum. Seu valor-guia é a sobrevivência biológica, a replicação de homens iluminados a qualquer custo.

Depois de escapar de seus raptores, Ransom fica inicialmente aterrorizado e desorientado com o planeta vermelho e sua diversidade de terrenos e habitantes — várias formas de vida racional relacionadas em hierarquia harmoniosa. No entanto, os habitantes revelam ser civilizados e amistosos.

Ransom, como linguista, logo consegue discernir os rudimentos de sua língua, o solar antigo. Ransom também encontra os soberanos do planeta, mal perceptíveis porém audíveis, os oyarsa, que são incorpóreos.

Lewis irritava-se com a tendência da ficção científica da época de retratar seres extraterrestres como malignos, como inimigos do gênero humano. Em sua opinião, a imagem medieval do universo era exatamente o contrário, e isso lhe agradava. Seu retrato de formas de vida alienígenas pacíficas e espirituais teve um profundo impacto na ficção científica que perdura até hoje. Meio jocosamente, Lewis observou em uma carta a um leitor em 1939: "Você ficará ao mesmo tempo angustiado e deleitado ao ouvir que, dentre cerca de sessenta resenhas, apenas duas demonstravam algum conhecimento de que minha ideia da queda do Encurvado era simplesmente invenção minha[...]. Agora qualquer quantidade de teologia pode ser contrabandeada para dentro das mentes das pessoas, sob pretexto de romance, sem que elas se deem conta." Essa espécie de reação foi um dos fatores na decisão de Lewis de continuar escrevendo sobre teologia e ética numa frente ampla.

Em seu estudo *Voyages to the Moon* [Viagens à lua] (1948), Marjorie Hope Nicolson prestou este tributo:

> *Além do planeta silencioso* é para mim a mais bela de todas as viagens cósmicas, e de alguns modos a mais emocionante[...]. Assim como C.S. Lewis, o apologista cristão, acrescentou algo à longa tradição, também C.S. Lewis, o estudioso-poeta, conseguiu em *Além do planeta silencioso* um efeito diferente de qualquer coisa do passado. Autores anteriores criaram novos mundos com base na lenda, da mitologia, do conto de fadas. O sr. Lewis criou o mito em si, um mito tecido de desejo e aspirações

> profundamente assentadas em pelo menos parte da raça humana[...]. Viajando com ele para mundos ao mesmo tempo familiares e estranhos, experimento, como o sr. Ransom, "uma sensação, não de seguir uma aventura, mas de interpretar um mito."

Quando Lewis contou a Tolkien que fora convidado por Stanley Unwin a oferecer à sua editora o manuscrito de *Além do planeta silencioso*, Tolkien escreveu a Unwin que fora "lido em voz alta em nosso clube local (que aprecia ler em voz alta coisas curtas e longas). Demonstrou ser um seriado emocionante e foi altamente aprovado. Mas é claro que todos temos gostos bem semelhantes". Em poucas semanas, Unwin mandou a Tolkien um relatório negativo de um leitor sobre o manuscrito de Lewis, e pediu sua opinião sobre a história. Tolkien respondeu quase que imediatamente, expressando sua detalhada inquietação com o relatório e confessando: "Li a história no manuscrito original e fiquei tão encantado que não conseguia fazer nada mais antes de terminá-la." Várias críticas que ele fizera a Lewis haviam sido implementadas para sua satisfação. Havia, de fato, um elogio em seu comentário: "As invenções linguísticas e a filologia, no geral, são mais do que suficientes." Ainda assim, Unwin decidiu que o livro não era para sua editora, e o passou a John Lane, da Bodley Head. Ele foi publicado no ano seguinte, 1938. O livro foi um sucesso, especialmente depois da publicação de *Cartas de um diabo a seu aprendiz*,[3] em 1942, e da série popular de transmissões radiofônicas de Lewis durante a guerra, em 1941, 1942 e 1944. L.P. Hartley, no *Daily Sketch*, falou por muitos leitores quando comentou entusiasmado:

[3]No original, *The Screwtape Letters*. Screwtape é um diabo que se corresponde com seu sobrinho, também demônio mas de menor expressão, a respeito das tentativas do sobrinho de levar um indivíduo a pecar. (N.E.)

"Recomendo francamente esta fantasia original, interessante e bem escrita."

O primeiro capítulo da nova história de hobbits que Tolkien mencionara a Stanley Unwin em 19 de dezembro de 1937 começava assim, no esboço original:

> Quando Bilbo, filho de Bungo, da família Bolseiro, preparou-se para comemorar seu 70º aniversário, por um dia ou dois houve falatório na vizinhança. Outrora ele tivera uma certa fama passageira entre a gente da Vila dos Hobbits e de Beirágua — desaparecera depois do desjejum num 30 de abril e só reaparecera na hora do almoço de 22 de junho do ano seguinte. Uma conduta muito esquisita para a qual nunca dera uma boa razão, e sobre a qual escreveu um relato absurdo[...].

Em 4 de março de 1938, Tolkien informou a Unwin que sua continuação de *O hobbit* chegara ao fim do terceiro capítulo, e que Cavaleiros Negros haviam aparecido inesperadamente, afetando o enredo de modo radical. Observou a tendência de as histórias terem vida própria, e essa tivera uma reviravolta inesperada com os Cavaleiros. Até aquele ponto Tolkien ainda podia estar pensando na continuação como outro livro infantil. Os Cavaleiros Negros indicavam um terror mais obscuro que mudaria para sempre a escala e o tom do livro. Por essa época, ele fez um mapa rascunhado do Condado, preenchendo detalhes de seu mundo inventado. Esse mapa permaneceu essencialmente inalterado à medida que a obra evoluía e mostrava uma ênfase crescente em geografia e História consistentes, comparável aos contos anteriores de "O Silmarillion", que agora havia abandonado em favor do "novo *O hobbit*" — *O Senhor dos Anéis*.

Esta nova obra, não "A estrada perdida", demonstrou ser a história duradoura de "viagem no tempo" de Tolkien, sua exploração sem par da natureza do tempo. Apesar de não haver mecanismo óbvio para viajar no tempo rumo ao passado, ele foi capaz de criar a ilusão da Terra-média como parte da História e do pano de fundo da Europa setentrional. Apesar de ser uma História imaginada, há um senso de familiaridade, pelo qual essa História antiga e aparentemente descoberta pode ser apropriada pelo leitor de nossos dias assim como é apropriada qualquer História da humanidade. Viajamos no tempo ao apreciar a história. Em nossos próprios termos familiares, caminhamos no tempo, talvez, como as pessoas "caminham em longas estradas"; ou o inspecionamos, na medida em que podemos "ver o mundo de uma montanha", ou "a terra como um mapa vivente" sob uma aeronave. Vemos "a situação de terras antigas e até mesmo esquecidas" e contemplamos povos antigos a caminhar. Às vezes, ouvimos suas línguas quando as falam, "nos dias antes dos dias, quando se ouviam idiomas de linhagem esquecida em reinos há muito sucumbidos às margens do Atlântico".

8

A 2ª Guerra Mundial

Charles Williams chega a Oxford

(1939-1949)

Gritos e o riso de vozes infantis vêm do bosque normalmente tranquilo ali perto.

— O que é isso? — pergunta-se Lewis ao bater a porta do carro. Seus pensamentos estão em outra parte, e os sons o assustam. Acaba de ser buscado na cidade, onde passou algumas horas agradáveis com Tolkien no *pub* The Eagle and Child. O período de S. Miguel não deverá começar por mais um mês. Com a iminência da guerra, Tolkien teve de cancelar as férias da família em Sidmouth e está sem compromissos. Este ano ele esteve doente com frequência, e também está lutando com os capítulos que escreveu de *O Senhor dos Anéis*. Contou a Lewis que precisa fazer algumas mudanças importantes na narrativa. Também está mudando os nomes de alguns personagens: Bingo vai tornar-se Frodo. Quando os Inklings voltarem a se reunir no outono, ele terá mais capítulos para ler a eles.

— As crianças refugiadas chegaram. Eu as busquei mais cedo na estação — explica Maureen, sorrindo diante do rosto surpreso de Lewis. Agora ela tem trinta e poucos anos de idade e frequentemente cuida de tarefas que requerem dirigir o carro. A sra. Moore (Minto) raramente deixa The Kilns.

A guerra com a Alemanha é inevitável. É o início de setembro de 1939. As refugiadas, todas meninas risonhas, foram alocadas em The Kilns, aos cuidados da sra. Moore. Assim como um milhão e meio de crianças apressadamente dispersadas pelo país, elas trazem pouca coisa: uma máscara de gás numa grande caixa presa a uma correia a tiracolo, roupas de reserva, escova de dentes, pente, um lenço e uma sacola de comida para o dia de viagem. Alguns refugiados também trazem piolhos, mas não as meninas que chegaram hoje à casa de Lewis.

Interrompendo-se com frequência, as crianças explicam a Lewis e à Sra Moore, na hora do chá, como, ao chegarem à estação de Oxford vindas de Waterloo, em Londres, foram primeiramente recebidas por agentes de aquartelamento, e, depois, por Maureen.

Lewis, que até ali teve pouca experiência com crianças, cria afeto por elas instantaneamente. Naquela noite, escreve a Warren, reconvocado para o serviço ativo como parte dos preparativos de guerra, que as refugiadas parecem "criaturas muito encantadoras, não afetadas e lisonjeiramente contentes com seus novos arredores". Acrescenta que elas gostam de animais, o que é bom em dois sentidos — para elas e para a família em The Kilns.

A MAIOR PARTE DOS REFUGIADOS, vinda de áreas profundamente urbanas, tinha pouca ou nenhuma experiência com o interior. As refugiadas em The Kilns não eram exceção. Nos poucos anos desde que Lewis, Warren, a sra. Moore e Maureen se haviam mudado para The Kilns, a residência chegara a se parecer superficialmente com uma pequena fazenda, e essa semelhança aprofundou-se à medida que a guerra prosseguia. Uma sucessão de refugiados defrontava-se com a visão de uma casa de tijolos baixa e tortuosa entre vários hectares de terreno, uma quadra de tênis, um pomar de macieiras, uma lagoa cercada de árvores ao longe e muitas galinhas. Havia ovos no cardápio todos os dias. Havia galinheiros e gaiolas de coelhos para limpar.

A expansão do jardim era presidida pelo factótum geral Fred Paxford, à época com quarenta e tantos anos, que seria o lúgubre modelo do Brejeiro de Lewis na história de Nárnia *A cadeira de prata* (1953). Ele morava em um bangalô de madeira na propriedade. Quando cantava hinos, podia ser ouvido de longe. Minto lhe ensinara a cozinhar, e as refeições que servia muitas vezes eram acompanhadas por uma interpretação de "Abide with me"[1] que fazia tremer os pratos.

Uma refugiada — Patricia Boshell — lembrava-se muito tempo depois de seu primeiro encontro com Lewis, de que ele era "um cavalheiro bastante corpulento, de roupas surradas, que pensei ser o jardineiro, e lhe disse isso. Ele rugiu — ribombou! — de rir".

As refugiadas afeiçoaram-se a Minto, que, à época, tinha sessenta e tantos anos e saúde delicada. Ela era bondosa com elas, que não se importavam com o cigarro constantemente dependurado de seu lábio inferior, espalhando cinzas, às vezes na comida delas (da qual não gostavam). Todas notavam que Minto se preocupava exageradamente com Lewis — ele era o centro da atenção. Para ela, ele era o eixo em torno do qual a vida girava. Uma refugiada, Jill "June" Flewett (pronunciada "Juin" por Lewis), observou: "A administração da casa, a cozinha, as refeições — tudo o que ela

[1]Hino cristão tradicional. (N.E.)

fazia — era planejado para a felicidade e o conforto de Jack. Toda a casa girava ao redor da premissa de que é preciso cuidar de Jack, e esperava-se que Warnie acompanhasse."

Um rapaz alocado em The Kilns pelos Serviços Sociais nesse período tinha dificuldades bem graves de aprendizado. Cada noite, por cerca de dois meses, Lewis lhe dava aulas de leitura. Lewis tinha um razoável talento de ilustrador, e fazia desenhos e cartões com letras como auxílio instrucional. O rapaz, cuja idade mental era de uns oito anos, achava difícil reter até mesmo essas lições simples, mas Lewis perseverava ainda assim.

As refugiadas impressionaram Lewis profundamente. Logo depois que chegaram as primeiras crianças, ele começou a escrever uma história, que abandonou em pouco tempo.[2]

> Este livro é sobre quatro crianças cujos nomes eram Ann, Martin, Rose e Peter. Mas é principalmente sobre Peter, que era o menor. Todos tiveram de sair de Londres de repente por causa dos ataques aéreos, e porque Papai, que estava no Exército, tinha saído para a Guerra e Mamãe estava fazendo alguma espécie de trabalho de guerra. Foram mandados para morar com uma espécie de parente de Mamãe, que era um Professor muito velho e que morava bem sozinho no interior.[3]

---

[2]Minha vinheta e a descrição dos refugiados baseia-se em relatos contemporâneos e no testemunho das refugiadas em The Kilns, em *In Search of C.S. Lewis*, editado por Stephen Schofield, e *C.S. Lewis at the BBC*, de Justin Phillips. Também usa as cartas de Lewis de 2 de setembro de 1939 e 18 de setembro de 1939, em *Letters of C.S. Lewis*.

[3]Citado em Hooper e Green, *C.S. Lewis: A Biography*. Este fragmento sobreviveu, de acordo com Roger Lancelyn Green, numa folha de papel presa dentro do manuscrito de "A torre escura" e que tinha no verso notas para *Broadcast Talks*. Green escreveu o capítulo original "Através do guarda-roupa" em *C.S. Lewis: A Biography*, no qual este texto está reproduzido. Green desempenhou importante papel no nascimento da primeira história de Nárnia — ver neste livro, capítulo 10.

Lewis retomou a história dez anos depois, em 1949, e ela se tornou a primeira história de Nárnia, *O leão, a feiticeira e o guarda-roupa*, em que crianças refugiadas entram em outro mundo, um mundo mágico, através de um velho guarda-roupa.

Na casa de Tolkien, as escassas rações dos tempos de guerra acabaram sendo incrementadas pela transformação da quadra de tênis do jardim em um canteiro de verduras e pela criação de galinhas. A família reunia-se em volta do grande rádio Pye de Edith e escutava atentamente os boletins de notícias da BBC. Também ouviam, espantados, a importuna voz anasalada do propagandista "Lord Haw-Haw", o traidor William Joyce, transmitida da Alemanha. Priscilla Tolkien acostumou-se com a batida em *staccato* que vinha do andar de cima, da pesada e antiga máquina de escrever Hammond do seu pai, datilografando esboços sucessivos do emergente *O Senhor dos Anéis*.

Os edifícios de exames da Universidade de Oxford foram transformados em hospital militar. A faculdade de Tolkien na época, Pembroke, foi parcialmente requisitada pelo ministério da agricultura e pelo exército. Certo dia, no almoço, Tolkien contou à família aos risos que surgira um aviso na portaria do *college* anunciando: *Pragas: primeiro andar.*

Nem todos os refugiados eram crianças trazendo seus sanduíches e máscaras de gás. Cinquenta empregados do escritório londrino da Oxford University Press (OUP) foram transferidos para Oxford imediatamente após a declaração de guerra da Grã-Bretanha, em 3 de setembro de 1939, entre eles. Charles Williams. Faltavam duas semanas para seu 53º aniversário. Ele foi aquartelado na casa do Professor H.N. Spalding, em South Parks Road, nº 9, perto do centro da cidade.

Williams acomodou-se ao estabelecimento doméstico, onde já estavam o Professor e sua esposa, suas duas filhas e Gerry Hopkins, seu colega da OUP — sobrinho do poeta Gerard Manley Hopkins. Williams cortava pão para todos às refeições, apesar de suas mãos normalmente tremerem; abria as janelas para arejar os cômodos; e confiavelmente enxugava a louça depois que esta era lavada. A amizade entre Lewis e Williams havia se consolidado desde sua troca de cartas em 1936, e Williams visitara os Inklings talvez umas duas vezes; os dois haviam se sentado juntos nas reuniões do Christendom Group.[4] Esse grupo interdisciplinar explorava as implicações sociais da fé cristã, com membros que incluíam Hugo Dyson, T.S. Eliot e os ilustres teólogos E.L. Mascall e Donald Mackinnon.

Logo Williams estava se encontrando regularmente com Lewis e Tolkien, e frequentando os Inklings. Williams falava com um marcado sotaque do Leste de Londres, o que era incomum aos ouvidos dos acadêmicos da universidade, em sua maioria educados em escolas particulares. E.L. Mascall lembrava-se dele assim: "Fisicamente Williams não era especialmente impressionante, até que se notasse a vivacidade de sua expressão facial. Tinha estatura bem menor que a média e espiava através de óculos bastante espessos. Era na excitabilidade e volubilidade de sua fala que se manifestavam sua enorme energia interior e entusiasmo, e tornavam-se contagiosos. Apesar de ser, acima de tudo, autodidata, era um homem de grande profundeza intelectual e, assim, grande integridade espiritual."

A poeta Anne Ridler, amiga de Williams na editora, capturou sua essência quando escreveu: "No universo de Williams existe uma lógica clara, um senso de terrível justiça, que não é nossa justiça e, no entanto, não está divorciada do

---

[4]Grupo do cristianismo. (N.T.)

amor." Isso faz eco à visão de George MacDonald do "amor inexorável" de Deus. Para Anne Ridler, "o homem todo [...] era ainda maior que a soma de suas obras". Também T.S. Eliot admirava muito Charles Williams. Ele disse em uma conferência radiofônica após a guerra: "É a obra toda, não uma ou várias obras-primas, que precisamos considerar ao estimarmos a grandeza do homem. Creio que era um homem de gênio incomum, e considero sua obra importante. Mas ela tem uma importância de um tipo que não é fácil de explicar."

Williams nasceu em Islington, Londres, a 20 de setembro de 1886. Seu pai era um funcionário de correspondência estrangeira em francês e alemão numa empresa importadora londrina, até que sua vista fraca obrigasse a família a se mudar para fora da cidade, para St. Albans em Hertfordshire. Lá montaram uma loja que vendia materiais artísticos. O talentoso menino obteve uma bolsa de estudos do conselho do condado para a escola primária de St. Albans. Depois ganhou uma vaga no University College em Londres, começando seus estudos aos 15 anos. Infelizmente a família não foi capaz de continuar pagando as mensalidades, e Williams foi obrigado a descontinuar os estudos. Conseguiu um emprego numa livraria metodista na capital.

Sua sorte mudou quando encontrou um editor do escritório londrino da Oxford University Press, que estava procurando ajuda para as provas tipográficas da edição completa de Thackeray. Williams ficou na OUP até sua morte, criando uma atmosfera peculiar, lembrada com afeto pelos que trabalharam com ele, em especial as mulheres. Casou-se, foi considerado fisicamente incapaz para servir na 1ª Guerra Mundial e, como Tolkien, perdeu dois de seus melhores amigos nas trincheiras.

Williams iniciou o que se tornaria um acontecimento habitual — ministrar aulas vespertinas de literatura para adultos no Conselho da Cidade de Londres e, assim, complementar a modesta renda familiar. Mais tarde escreveu sua série de sete romances sobrenaturais de suspense pelo mesmo motivo. A série incluía *The Place of the Lion*, que atraiu a atenção de Lewis e levou à amizade entre os dois homens.

Assim como com seus amigos Lewis e Tolkien, o pensamento e os escritos de Williams estavam centrados nos três temas da razão, romantismo e cristianismo. Como Lewis, ele era anglicano, mas enquanto Lewis era da "Igreja Baixa" (preferindo os cultos simples), Williams era anglo-católico (da "Igreja Alta"), o que lhe dava mais afinidades com o catolicismo romano. Seu interesse pelo romantismo está expresso, de forma literária, no seu interesse e uso de símbolos (por exemplo, o amor humano para ele implicava o amor divino). Interessava-se pela experiência do amor romântico e de outras formas, como a amizade e o afeto, e pelas implicações teológicas do amor humano. No tocante à razão, rejeitava a equação entre a abstração racional e a realidade, e ajudou a apresentar os escritos de Søren Kierkegaard aos leitores ingleses. No entanto, sentia apaixonadamente que toda a personalidade humana precisa ser ordenada pela razão para possuir integridade e saúde espiritual. Williams constantemente buscava o equilíbrio entre a mente abstrata e a "sensível", entre o intelecto e a emoção, entre a razão e a imaginação. Tentava caminhar na retilínea estrada principal do *Mappa Mundi* de Lewis.

Williams tinha quarenta e poucos anos quando seu primeiro romance, *War in Heaven*, foi publicado, em 1930; era mais de cinco anos mais velho que Tolkien e quase 12 mais que Lewis. Antes de *War in Heaven* publicara cinco livros menores; quatro deles eram de poesia e o outro era uma peça. Sua obra importante começa com os romances; depois de 1930, surgem suas obras dignas de atenção, condensadas nos seus últimos 15 anos de vida. Entre 1930 e sua morte súbita em 1945, foram publicados 28 livros (uma média de quase dois por ano), bem como numerosos artigos e resenhas. Passou em Oxford os últimos desses anos de maturidade como pensador e escritor, de 1939 até 1945, devido à guerra. Esse período envolveu os deveres editoriais normais de Williams com a Oxford University Press; aulas e instruções para a universidade (instituídas por Lewis); reuniões constantes com Lewis, Tolkien e os Inklings; e frequentes fins de semana em sua casa em Londres. Sua esposa, Michal,[5] havia ficado para trás para cuidar do apartamento quando Williams fora obrigado a se refugiar. Ele, às vezes, passava fins de semana em Londres, cidade que adorava.

Os escritos de Charles Williams — que englobavam ficção, poesia, drama, teologia, História eclesiástica, biografia e crítica literária — tornam-se mais acessíveis à luz daqueles escritos de Lewis que foram influenciados por Williams. Há muitos elementos conscientemente colhidos nele nas obras de Lewis *Uma força medonha, O grande abismo, Até que tenhamos rostos* e *Os quatro amores*. Lewis foi particularmente influenciado pelo romance de Williams *The Place of the Lion* e por seu ciclo arturiano de poesias (incluindo *Taliesin through Logres* [Taliesin através de Logres]).

A mudança de Williams para Oxford e sua admissão aos Inklings ajudaram a exercer essa influência profunda e duradoura sobre Lewis. Anos mais tarde Tolkien descreveria Lewis como estando sob o "feitiço" de Williams, o que ele não aprovava inteiramente, sentindo que Lewis era facilmente impressionável. Mais tarde, também, referiu-se aos Inklings como o "*coven*"[6] de Lewis, aludindo à fascinação de Williams

[5]Michal era o apelido carinhoso de Williams para sua esposa Florence.

[6]*Coven* é um grupo dedicado a trabalhos de feitiçaria, formado por, no máximo, 13 pessoas, presidido por um sacerdote e uma sacerdotisa. No Brasil, a palavra inglesa é usada por participantes destes grupos. (N.E.)

pelo ocultismo, um gosto que perturbava Tolkien. Naquela época, porém, Tolkien lucrou muito com sua amizade com Williams e gostava muito quando este escutava atentamente os episódios de *O Senhor dos Anéis* à medida que iam sendo escritos — em nítido contraste com a atitude fria de outro Inkling, Dyson. Em uma carta ao filho Christopher, Tolkien escreveu: "C. Williams, que está lendo tudo, diz que a grande coisa é que o *centro* não está em contenda e guerra e heroísmo (apesar de serem compreendidos e retratados), mas na liberdade, paz, vida boa e comum."

Tolkien, por sua vez, escutava atentamente as leituras de Williams, mesmo confessando que às vezes achava a obra de Williams difícil de compreender. Lewis descreveu uma dessas ocasiões em que Williams leu um texto seu que era mais do agrado de Tolkien, *The Figure of Arthur* [A figura de Arthur], o estudo inacabado em prosa da lenda arturiana.

> Imagine [...] uma sala de estar num andar superior, com janelas dando para o norte, em direção ao "bosque" do Magdalen College, numa ensolarada manhã de segunda-feira, durante as férias, por volta das dez horas. O Professor e eu, ambos no sofá Chesterfield, acendemos os cachimbos e esticamos as pernas. Williams, na poltrona em frente, jogou o cigarro na grelha, apanhou uma pilha das folhas soltas, extremamente pequenas, em que habitualmente escrevia — acho que vinham de um bloco de anotações de dois pence — e começou [a ler][...]

O Dr. "Humphrey" Havard participou de muitas reuniões dos Inklings durante a guerra, a despeito de uma longa ausência do serviço naval. Como de costume, era um observador astuto, lembrando-se de Williams com afeto e elogiando seu charme e humor: "Estava sempre repleto de risos, pronto a participar de qualquer piada em andamento. Jogava os braços para trás e a cabeça em direção ao teto, gargalhando de alegria. Mas quando se tratava de ler sua obra eu não conseguia entender uma só palavra." Ele acreditava que outros do grupo compartilhavam sua opinião, exceto Lewis. Mas até Lewis, seu maior fã, protestava contra a obscuridade, dizendo em certa ocasião: "Charles, você é impossível." Havard lembrava-se também das intensas reservas de Tolkien sobre Williams "mexer com ocultismo", uma referência a detalhes dos enredos de seus romances. Em um deles, *The Greater Trumps* [Os maiores trunfos], por exemplo, a história gira em torno do baralho de tarô. Havard observou que essas reservas de fato comprometiam a amizade entre Lewis e Tolkien. "Lewis era fascinado por Williams, e com razão; ele [tinha] um charme extraordinário. Era impossível estar no mesmo recinto com ele e não ficar atraído por ele."

Agora tanto Tolkien quanto Lewis estavam velhos demais para serem convocados a servir na guerra, e, como muitos da mesma idade, serviram na Home Guard,[7] ou "Exército de Papai", como era apelidado, realizando diversas tarefas. Por muitas noites patrulharam, observando as mudanças do céu noturno, de nublado a repleto de estrelas. Numa noite límpida em 1940,[8] enquanto estava de guarda, Tolkien notou uma estranha e intensa luz que crescia e se espalhava pelo horizonte ao Norte. No dia seguinte, soube que era o incêndio de Coventry — Oxford escapou à *blitz*. Por todo o ano de 1942, Tolkien interessou-se especialmente pelas fases da lua e pelos ocasos — em sua meticulosa atenção aos detalhes,

[7]Guarda Doméstica. (N.T.)
[8]14 de novembro de 1940, dia do notório bombardeio de Coventry pelos alemães, conhecido como o Coventry Blitz. (N.E.)

baseou naquele ano em particular os movimentos da lua e os pores-do-sol durante as jornadas da Sociedade do Anel.

A guerra afetou intensamente a família de Tolkien. Primeiro seu filho mais velho, John, partiu para Roma em novembro de 1939 para seguir o sacerdócio. Apesar de a Itália ainda não ter unido forças com Hitler, ficou claro que John teria de retornar à Grã-Bretanha. Voltou exatamente quando as viagens da França à Grã-Bretanha estavam se tornando precárias, e depois seguiu sua faculdade, que primeiro se mudou para o Lake District e depois para Stoneyhurst em Lancashire. (Em certa ocasião, quando Tolkien visitou o Stoneyhurst College, ele e Edith ficaram hospedados no pequeno chalé da escola. Com sua mão habilidosa, Tolkien esboçou um quadro da casinha como chalé de Tom Bombadil, com canteiros de vagens e tudo.) O próximo a ser afetado na família foi Michael, que se alistou no Exército no começo da guerra e se tornou artilheiro antiaéreo. Pela sua atividade, defendendo os campos de aviação durante a Batalha da Grã-Bretanha, ele ganhou a prestigiosa George Medal. Em 1944, foi removido do serviço militar por invalidez e retomou os estudos em Oxford. A vez de Christopher chegou quando ele se alistou na Força Aérea Real em 1942, e logo estava na África do Sul treinando para piloto de caça. Durante sua estada lá, Tolkien lhe mandava longas cartas relatando o progresso de *O Senhor dos Anéis* e proporcionando vislumbres de suas reuniões com Lewis, Williams e os Inklings. Christopher, mais que qualquer outro dos filhos de Tolkien, estivera intimamente envolvido na criação da história desde o começo, e em 1943 ele fez para o pai um mapa grande e elaborado da Terra-média, a lápis e giz de cera colorido, estritamente baseado nos mapas de Tolkien, primitivos, porém, precisos. Estes nasceram do esboço original do Condado em 1938. Christopher tinha especial afinidade com o pai, o que pode estar refletido nos relacionamentos entre pai e filho da história inacabada "A estrada perdida". Essa afinidade deu a Christopher uma facilidade natural para desemaranhar e compreender o sentido dos numerosos esboços de "O Silmarillion" que Tolkien deixou ao morrer.

Um importante evento familiar foi a comemoração das bodas de prata de Tolkien e Edith em 1941, necessariamente uma ocasião modesta devido às limitações criadas pela guerra. Dentre os filhos, só Priscilla, a caçula, que ainda vivia em casa, pôde participar, mas entre os convidados estavam Dyson e Lewis. Edith administrou a casa durante todo o severo racionamento, complementado por verduras plantadas no jardim da casa e ovos das galinhas.

A despeito das interrupções causadas pela guerra, incluindo escassez de estudantes, a universidade prosseguia tão normalmente quanto possível. Tolkien e Lewis continuavam a lecionar, Tolkien supervisionava os alunos graduados, e Lewis mantinha a instrução dos estudantes de Magdalen pela manhã e no início da tarde. Williams incrementava o ensino da Escola de Inglês com seu amplo conhecimento de poesia, e suas conferências eram muito populares entre os estudantes. Depois que ele falou sobre o tema da virgindade no *Comus*, de Milton, diante de uma surpresa plateia de estudantes, Dyson gracejou que Williams estava arriscado a se tornar um rematado "castituto". Em certa ocasião, em 1943, Tolkien e Williams viram-se lecionando ao mesmo tempo. Enquanto a conferência de Williams sobre *Hamlet* encheu o auditório, quase todos os estudantes de Tolkien o desertaram para ouvir Williams. O único estudante remanescente na conferência sobre o anglo-saxão foi o que devia fazer anotações. Assim, Tolkien não teve alternativa, a não ser lecionar para um único aluno. Tolkien magnanimamente tomou um trago, mais tarde, com o efervescente Williams.

Por vezes, durante os longos e cansativos anos de guerra, a composição de *O Senhor dos Anéis* se interrompia. Durante um desses hiatos nasceu uma história intensamente pessoal. Fugindo de suas características, Tolkien a escreveu como alegoria. *Folha, de Migalha* é um conto do purgatório, talvez influenciado pelo fascínio de Williams com o *Purgatório*, de Dante. O romance de Williams *Descent into Hell* [Descida ao inferno] (1937) tinha um tema de purgatório, assim como *O grande abismo*, de Lewis e *All Hallows Eve* [Véspera de todos os santos], de Williams, ambos escritos nos anos de guerra.

Folha, de Migalha foi publicado em janeiro de 1945 em *The Dublin Review*, mas fora escrito algum tempo antes. Niggle,[9] um pequeno artista, sabia que algum dia teria de fazer uma viagem. Muitos assuntos atrapalhavam sua pintura, como as solicitações de seu vizinho, o Sr. Parish, que tinha uma perna manca. Migalha tinha o coração mole e era um tanto preguiçoso.

Migalha estava empenhado em terminar um determinado quadro. Começara com a ilustração de uma folha apanhada pelo vento, e depois a obra evoluiu até se tornar uma árvore. Através das aberturas entre as folhas e os ramos, abriram-se uma floresta e todo um mundo. Como o quadro crescia (com outros quadros menores anexados com tachas), Migalha teve de transportá-lo para um barracão especialmente construído no seu canteiro de batatas.

Um dia Migalha adoeceu porque ficou encharcado numa tempestade ao sair numa incumbência para o sr. Parish. Então o temido Inspetor lhe fez uma visita para dizer que chegara a hora de sair em viagem.

Partiu de trem, e seu primeiro destino (onde lhe pareceu que ficou por um século) foi a Casa de Trabalho, visto

---

[9]A palavra *niggle* significa "importar-se com miudezas". (N.T.)

que Migalha não trouxera nenhum pertence. Lá trabalhou muito em diversas tarefas. Por fim, certo dia, quando recebera ordem de descansar, entreouviu duas Vozes discutindo seu caso. Uma delas interveio a seu favor. Era hora de um tratamento mais brando, disse a Voz.

Migalha pôde retomar a viagem em um pequeno trem que o levou ao mundo familiar pintado em seu quadro de muito tempo atrás, e à sua árvore, agora completa. "É uma dádiva!", exclamou. Então Migalha caminhou rumo à floresta (atrás da qual havia altas montanhas). Percebeu que havia serviço inacabado de jardinagem que podia ser feito ali, e que Parish podia ajudá-lo — seu velho vizinho sabia muita coisa sobre plantas, terra e árvores. Exatamente quando percebeu isso, topou com Parish, e os dois trabalharam juntos com afinco. Por fim, Niggle achou que era hora de prosseguir para as montanhas. Parish queria ficar para esperar pela esposa. Descobriram, para sua grande surpresa, que a região em que haviam trabalhado juntos se chamava Terra de Migalha. Um guia conduziu Migalha para as montanhas que ele ansiava por visitar, e nada mais se ouviu dele.

Muito tempo antes, na aldeia onde Migalha e Paróquia haviam vivido antes da viagem, um fragmento do quadro de Migalha sobrevivera e fora exibido no museu local, com o simples título de "Folha, de Migalha". Mostrava um ramo de folhas com um vislumbre do pico de uma montanha. A Terra de Migalha tornou-se um lugar popular para se mandar viajantes em férias, para repouso e convalescença, e como esplêndida apresentação às montanhas.

A pequena história de Tolkien apresenta o vínculo entre a arte e a realidade. Mesmo no céu haverá espaço para o artista acrescentar seu próprio toque ao mundo criado. Os componentes alegóricos poderiam ser interpretados como segue, basicamente conforme sugere Tom Shippey em seu estudo pioneiro *The Road to Middle-earth* [A estrada para a Terra-média]: a viagem de Migalha representa a morte. O pintor Migalha representa Tolkien, o escritor meticuloso. O modo como pinta folhas em vez de árvores reflete o perfeccionismo de Tolkien e sua capacidade de se distrair facilmente. A folha de Migalha pode ser o equivalente a *O hobbit* de Tolkien. Se assim for, deduzir-se-ia que a árvore de Migalha se assemelha às volumosas tarefas de *O Senhor dos Anéis* e "O Silmarillion". A região que se abre à medida que Niggle trabalha representa a Terra-média. Outros quadros anexados por Migalha podem ser interpretados como os poemas, as traduções e outras obras de Tolkien. O jardim desleixado de Migalha pode significar as responsabilidades acadêmicas de Tolkien. As excelentes batatas de Parish podem representar o trabalho "propriamente dito". A Casa de Trabalho provavelmente significa o Purgatório. A figura do próprio Migalha pode simbolizar o elemento criativo dos seres humanos. Pelo mesmo raciocínio, a figura de Parish pode representar o elemento prático. As montanhas que Migalha anseia por visitar provavelmente simbolizam o céu. Levando em conta o humor de Tolkien, as batatas da história podem representar a erudição. O significado das árvores provavelmente é fantasia. As árvores são um símbolo fundamental na obra de Tolkien.

Este padrão interpretativo enfatiza o aspecto autobiográfico da história. O conto, no entanto, tem a mesma aplicabilidade ao artista em geral. Em especial, existe pungência na natureza inacabada da obra de Migalha. Essa incapacidade acabou se tornando verdadeira no trabalho do próprio Tolkien com "O Silmarillion". No entanto, ele tinha esperança no reconhecimento de que isto faz parte da condição humana, causada por uma antiga queda. Depois de terminar *Leaf by Niggle*, Tolkien conseguiu retomar seu trabalho em *O Senhor dos Anéis*, ajudado pelo fervoroso estímulo de Lewis.

Para Lewis, os anos de guerra assinalaram seu estabelecimento como importante comunicador popular da fé cristã. A revista *Time* enviou um repórter para investigar esse fenômeno de Oxford. O jornalista entrevistou minuciosamente diversos amigos e colegas de Lewis, inclusive Williams, mas não conseguiu penetrar nos mistérios da situação doméstica de Lewis com a sra. Moore. O artigo só foi publicado em setembro de 1947, e àquela altura Lewis era suficientemente celebrado para aparecer na capa. Esse artigo, juntamente com o estudo pioneiro de Chad Walsh, *C.S. Lewis: Apostle to the Skeptics* [C.S. Lewis: apóstolo para os céticos] (1949), ajudou a estabelecer a popularidade de Lewis nos Estados Unidos, onde até hoje continua recebendo reconhecimento maior que em sua terra natal.

A teologia popular que Lewis publicou nessa época — *O problema do sofrimento* (1940), *O peso da glória* (1942), *Broadcast Talks* [Conferências radiofônicas] (1942), *Cartas de um diabo a seu aprendiz* (1943), *Christian Behaviour* [Comportamento cristão] (1943) e *Beyond Personality* [Além da personalidade] (1944) — ainda tem grande demanda em diversas formas no início do século XXI. Sua popularidade foi imensamente impulsionada pelas quatro séries de conferências que deu na rádio BBC, em 1941, 1942 e 1944. Os livretos baseados nas conferências acabaram sendo reunidos em *Cristianismo puro e simples* (1952). As conferências eram francas e lúcidas, proporcionando um excelente exemplo do precoce evangelismo midiático. Seu conteúdo está capturado nos títulos parciais dos livros: "Certo e errado como indício para o significado do universo", "No que acreditam os cristãos", "Comportamento cristão" e "Além da personalidade:

ou primeiros passos na doutrina da Trindade". A BBC convidara Lewis para dar essas conferências populares no início de 1941, quando a guerra fizera as pessoas em geral pensarem mais sobre os assuntos derradeiros. Lewis teve de levar em conta duas aversões — ao rádio e às viagens a Londres — mas seu senso de dever ganhou. Ele, como Tolkien, considerava a Inglaterra cada vez mais como um país pós-cristão. Na opinião de Lewis, muitas pessoas estavam convencidas de que haviam deixado o cristianismo para trás, quando de fato jamais tinham sido verdadeiros crentes. Suas opiniões sobre o primeiro conjunto de conferências foram registradas numa carta. As transmissões, revelou ele, não eram evangelismo, e sim pré-evangelismo — seu intuito era persuadir pessoas modernas de que existe uma lei moral, de que somos culpados por desobedecê-la. A existência de um legislador deduzia-se muito provavelmente, pelo menos, da realidade da lei moral. A não ser que a doutrina cristã da redenção fosse acrescentada a essa fria análise, conclui ele, ela transmitiria desespero em vez de consolo.

Tolkien reprovou intensamente Lewis como teólogo popular. Como reflexo de suas diferentes orientações em relação às Igrejas, Tolkien achava que aquele tipo de comunicação deveria ficar a cargo de eclesiásticos profissionais. Numa carta a Kathleen Farrer em 1956, Tolkien escreveu aprobatoriamente sobre o marido dela, o destacado teólogo Austin Farrer, mas em termos ácidos sobre seu amigo: Austin Farrer era um comunicador talentoso. Tolkien comentou que, se teólogos de verdade como o marido de Kathleen tivessem começado a escrever teologia para leigos ("*oeuvres de vulgarisation*"[10]) alguns anos antes, "o mundo teria sido poupado" de C.S. Lewis. Tolkien estava submetido a uma abordagem

[10]Em francês, no original, significa "obras de vulgarização". (N.E.)

muito mais alusiva do artista criativo, nascida da fé cristã, e tinha pouca simpatia pela abordagem direta de Lewis. Em especial, Tolkien explorou a ideia do artista como "subcriador", acreditando que as pessoas necessariamente refletem a verdadeira natureza do mundo na criação artística. Assim, apesar de descontente com a teologia popular de Lewis, em princípio, ele aprovava seus escritos imaginativos da época — *O grande abismo* e *Perelandra* — e teria aprovado *Aquela força medonha* (1945) se não o tivesse achado contaminado pela influência de Williams. Havia muita coisa de que Tolkien gostava em *Cartas de um diabo a seu aprendiz*, apesar de estar confuso sobre por que o livro era dedicado a ele. Suas cartas dessa época frequentemente refletem conceitos explorados em *Cartas de um diabo a seu aprendiz*, exatamente como ele usou a ideia do hnau (ou ser pessoal encarnado) das histórias espaciais de Lewis ao refletir sobre algumas evoluções da narrativa de *O Senhor dos Anéis*.

Cai a noite em 12 de junho de 1987, de acordo com uma nova história que Tolkien iniciou. Uma grande tempestade assola as Midlands e o Sul da Inglaterra — a mais feroz de que se tem lembrança. Casas e hotéis desabam, estradas e linhas ferroviárias ficam bloqueadas por milhares de árvores, e há uma trilha de destruição da Cornualha até East Anglia. A gigantesca tempestade arrasa hectares de árvores em bosques, parques e florestas ao percorrer áreas rurais e urbanas. No silêncio e calor antes da tempestade, um clube de acadêmicos de opiniões semelhantes reúne-se nos aposentos de Michael Ramer, professor de filologia fino-úgrica no Jesus College de Oxford. Eles prosseguem em sua exploração de sonhos, palavras e frases que estão começando a construir a imagem de uma antiga catástrofe que submergiu um reino insular nas vastidões do Atlântico. O grupo — chamado de Notion Club

— tem algumas semelhanças notáveis com os Inklings que se haviam reunido por tantos anos da vida de Lewis.

Tolkien estava lendo esse relato fictício da grande tempestade e de um clube literário, ambientado no mundo futuro de 1987, para alguns dos Inklings no verão de 1946. Por uma notável coincidência, ele só errou a época do grande furacão por cerca de quatro meses, pois de fato a tempestade do século atingiu a Inglaterra na tarde de 15 de outubro de 1987.

A composição de *O Senhor dos Anéis* secara temporariamente depois de chegar ao fim do que viria a ser *As duas torres*, o segundo volume da trilogia. Ele voltara ao desafio proposto por Lewis muito tempo atrás, de escrever uma história de viagem no tempo, e ele a chamou de *The Notion Club Papers* [Os papéis do Notion Club]. Mais tarde, Warren registrou em seu diário a essência de uma das reuniões em que Tolkien leu trechos da história. Naquela ocasião ele leu para uma pequena assembleia de Inklings: seu filho Christopher e os irmãos Lewis. Antes que Tolkien começasse, Lewis lera um poema sobre os gnomos na visão de Paracelso, depois "Tollers" leu "um mito magnífico que deverá amarrar e concluir seus Papéis do Notion Club" sobre a queda de Númenor. Um dos primeiros esboços tinha uma alegre página de rosto:

> Além de Lewis
> Ou
> Desde o Planeta Tagarela
> Um fragmento de uma saga apócrifa dos Inklings,
> feita por algum imitador em algum ponto dos anos 1980.

The Notion Club Papers jamais foi terminado. Em uma carta a seu editor Stanley Unwin, em julho de 1946, Tolkien mencionou que a obra absorveu material usado na abortada

"A estrada perdida", mas num esquema temporal e num ambiente totalmente distintos. Na história, papéis encontrados no começo do século XXI constituem as atas das discussões do Notion Club de Oxford de 1986 a 1987 — os anos da grande tempestade. Estava ligada à história uma nova versão de sua lenda de Atlântida sobre Númenor — "A submersão de Anadûnê". Enquanto "A estrada perdida" continha um retrato em foco suave de um pai e filho semelhantes a Tolkien e seu filho Christopher, *The Notion Club Papers* era uma idealização dos Inklings. Nenhuma das histórias, no entanto, é biografia ou autobiografia direta. Ambas tratam principalmente da descoberta de indícios do mundo perdido de Númenor, por meio de sonhos e estranhas palavras encontradas por pessoas excepcionalmente sensíveis à linguagem, pessoas que se encaixariam bem em um clube como os Inklings. A compreensão do passado que os membros do Notion Club conseguem dessa forma são, de modo curioso, tão objetivas quanto os fatos aparentemente sólidos da História tradicional.[11] Essa artificialidade é demonstrada na história pela intrusão de uma grande tempestade na Oxford de fins do século XX, uma tempestade que resulta da calamidade que acometeu Númenor, bem longe e muito tempo antes. O mundo de Númenor — especificamente sua terrível destruição — invade o mundo ocidental futuro naquele verão de 1987.[12] Essa é uma consequência direta da conexão temporal efetuada por membros do Notion Club ao explorarem o passado remoto por meio de vestígios de idiomas esquecidos e sonhos persistentes. Algumas das discussões

---

[11]Percepções do passado por membros do Notion Club: a influência de Owen Barfield pode ser vista nesta ideia.

[12]A despeito de faltar afinidade imaginativa entre Tolkien e Williams, a intrusão da destruição de Númenor na Inglaterra moderna é um belo toque à moda de Williams, relembrando o poder da grande nevasca em *The Greater Trumps* (1932) deste, criada pelo uso malévolo de um antigo baralho de tarô, que resulta em ruptura da ordem cósmica.

do Notion Club tratam da importância dos sonhos e da viagem no tempo e no espaço por meio de um estado de sonho. Por trás disso, está uma emocionante exploração do papel que a imaginação desempenha ao pôr-nos em contato com a realidade.

Christopher Tolkien, que foi membro dos Inklings à época em que Tolkien criou esse relato ficcional do grupo, nos assegura, a partir de seu conhecimento íntimo, que não há conexão direta entre os personagens do Notion Club e os Inklings reais. No entanto, há indícios de personagens reais — por exemplo, paralelos nítidos entre Havard e Dolbear, e entre o irrequieto e hiperativo Dyson e Arry Lowdham. Um personagem fictício divertido é Wilfred Trewin Jeremy, membro do conselho de inglês do Corpus Christi College, que se especializa em escapismo e escreve extensamente sobre histórias de fantasmas, viagem no tempo e países imaginários. Também é perito em C.S. Lewis, estimulando os membros do Notion Club a lerem seus escritos quase esquecidos! O próprio Tolkien encontra um eco em um rascunho da história, no idoso Rashbold (palavra em alemão para "Tolkien"),[13] professor de anglo-saxão no Pembroke College.

O grande número de membros do fictício Notion Club reflete a expansão dos Inklings em 1946. Apenas cinco anos antes, Lewis escrevera ao ex-aluno Bede Griffiths, grande propagador do diálogo cristão-hindu, explicando sua dedicatória de *O problema do sofrimento* aos Inklings. Lewis listou-os como Charles Williams, Hugo Dyson, da Universidade de Reading, e seu irmão Warren (todos anglicanos), e Tolkien e o médico de Lewis, Havard (ambos católicos romanos como Griffiths). Apesar de não terem sido listados como Inklings

---

[13]Tolkien parece um nome derivado do alemão Tollkühn, significando ousado. Na verdade o nome reúne as palavras *toll* (louco, tolo) e *kühn* (bravo). Por isso, o idoso Rashbold poderia ser um alter ego de Tolkien, pois *rash* significa impetuoso, precipitado, e *bold* significa bravo. (N.E.)

por Lewis, Adam Fox, Charles Wrenn e Nevill Coghill haviam participado de reuniões, e Owen Barfield aparecia às vezes quando conseguia escapar de Londres. Durante a guerra e depois, vieram vários membros novos, incluindo Christopher Tolkien, o poeta e romancista John Wain (1925-1994) e o escritor infantil Roger Lancelyn Green (1918-1987).

Os Inklings prosseguiram, através dos anos de guerra, em seu padrão familiar de dois tipos de reuniões, as assembleias literárias, normalmente nos aposentos de Lewis em Magdalen, e as reuniões mais informais em um *pub* como The Eagle and Child. Lewis escreveu: "Minhas horas mais felizes são passadas com três ou quatro velhos amigos, de roupas velhas, fazendo caminhadas juntos e aboletando-nos em pequenos *pubs* — ou então sentados até altas horas nos aposentos da faculdade de um, falando de bobagens, poesia, teologia, metafísica, consumindo cerveja, chá e cachimbos."

Lewis dá o sabor de uma típica reunião literária de quinta-feira à noite em uma carta a um membro ausente — seu irmão — em novembro de 1939. "Na quinta-feira, tivemos uma reunião dos Inklings[...] jantamos no Eastgate. Nunca em minha vida vi Dyson tão exuberante — 'Uma catarata estrondosa de bobagens.' Depois, o cardápio consistiu em uma seção do novo livro de hobbits de Tolkien, uma peça de natividade de Williams (incomumente inteligível, tratando-se dele, e aprovada por todos), e um capítulo do meu livro sobre o Problema do Sofrimento." O texto lido por Tolkien, nessa ocasião, pode ter sido uma seção retrabalhada do Livro Primeiro de *A Sociedade do Anel* — ele estava fazendo alterações importantes a respeito da natureza do Anel e da identidade de Aragorn, entre outras coisas. Fosse qual fosse o texto, devia tratar da natureza do mal, pois Lewis observa mais adiante na carta que o assunto das leituras daquela tarde "quase constituiu uma sequência lógica". Seu próprio capítulo muito provavelmente abordou o tema, pois a peça de Williams — *The House by the Stable* [A casa junto ao estábulo] — trata da batalha para ganhar a alma humana para o mal, apresentando efetivamente a perspectiva inversa do inferno. Duas criaturas alegóricas, a Soberba em forma de uma bela mulher e o Inferno, seu irmão, procuram extrair a preciosa joia da alma do peito do Homem. O processo é interrompido pelas figuras de José e Maria buscando abrigo para a noite.

Esse padrão de reuniões literárias e informais continuou até que, em certa tarde de quinta-feira em outubro de 1949, Warren e Lewis esperaram em vão que os amigos chegassem aos seus aposentos na faculdade. As bebidas estavam prontas, e a lareira estava acesa. Simplesmente ninguém apareceu. Isso efetivamente assinalou o fim dos Inklings como grupo de leitura, apesar de os amigos continuarem a se encontrar informalmente às terças-feiras (e, às vezes, às segundas) no The Eagle and Child, ou em outros *pubs* favoritos, até o ano da morte de Lewis.

De acordo com John Wain, depois da morte súbita de Charles Williams, em 1945, que foi um penoso golpe para os Inklings, os dois membros mais ativos foram Tolkien e Lewis outra vez. Wain escreve que "enquanto C.S. Lewis atacava [toda a corrente da arte e vida contemporânea] numa frente ampla, com programas de rádio, livros de teologia popular, histórias infantis, romances e crítica literária controversa, Tolkien se concentrava em escrever sua colossal trilogia *Senhor dos Anéis*. Suas leituras dos sucessivos episódios eram recebidas com avidez, pois o 'romance' era um pilar de toda aquela estrutura." Os escritores admirados por Tolkien e Lewis (Wain os chama de "deuses domésticos literários" do grupo) incluíam George MacDonald, William Morris ("seletivamente") e E.R. Eddison, que participou dos Inklings em algumas ocasiões. Todos esses autores de fantasia tinham em comum o fato de que *inventavam*. De acordo com Wain, “Lewis considerava que a ‘bela fabulação’ fazia parte essencial da literatura, e nunca perdia uma chance de empurrar qualquer autor, de Spenser a Rider Haggard, que seria chamado de romancista.” Wain destacou que, durante o tempo em que esteve envolvido com os Inklings (de 1944 ou 1945 até 1946), surpreendia-se com as “alianças inesperadas” que eram capazes de formar. No entanto, achava que a chave desse inesperado residia no caráter de Lewis: “Lewis [...] é basicamente um homem humilde. Por muito que combata pelas suas crenças intensamente e durante longo tempo, está inteiramente livre do orgulho que recusa o reforço para manter em suas mãos toda a glória da conquista ou, se necessário, da derrota heroica.” As “alianças inesperadas” incluíam Dorothy L. Sayers, o autor infantil Roger Lancelyn Green e o poeta Roy Campbell. Wain concluiu: “Lewis, durante esses anos, tinha em grande parte a mentalidade de um líder de sectários: qualquer pessoa que armasse escaramuças contra o inimigo — o mundo moderno, insípido, incrédulo, irônico, de anteolhos — haveria de ser seu irmão, por muito vil que fosse.”

Nas *Cartas* de Tolkien, fica claro que os Inklings proporcionaram um estímulo valioso e muito necessário enquanto ele lutava para escrever *O Senhor dos Anéis*. Isso terminou tristemente quando, por volta da primavera de 1947, Dyson começou a exercer um veto contra a leitura de episódios adicionais (apesar de Tolkien continuar lendo quando Dyson estava ausente). Reza a lenda que Dyson estava cansado de constantemente ouvir falar em elfos. Claramente ele não tinha interesse nem simpatia pelo épico em desdobramento de Tolkien, ao contrário de Lewis, Williams e os demais Inklings (a não ser que alguns mantivessem um polido silêncio). Menos de três anos depois de Dyson começar a vetar a leitura de Tolkien, as reuniões literárias do grupo soçobraram. Warren Lewis registra em seu diário uma dessas ocasiões em que Tolkien foi silenciado: "Inklings bem frequentados esta tarde — ambos os Tolkien, J[ack] e eu, Humphrey, Gervase, Hugo; este último entrou bem quando estávamos começando o '[novo] *O hobbit*', e como ele agora exerce um veto a esse respeito — muito injustamente, acho — tivemos de parar." Sem a oportunidade de ler seus episódios para os Inklings, Tolkien precisava mais do que nunca do estímulo de Lewis para completar a criação de *O Senhor dos Anéis*.

9

O GUARDA-ROUPA DE UM PROFESSOR E ANÉIS MÁGICOS

(1949-1954)

É UMA MANHÃ BEM CLARA EM 1949, logo após uma refrescante chuva de primavera. A luz destaca, em nítido relevo, as torres, os torreões e os pináculos de Oxford. O vice-bibliotecário do Merton College, Roger Lancelyn Green, passa caminhando pelo alojamento do porteiro e sai à rua Merton. Quase colide com Tolkien quando se adaptava à claridade.

— Olá, professor — saúda o jovem.

Ele ouve um "olá" fugaz e murmurado quando Tolkien passa por ele.

Roger Lancelyn Green fica impressionado mais uma vez com o quão esquisito Tolkien consegue ser — ele poderia estar a milhas de distância, em seu próprio mundo. Tinham se encontrado em diversas reuniões dos Inklings. Roger é um dos membros mais jovens e acha Tolkien invariavelmente cordial. Lembra-se intensamente de quando encontrou Tolkien, junto com Dyson e Jack Lewis, tomando um trago, enquanto ele fazia a pesquisa para seu bacharelado em literatura e de como os quatro conversaram intensamente por um longo tempo. Na verdade, Tolkien o orientou por todo um período para sua tese "Andrew Lang e o conto de fadas".

Alguns dias depois, os dois voltam a se encontrar na entrada do Merton College.

— É... olá, professor — saúda Roger, hesitante.

— Roger! — exclama Tolkien. — Muito bom encontrar você. — Lança o braço em volta dos ombros de Green. — Venha tomar um trago. — Roger é rapidamente impelido para um *pub* próximo.

Sentados à pequena mesa, com Tolkien confortavelmente acendendo o cachimbo, o professor olha para Roger intencionalmente, com um brilho nos olhos luminosos.

— Ouvi dizer que você esteve lendo a história infantil de Lewis. Assim não é possível, você sabe! Quero dizer, "Ninfas e seus costumes, a vida amorosa de um fauno". Será que ele não sabe do que está falando?

Apesar de Tolkien estar arremedando um pouco, Roger, ainda assim, sente-se desconfortável. Ele sabe que Tolkien está mais incomodado do que confessa com o que considera ser um grave erro de gosto. Roger ficara encantado lendo o manuscrito sobre Aslam e a terra de Nárnia, mas consegue enxergar o ponto de vista de Tolkien. Tentou ao máximo persuadir Lewis a desistir de Papai Noel. Seu surgimento repentino na história parece quebrar a magia. Roger sabe que Lewis levou suas objeções a sério porque claramente gostou de uma história infantil que Roger lhe mostrara — na verdade, ela havia ajudado a inspirar a primeira história de Nárnia de Lewis. Mas seu apelo não causou nenhuma impressão. Lewis permaneceu inflexível, dizendo que Papai Noel devia ficar.

— A verdade é — confidencia Tolkien, inclinando-se por sobre a mesa em direção a Roger — que Jack e eu nem sempre concordamos sobre nossas obras. Nem tudo do "novo *O hobbit*" está ao alcance da simpatia dele. Claro, ele é enormemente estimulante, sempre foi. Muitas vezes, ficou de olhos marejados de lágrimas com o desenrolar da história. Ele acha, você sabe, que no começo há um excesso de hobbits e seus costumes. — Ele termina seu breve discurso com voz suave.

Roger tem alguma dificuldade em responder, para dizer a verdade. Os comentários de Lewis sobre a nova história de hobbits soavam-lhe na lembrança — ele estava certamente entusiasmado com a continuação de Tolkien. Dissera algo indicando que ler *O hobbit* era, na verdade, apenas remar no glorioso mar de Tolkien. Havia muito mais. O próprio Roger não ouvira Tolkien lendo nenhuma parte de sua nova história. Não participara muito dos Inklings, e quando participou, Dyson interrompeu qualquer sugestão de Tolkien para ler o capítulo mais recente. Roger suspeitava que ele ficara bastante magoado com esse veto.

Então a conversa passa a outras coisas mais seguras: a Biblioteca Merton, o desejo de Tolkien de se mudar para uma casa melhor um pouco mais próxima do Merton College, os avanços comunistas na China, seus planos de terminar *O Senhor dos Anéis* naquele verão. Tolkien também pergunta a Roger sobre sua esposa, June — haviam-se casado recentemente — e como anda sua obra.

Os dois homens se separam, com Tolkien rumando para Merton e Green subindo devagar a rua High. Ele relembra a história de Lewis sobre o mundo mágico de Nárnia.

A primeira coisa que Green soubera a respeito foi quando, certa tarde, algumas semanas antes, Lewis lhe mencionara que estava trabalhando num livro infantil. Acrescentou: "Não sei se é bom. Minha pergunta é: devo prosseguir? Sabe, Tolkien não gosta dele. Li os dois primeiros capítulos e ele deixou bem claro que não aprovava a história. Posso ler para você os primeiros capítulos? Veja o que acha."

Lewis e Green haviam caminhado até os aposentos do primeiro no Magdalen College. Lá, Lewis leu para ele os três primeiros capítulos de *O leão, a feiticeira e o guarda-roupa.* À medida que Green escutava, foi acometido por um sentimento de admiração — sentia claramente que estava escutando, pela primeira vez, um dos grandes livros infantis do mundo. Lera tais livros largamente para sua tese e para um estudo que escrevera, *Tellers of Tales* [Contadores de contos], sobre a tradição da literatura infantil, um livro admirado por Lewis. Era como se tivesse ouvido *O vento nos salgueiros* lido para ele pela primeira vez pelo autor.

— Então? — perguntara Lewis, cuidadosamente pitando o cachimbo. — Realmente vale a pena levar isso adiante?

— Sem dúvida! — retrucara Green sem hesitar.

Logo após esse encontro, Lewis entregara a Green um manuscrito, a primeira de uma série de histórias de Nárnia que ele leria na caligrafia de Lewis, pequena e razoavelmente nítida.[1]

TOLKIEN MUDARA-SE para a Cátedra Merton de Língua e Literatura Inglesa em 1945. Isso envolvia uma responsabilidade especial pelo inglês médio até 1500 d.C. Ele fora responsável pela Cátedra de Anglo-Saxão por vinte anos. A mudança refletia seus interesses mais amplos, em particular a língua e a literatura das West Midlands. Com a nova cátedra, conforme o costume, ele se tornou *fellow* do Merton College, porém sem responsabilidade pela instrução de estudantes, como seu amigo Lewis. Tolkien logo se acomodou em sua nova faculdade e, quando mais tarde, no mesmo ano, vagou uma segunda cátedra de inglês no Merton College, seu

---

[1]A vinheta de abertura é extraída das lembranças de Roger Lancelyn Green (1918-1987) em Hooper e Green, *C.S. Lewis: A Biography*, p. 305-308, e de entrevista com Green de *The Wade Center Oral History*, de 12 de junho de 1986.

desejo imediato foi que ela fosse ocupada por Lewis. "Deveria ser C.S. Lewis", disse ele na época, "ou talvez lorde David Cecil, mas nunca se sabe". Como eleitor da cátedra, Tolkien tinha considerável influência, mas seu amigo foi preterido em favor de F.P. Wilson, antigo instrutor de inglês de Lewis.

A morte súbita de Charles Williams em maio de 1945 não restaurara totalmente a antiga intimidade entre Lewis e Tolkien; este, apesar de sentir muito a perda de Williams, ainda assim achava que Lewis estava demasiado impressionado com ele. A influência continuada de Williams sobre Lewis após sua morte, reforçada pela aversão de Tolkien pela teologia popular de Lewis, estava interposta entre eles.

Com o relativo esfriamento da amizade, talvez Tolkien tivesse achado mais difícil aceitar as críticas bem-intencionadas de Lewis a *O Senhor dos Anéis* (especialmente as poesias em suas páginas), a despeito do enorme estímulo que seu amigo lhe dava. Isso, no entanto, não dissuadiu Tolkien de sua decisão de colocar o amigo numa cátedra — se não o Professorado Merton, então outra. Apesar de considerar a popularização da teologia por Lewis uma falha na produção do amigo, não simpatizava com a hostilidade geral contra Lewis na hierarquia de Oxford, refletida no preterimento de Lewis para a Cátedra Merton e talvez no insucesso posterior em lhe conferir o Professorado de Poesia em 1951. Na verdade, era grato ao amigo como fiel aliado nas reformas que realizara no plano de ensino da Escola de Inglês de Oxford. Tolkien estava, porém, preocupado com a velocidade em que Lewis produzia suas crônicas de Nárnia (seriam sete no mesmo número de anos), de uma forma que ele considerava precipitada. Ele labutara em seu *O Senhor dos Anéis* por muito mais tempo que isso, atraído por sua visão de subcriação: a produção de um consistente mundo secundário da imaginação. Enquanto Lewis parecia concordar com ele nessa visão da fantasia, Nárnia, como mundo, não refletia o extremo cuidado empregado na criação da Terra-média. Além disso, Tolkien, como o amigo, lutara com a necessidade de criar contos de fadas para um público leitor adulto. Apesar de ser válido escrever contos de fadas infantis, Tolkien acreditava que a batalha real estava em estabelecer a fantasia heroica e o romance como literatura adulta contemporânea. Ele achara que *Uma força medonha* de Lewis malograra nessa intenção por causa da infeliz influência de Charles Williams sobre o enredo, e agora Lewis se voltara para a literatura infantil. Tolkien, no entanto, estava errado caso inferisse que Lewis estava se retirando da batalha para estabelecer a fantasia para adultos. Lewis estava, de fato, seguindo seus instintos de comunicador; não partilhava do purismo de Tolkien. Mais tarde, ele explicou que escrevia "uma história infantil porque uma história infantil é a melhor forma de arte para algo que se queira dizer."

Lewis essencialmente concordava com Tolkien sobre a fantasia como forma adulta de narrativa. Escrevendo sobre *O Senhor dos Anéis* em 1955, quando foi publicado o volume final, Lewis comentou numa carta que continuava a se deleitar infalivelmente quando era justificada sua crença de que o conto de fadas, é na verdade, um gênero adulto, não infantil, e de que existe uma plateia faminta por tais livros.

Em retrospecto, os escritos de Lewis para crianças claramente não foram uma regressão, a despeito dos temores que Tolkien possa ter tido. As histórias de Nárnia completam um processo em desenvolvimento, de comunicação imaginativa dos valores cristãos e de outros mais antigos, pré-modernos — o que Lewis e Tolkien chamavam de valores do antigo Ocidente —, que começou com *O regresso do peregrino*. Depois daquela primeira ficção, as habilidades de Lewis melhoraram dramaticamente quando escreveu sua trilogia de ficção científica, principiando por *Além do planeta silencioso* e terminando com *Uma força medonha*, de menos sucesso mas poderoso mesmo assim. Lewis, como Tolkien, estava muito interessado nas possibilidades imaginativas do gênero da ficção científica. Então, em parte por ter lido nos anos 1940 a história "A floresta que o tempo esqueceu" de Roger Lancelyn Green (nunca publicada), em parte por ter as imagens certas na cabeça, Lewis saltou como Aslam para dentro de Nárnia. Achava que o gênero das histórias infantis, como a ficção científica, dava-lhe uma base melhor para aquilo que queria dizer como comunicador cristão, melhor até que suas conferências radiofônicas, imensamente populares. Viu as mesmas limitações com *O problema do sofrimento* (1940) e *Milagres* (1947). Apesar de serem magistrais e, ainda hoje, continuarem a ter apelo e significado teológico, esses livros limitavam o que o "homem imaginativo" primário em Lewis queria dizer.

Ironicamente, a produção das crônicas de Nárnia deve muita coisa a Tolkien. Ele persistentemente argumentara a favor de uma abordagem alusiva à comunicação cristã e a demonstrara. Suas opiniões, como sempre, influenciaram profundamente o amigo. Lewis sabia que Tolkien não aprovava realmente sua teologia popular. No entanto, depois das conferências radiofônicas em linguagem direta, a mensagem teológica de Lewis gradativamente demandava mais de seus leitores; *Milagres*, a melhor e mais representativa obra teológica de Lewis, é consideravelmente mais intelectual que *Cristianismo puro e simples* (as conferências radiofônicas publicadas). Lewis discutiu os pontos tratados em um capítulo com uma importante e solidária filósofa contemporânea, Elizabeth Anscombe. Esse debate confirmou a opinião de Lewis de que os escritos filosóficos modernos se destinavam a uma plateia cada vez mais especializada. Depois disso, ele iniciou uma abordagem muito mais indireta da comunicação cristã. Embora não ao pé da letra, seguiu o espírito de Tolkien (ainda assim, Tolkien continuava reprovando a prática da teologia por Lewis). Essa alusividade aplicou-se a obras posteriores de teologia para leigos, como *Os quatro amores*, *Lendo os Salmos*, *A Grief Observed* [Uma aflição observada] e *Oração — Cartas a Malcolm*, bem como a *As Crônicas de Nárnia* e a uma obra de ficção que ele considerava uma de suas melhores, *Até que tenhamos rostos*, que, como *O Senhor dos Anéis*, é um convincente conto de fadas para adultos num ambiente pagão, pré-cristão.

Uma das críticas centrais de Tolkien às histórias de Nárnia consistia em serem demasiado alegóricas, muito literalmente representativas da doutrina cristã. Apesar de Lewis ter inserido muitos indicadores do que ele chama de "significados secundários" em Nárnia, sua intenção não era escrever alegoria. Via as histórias de Nárnia nascendo do que chamava de "suposição" — sua "suposição" era um mundo de animais falantes — que estabelecia a moldura das histórias. Explicou isso em uma carta pouco antes de morrer: "A série de Nárnia não é exatamente alegoria. Não estou dizendo 'Vamos representar em termos de *Märchen* (contos de fadas, em alemão) a História *real* deste mundo.' E sim 'supondo o mundo de Nárnia, vamos imaginar que forma poderão assumir as atividades de um Criador, um Redentor ou um Juiz no [esquema de coisas] dali." Isto, você vê, sobrepõe-se à alegoria mas não é bem a mesma coisa."

Esse processo inventivo, e não um processo conscientemente didático, explica o significado das imagens que Lewis formava na mente. Suas obras imaginativas, conta-nos ele, invariavelmente começavam com imagens espontâneas (exatamente como, com Tolkien, as histórias normalmente nasciam de palavras, frases e nomes que emergiam em sua mente). A primeira história de Nárnia começou com uma vívida imagem mental de um fauno, num bosque nevado, levando um pacote — uma imagem que lhe viera pela primeira vez, conta, quando era um rapaz de uns 16 anos. Um ingrediente adicional foram as paisagens de sua infância. Elas incluíam as Montanhas Mourne do Condado de Down, com a campina verde no seu sopé nordeste e além, com suas colinas e campos ondulantes e bosques, e as charnecas selvagens e desoladas e a costa escarpada do Condado de Antrim. Isso era Nárnia e seus arredores, exatamente como as West Midlands da infância de Tolkien eram o modelo do Condado. Claramente, em certa ocasião, quando desejava visitar a Irlanda do Norte, mas estava confinado pela doença da idosa sra. Moore, falou de Ulster numa carta como sua *ain countrie*,[2] pensando nos morros do Condado de Down e na costa do Condado de Antrim. Em anos posteriores, Warren Lewis partilhou com Walter Hooper, em férias na Irlanda, sua crença de que Nárnia se baseara em grande parte numa visão distante das Montanhas de Mourne, por sobre o Condado de Down, desde Carlingford, com a costa próxima.

As crônicas de Nárnia são sete contos que cobrem quase metade do século XX e mais de dois milênios e meio da História de Nárnia, desde sua criação até seus dias finais. Em ordem da cronologia de Nárnia, os títulos são: *O sobrinho do mago* (1955); *O leão, a feiticeira e o guarda-roupa* (1950); *O cavalo e seu menino* (1954); *Príncipe Caspian* (1951); *A viagem do Peregrino da Alvorada* (1952); *A cadeira de prata* (1953); e *A última batalha* (1956). Muitos leitores preferem começar por *O leão, a feiticeira e o guarda-roupa* (a primeira história de Nárnia que Lewis escreveu) por causa de sua

[2]Própria terra, em dialeto irlandês. (N.T.) Sobre Ulster como *ain countrie* de Lewis está na carta de 31 de maio de 1947. Warren Lewis sobre Nárnia e Ulster, em *Past Watchful Dragons*, Walter Hooper, p. 81.

simplicidade, seu poder mágico e a forma como estabelece as "suposições" básicas a partir das quais Lewis criou todas as histórias e o mundo de Nárnia.

Por causa das anomalias do tempo, as crianças que são atraídas para Nárnia em diversas ocasiões encontram-se em vários pontos da História daquele lugar, e assim obtemos uma imagem de toda a História de Nárnia, desde a criação até a destruição, e a nova criação de todos os mundos.

A criação original de Nárnia é contada em *O sobrinho do mago*. Digory Kirke e Polly Plummer, depois de entrarem no velho e moribundo mundo de Charn através de uma lagoa no Bosque entre Dois Mundos, chegam por acidente a uma terra do Nada. Ali, Nárnia é gradativamente criada diante dos seus olhos pela canção de Aslam, o leão falante soberano de Nárnia — uma terra de animais falantes. Infelizmente, Digory traz o mal àquele mundo paradisíaco em forma de Jadis, destruidora de Charn, que ele anteriormente havia despertado ali. Jadis vai para a periferia de Nárnia, mas reaparece em eras posteriores como a Feiticeira Branca que amaldiçoa Nárnia com um inverno que nunca chega ao Natal. A chegada de quatro crianças refugiadas — Pedro, Susana, Edmundo e Lúcia Pevensie — através do guarda-roupa (contada em *O leão, a feiticeira e o guarda-roupa*) coincide com a volta de Aslam e o começo do fim da maldição da feiticeira. A morte de Aslam em favor de Edmundo, e seu retorno à vida por uma lei mais profunda que aquela pela qual Jadis opera sua magia, leva à derrota e morte dela. Segue-se a Era de Ouro de Nárnia.

Com a volta das crianças Pevensie ao nosso mundo, Nárnia lentamente cai em desordem. Os telmarinos, humanos liderados por Caspian I, ocupam a terra e silenciam os animais e as árvores falantes. (Os telmarinos toparam com Nárnia por acidente.) A "Antiga Nárnia" só sobrevive às ocultas, pois os fiéis a Aslam mantêm viva a fé de que ele retornará. O príncipe Caspian (sua história é contada no livro com seu nome), criado pelos malvados tio Miraz e tia Prunaprismia, que depuseram seu pai Caspian IX, fica sabendo do mito da Antiga Nárnia e deseja que seja verdade. Escapa de um complô para matá-lo e une forças com os antigos narnianos. No momento exato, chega a ajuda das quatro crianças Pevensie que foram atraídas de volta para Nárnia.

Ele se torna Caspian X depois de aventuras marítimas relatadas em *A viagem do Peregrino da Alvorada.* Seu filho, o príncipe Rilian, é sequestrado e mantido como escravo num mundo inferior durante dez anos por uma feiticeira da linhagem de Jadis. Ela conspira para tomar Nárnia usando-o como rei fantoche. Conforme contado na crônica *A cadeira de prata,* ele é resgatado por dois primos das crianças Pevensie, Eustáquio Mísero e Jill Pole, que são trazidos a Nárnia para essa tarefa.

Depois de muitas eras, Tirian, último rei de Nárnia, e a própria Nárnia são ameaçados por um complô diabólico que usa um falso Aslam e se une às forças da Calormânia (sulistas que são uma constante ameaça à segurança de Nárnia). Essa é a hora mais obscura de Nárnia. Conforme é contado em *A última batalha,* Tirian ora por ajuda dos filhos e filhas de Adão, e Aslam traz Eustáquio e Jill em seu auxílio. O próprio Aslam finalmente intervém e dissolve o mundo todo. Isto se revela como um começo, não um fim, quando se revela a nova Nárnia.

A primeira história, *O leão, a feiticeira e o guarda-roupa,* foi publicada em 1950. Em 22 de junho daquele ano, numa reunião dos Inklings no *pub* The Eagle and Child na qual estava presente Roger Lancelyn Green, Lewis distribuiu provas tipográficas. Um mês depois tinha completado o manuscrito de *O cavalo e seu menino,* a continuação de *O leão, a feiticeira e o guarda-roupa*. Os demais livros foram escritos em rápida sucessão.

Aslam ("leão" em turco) é o símbolo unificador de todas as histórias. Aslam deve representar Cristo, mas não como figura alegórica. Em Nárnia ele aparece não como homem, mas propriamente como um leão falante de Nárnia. O símbolo do leão (uma tradicional imagem de autoridade) talvez deva algo ao romance de Williams *The Place of the Lion*. Em *O problema do sofrimento*, Lewis escreveu: "Creio que o leão, quando tiver deixado de ser perigoso, ainda será terrível." Quando criança, Lewis frequentava a igreja (anglicana) de S. Marcos em Dundela, nos arredores de Belfast. O símbolo tradicional de S. Marcos é o leão, um fato reforçado pelo nome da revista da igreja em anos posteriores, *The Lion*.

As crianças que visitam Nárnia logo descobrem que Aslam não é um leão manso. Em *O problema do sofrimento*, Lewis valorizara a domesticação dos animais, um ponto de discórdia por Evelyn Underhill numa carta de agradecimento que lhe escreveu em 1941.

> Onde [...] acho impossível segui-lo é em seu capítulo sobre animais. "O animal manso é no sentido mais profundo o único animal natural[...] os animais só podem ser compreendidos em sua relação com o homem, e através do homem com Deus." Isso me parece, francamente, uma doutrina intolerável e um terrível exagero do que está envolvido na primazia do homem. A vaca que transformamos numa máquina de leite, ou a galinha que transformamos numa máquina de ovos, realmente estão mais próximas da mente de Deus que suas ancestrais selvagens? [...] Seu próprio exemplo do bom homem, da boa mulher e do bom cão na boa fazenda é um tanto complacente e utilitário, não acha, se comparado com a

> beleza selvagem da ação criadora de Deus na selva e no mar profundo? [...] Quando minha gata sai em seus próprios afazeres, tenho certeza de que vai com Deus, mas não estou tão certa de sua posição teológica quando ela está sentada na melhor poltrona diante da lareira da sala de estar. Talvez tudo se resuma a isto, que sinto que seu conceito de Deus seria incrementado por um pequeno toque de estado selvagem. Mas por favor não leve demasiado a sério esta observação impertinente.

As observações de Evelyn Underhill sobre o caráter selvagem dos animais podem ter feito Lewis repensar um pouco sua posição, e talvez tenham permitido que Aslam e os animais falantes de Nárnia entrassem aos saltos no primeiro rascunho da história. Talvez Aslam tenha fornecido exatamente esse toque de caráter selvagem (associado a percepções pagãs) à teologia de Lewis.

ENQUANTO NÁRNIA ASSUMIA FORMA, *O Senhor dos Anéis* se aproximava do desfecho, para grande satisfação de Tolkien. Demonstrara ser uma tarefa longa e minuciosa. A redação e revisão total para coerência interna estava completa no outono de 1949. Só restavam os extensos apêndices. Tolkien recordou numa entrevista à BBC: "Lembro-me de que cheguei a chorar no desenlace. Mas depois, é claro, havia uma tremenda quantidade de revisões. Datilografei a obra toda duas vezes, e grande parte dela muitas vezes, sobre uma cama num sótão [na Manor Road]. É claro que não podia pagar a datilografia." Mandou o texto datilografado a Lewis, que observou: "Justifica todos os longos anos que você gastou escrevendo-o." Boa parte da redação final e revisão de coerência foi realizada na tranquilidade da Escola do Oratório em Berkshire, que se mudara da localização original em Birmingham. Tolkien lá ficou, num aposento de mestre, durante a maior parte das longas férias do verão de 1949. Era um ambiente apropriado para sua tarefa — parte de sua infância fora passada nas vizinhanças da Escola do Oratório.

A publicação pela George Allen & Unwin seria postergada por alguns anos, por razões complexas. A principal era o fato de que Tolkien desejava publicar "O Silmarillion", ainda incompleto, ao mesmo tempo. No fim de 1949, Tolkien enviara um grande texto da obra inacabada, em boa parte escrito à mão, a Milton Waldman, da editora William Collins. Em fevereiro do ano seguinte Waldman expressou interesse por "O Silmarillion", porém mais tarde a Collins mudou de ideia quando se tornaram mais claras as implicações plenas de tentar publicar a vasta obra. Talvez o único benefício desse infeliz atraso tenha sido a carta de dez mil palavras que Tolkien escreveu a Waldman em 1951 explicando "O Silmarillion", um documento que é uma das melhores chaves para a obra. Por fim, em 22 de junho de 1952, Tolkien ofereceu *O Senhor dos Anéis* incondicionalmente à George Allen & Unwin — que se entusiasmou e, em 9 de setembro de 1952, mandou Rayner Unwin, filho de Stanley Unwin, a Oxford para apanhar o único manuscrito original. Por causa do comprimento da obra, decidiu-se publicar o livro em três partes. Os dois primeiros volumes — *A Sociedade do Anel* e *As duas torres* — foram publicados em 29 de julho de 1954 e 11 de novembro de 1954 respectivamente, enquanto o volume final — *O retorno do rei* — saiu no ano seguinte, em 20 de outubro de 1955. Tolkien, exausto, confessou ao editor Stanley Unwin o quanto dera de si para escrever *O Senhor dos Anéis*. "Foi", disse ele, "escrito em meu próprio sangue, tal como ele é, espesso ou ralo; e não posso fazer diferente." Em novembro de 1952, Tolkien assinou um contrato pelo livro que especificava uma participação nos eventuais lucros em vez dos *royalties* normais sobre uma porcentagem das vendas. Isso porque os editores temiam que a ambiciosa publicação resultasse em prejuízo! Quando a primeira edição por fim saiu, trazia a simples dedicatória "Aos Inklings".

Em 1952, antes de apresentar a trilogia a Unwin, Tolkien estivera de férias na cidade de Malvern, em Worcestershire, com seu amigo George Sayer, que era mestre de Inglês no Malvern College. Para distraí-lo à noite, Sayer tirou um gravador de fita de modelo primitivo. Era novidade para Tolkien. Para expulsar algum demônio que poderia estar à espreita nele, pediu, sem dúvida com uma piscadela, se podia gravar o Pai-Nosso na antiga língua gótica que adorava. Quando ouviu o resultado, encantou-se e pediu para gravar alguns dos poemas de *O Senhor dos Anéis*. Quanto mais gravava, mais crescia sua confiança. A experiência apelava ao seu gosto pela teatralidade.

Sayer encontrara Tolkien antes em Malvern, durante uma caminhada de férias com Lewis e seu irmão Warnie. Os irmãos gostavam de caminhar nos morros e haviam persuadido Tolkien a acompanhá-los nessa ocasião. Após a morte da sra. Moore em 1951, podiam sair de Oxford muito mais facilmente. Tolkien, descobriram, tendia a andar devagar, absorvendo os detalhes da paisagem, enquanto os outros queriam seguir adiante. Sayer lembra-se de que:

> era fácil distrair Tolkien durante o dia. Ele e eu marchamos pelos Morros de Malvern, que ele frequentemente vira em sua infância em Birmingham, ou da casa do irmão no lado oposto do vale do rio Severn. Ele vivia o livro enquanto caminhávamos, às vezes comparando partes dos morros com as Montanhas Brancas de Gondor, por

exemplo. Fomos de carro às Black Mountains,[3] na divisa de Gales, apanhamos mirtilos e subimos através da urze. Fazíamos piqueniques com pão e queijo e maçãs e bebíamos vinho de pêras, cerveja ou sidra. Quando víamos sinais de poluição industrial, falava de orcs e orquice. Em casa, ajudava-me na jardinagem. Particularmente, o que mais lhe agradava era cultivar extremamente bem uma área bem pequena, digamos uma jarda quadrada.[4]

Entre as recomendações na sobrecapa de *O Senhor dos Anéis* havia uma de Lewis:

> Se Ariosto fosse seu rival na invenção (de fato não é), ainda assim lhe faltaria a seriedade heroica. Não foi projetado nenhum mundo imaginário que é ao mesmo tempo variado e tão fiel às suas próprias leis internas; nenhum aparentemente tão objetivo, tão desinfectado da mácula da psicologia meramente individual de um autor; nenhum tão relevante para a situação humana real, e no entanto tão isento de alegoria. E que fino sombreado há nas variações de estilo para fazer jus à diversidade quase infinda de cenas e personagens — cômicos, rústicos, épicos, monstruosos ou diabólicos.

Tanto Tolkien quanto seu editor temiam que fosse arriscado usar Lewis, especialmente com sua referência arcana a Ariosto, aludindo ao *Orlando Furioso*, e não se surpreenderam com a reação de alguns críticos aos dois primeiros volumes. Numa carta a Raynor Unwin, em 9 de setembro de 1954, Tolkien falou da notável animosidade, como a via, que Lewis excitava "em certas partes". Lewis, disse, alertara-o

[3]Montanhas Negras. (N.T.)
[4]Equivalente a cerca de 0,8m^2. (N.T.)

muitos anos antes de que seu apoio poderia tanto prejudicar quanto ajudar Tolkien. Ele não havia compreendido esse ponto até então. No entanto, disse ao editor, desejava ser associado a Lewis a despeito de qualquer reação negativa à sua recomendação. Fora somente por causa da amizade e do apoio de Lewis que ele lutara até o fim na labuta de escrever *O Senhor dos Anéis*. Tolkien observou que muitos críticos haviam preferido satirizar a recomendação de Lewis ou sua resenha em *Time and Tide* a ler o livro. A resenha de Lewis começava de maneira entusiasmada: "Este livro é como um relâmpago num céu limpo." Era, acrescentou Lewis, "a conquista de um novo território".

Como obra literária, os méritos e deméritos de *O Senhor dos Anéis* foram extensivamente discutidos por eruditos e inúmeros leitores, e até hoje continuam a dividir os críticos. Entre os admiradores, estava W.H. Auden, cuja resenha de *O Senhor dos Anéis* no *The New York Times* de 22 de janeiro de 1956 começa:

> Em *O retorno do rei*, Frodo Bolseiro conclui sua saga, o reino de Sauron acaba para sempre, termina a Terceira Era e a trilogia *O Senhor dos Anéis*, de J.R.R. Tolkien, se completa. Lembro-me de raros livros sobre os quais tive discussões tão violentas. Ninguém parece ter uma opinião moderada; ou as pessoas, como eu, acham que é uma obra-prima do gênero, ou então são incapazes de suportá-lo, e entre os hostis existem alguns, tenho de confessar, por cujo juízo literário tenho grande respeito. Alguns destes podem ter sido desencorajados pelas primeiras quarenta páginas do primeiro capítulo do primeiro volume, onde é descrita a vida cotidiana dos hobbits; isso é comédia leve, e comédia leve não é o ponto forte do Sr. Tolkien. Na maioria dos casos, porém, a objeção deve ser muito mais

> profunda. Só posso supor que algumas pessoas têm objeções a Sagas Heroicas e Mundos Imaginários por questão de princípios; tais coisas, pensam eles, nada podem ser senão uma leitura ligeira e "escapista". Que um homem como o Sr. Tolkien, filólogo inglês que leciona em Oxford, dissipe tão incrível energia com um gênero que, para eles, é frívolo por definição, é portanto muito chocante.

Um indício da qualidade de *O Senhor dos Anéis* como literatura é sua base linguística. Tolkien faz uso de suas línguas inventadas em nomes e também na possibilidade imaginativa. A linguagem é a base da mitologia de fundo. Outro indício de sua qualidade literária é o êxito de Tolkien ao integrar a profusão de simbolismo em sua obra. Chamado, jornada, sacrifício, cura, morte e muitos outros elementos simbólicos são belamente usados no livro. As próprias paisagens pelas quais passam os viajantes são simbólicas, sugerindo humores que correspondem à etapa da jornada e à fase da história global. Por exemplo, os terrores de Moria, o arquetípico mundo inferior, contrastam com o repouso espiritual de Lórien. Essas paisagens permeiam integralmente o movimento do livro, moldadas e integradas esteticamente. A maior realização de Tolkien, no entanto, pode muito bem ser a incorporação do mito vivo na literatura, com sua variada aplicabilidade para o leitor. Ele partilhava essa habilidade com George MacDonald.

O Senhor dos Anéis é um romance heroico que relata a saga para destruir o singular Anel governante do poder antes que possa cair nas mãos de seu artífice, Sauron, o senhor das trevas mencionado no título do livro. Como história consistente e unificada, ela se mantém, independentemente da mitologia inventada e das crônicas históricas da Terra-média registradas em "O Silmarillion". Os eventos do passado proporcionam à história um pano de fundo e uma dimensão assombrosos.

O enredo básico de *O Senhor dos Anéis* começa quando Gandalf, o mago, descobre que o anel encontrado pelo hobbit Bilbo (conforme relatado em *O hobbit*) é de fato o Um Anel, que controla os Anéis de Poder forjados em Eregion na Segunda Era. Frodo, que herda o Anel de seu tio Bilbo, foge do conforto do Condado com seus companheiros. Estão na sua trilha os Cavaleiros Negros, enviados por Sauron do maligno reino de Mordor. Com a ajuda do Guardião Aragorn, eles conseguem alcançar a segurança de Valfenda, um dos poucos reinos élficos remanescentes na Terra-média. Ali, Elrond de Valfenda convoca um grande Conselho, em que se decide que o Anel precisa ser destruído e que Frodo deve ser o Portador do Anel. A Sociedade do Anel também é escolhida para ajudá-lo na desesperada tarefa. Liderados por Gandalf, são os quatro hobbits Frodo, Sam, Merry e Pippin; os homens Aragorn e Boromir; o elfo Legolas; e o anão Gimli. O Anel só pode ser destruído na Montanha de Fogo, a Montanha da Perdição em Mordor, onde foi forjado.

Frustrada em sua tentativa de atravessar as Montanhas Sombrias[5] na neve, a Sociedade é conduzida por Gandalf para as minas subterrâneas de Moria, outrora escavadas pelos anões. Ali habita um terrível Balrog, um espírito do mundo inferior da alvorada da criação. Gandalf, em grande sacrifício, dá a vida combatendo o espírito maligno para permitir que os demais escapem. A Sociedade é conduzida adiante por Aragorn, revelado como herdeiro secreto dos antigos Reis do Oeste. Passam pelo reino élfico abençoado de Lórien e depois descem o grande rio Anduin. A criatura

[5]Em *O Senhor dos Anéis*, o termo em inglês *Misty Mountains* foi traduzido como Montanhas Sombrias; em *O Silmarillion* e em *Contos inacabados*, foi traduzido como Montanhas de Névoa, para evitar confusão com *Shadowy Mountains* (Montanhas de Sombra). (N.T.)

Gollum — encontrada por Bilbo muito tempo antes, outrora um hobbit — está no encalço deles a essa altura, buscando recuperar seu Anel perdido.

Boromir tenta se apoderar do Anel à força para usá-lo contra o inimigo. Um grupo de orcs ataca, matando Boromir quando este defende Merry e Pippin, os amigos hobbits de Frodo. Este, com seu leal companheiro Sam, a essa altura se separou do resto da Sociedade e vai para o Leste rumo ao seu destino, Mordor. O restante da Sociedade segue a trilha dos orcs que capturaram Merry e Pippin, seguindo para o Oeste.

A história agora segue a trajetória de Frodo e Sam, e dos demais remanescentes da Sociedade paralelamente.

Após a captura de Merry e Pippin pelos orcs, eles são rastreados por Aragorn, pelo elfo Legolas e pelo anão Gimli até a Floresta de Fangorn, onde os dois hobbits estão escondidos depois de fugirem dos orcs. Na Floresta, os hobbits encontram Barbárvore, guardião da mata. Ele é um ent, uma criatura arvoresca. Os ents atacam e tomam Isengard, o reduto do traidor Saruman, mago como Gandalf. Lá os hobbits reencontram os demais membros da Sociedade, bem como Gandalf, que ressuscitou.

Unindo-se às forças de Théoden, o idoso rei de Rohan, a maior parte da Sociedade se desloca rumo à antiga cidade de Minas Tirith, agora sob ameaça das forças de Sauron. Aragorn, Legolas e Gimli, no entanto, passam pelas Sendas dos Mortos para reunir os espíritos de guerreiros, mortos há muito, comprometidos por um terrível juramento. Conduzem-nos rumo ao Sul para lá atacar o inimigo.

Na história paralela, Frodo e Sam avançam lentamente em direção a Mordor, agora conduzidos pelo traiçoeiro Gollum, que pretende traí-los, mas é impedido pelos farrapos de sua antiga natureza. Vendo que é impenetrável a entrada principal de Mordor, Frodo aceita a oferta de Gollum para lhes mostrar uma entrada secreta. Lá, ele os conduz à Toca de Laracna, uma aranha gigantesca. Depois de muitos perigos (incluindo a quase morte de Frodo), os dois avançam em seu desesperado caminho para a Montanha da Perdição. No momento final, Frodo não consegue lançar o Anel nas Fendas da Perdição. Gollum arranca seu dedo anular com uma mordida, mas morre despencando com o Anel. A aventura está terminada. À medida que Mordor se desintegra e o espectro de Sauron se desvanece, Frodo e Sam são salvos por águias e reencontram os amigos, sendo saudados como heróis.

Se o Anel não fosse destruído, a aliança contra os poderes obscuros de Mordor teria fracassado. Apesar de não haver certeza do sucesso da missão de Frodo e Sam, os povos de Gondor e Rohan, e os demais aliados, estavam prontos para lutar até a morte contra o pavoroso inimigo.

A história termina com a cura gradativa da terra, preparando o caminho para o domínio da humanidade, agora livre da ameaça de escravidão. O desvanecimento dos elfos se completa quando os últimos navios atravessam o mar até as Terras Imortais do Oeste. Junto com os elfos estão os Portadores do Anel, Bilbo e Frodo. Sam segue mais tarde, após uma vida feliz no Condado com sua amada Rosinha.

Com a história finalmente terminada, Tolkien pôde se voltar integralmente ao seu minucioso trabalho em "O Silmarillion". Continuou sua vida tranquila de professor de Oxford, supervisionando pós-graduados, lecionando na Escola de Inglês da universidade e, às vezes, ministrando uma conferência pública. Viajou à Irlanda como examinador externo da Universidade Católica e à Bélgica para uma conferência. Desfrutou da vida doméstica com Edith e continuou focalizado no mundo interior da imaginação, da memória e da linguagem. Fora isso não lhe aconteceu muita coisa, ao contrário de Lewis — com quem sempre estavam acontecendo coisas.

10

Surpreendido por Cambridge e desapontado pela alegria

(1954-1963)

Na tardinha de 17 de maio de 1954, Tolkien chama Edith ao entrar em sua casa simples e arrumada na Sandfield Road, em Headington, subúrbio de Oxford. Edith acabou de tocar uma música complicada no piano, a despeito da artrite que atormenta suas articulações.

— Vou ligar para Jack para falar sobre uma visita que vou fazer a ele. Sabe, sobre esse negócio de Cambridge. — Tolkien emergiu da desordem de sua garagem convertida em "escritório", onde guarda seus livros e sonha.

Ele pega o monofone de baquelite preta e disca um número curto.

— Usina de Tratamento de Esgoto — vem uma voz inconfundível na outra ponta.

— Jack, é Ronald Tolkien. Preciso falar com você urgentemente. Posso ir aí agora?

— Sobre a cátedra em Cambridge? Sim, claro. Vou pedir a Warnie para fazer um chá.

— Estarei com você em cerca de meia hora.

Quando o táxi de Tolkien entra na pista de carros em frente a The Kilns, Lewis, que esteve esperando, abre a porta. Um vento forte está soprando, e, ao sair do táxi, Tolkien se enrola no casaco. Por causa do céu pesado, está anoitecendo mais cedo, e uma luz bem-vinda emerge da casa.

— Entre, Tollers. Warnie, nosso visitante chegou! — Chamando Warren, Lewis abre a porta da sala de estar, e uma leve nuvem de fumaça flutua para fora. A sala forma uma estufa aconchegante que, Tolkien sabe, é do agrado dos irmãos. Os vapores de cachimbo disputam com lufadas ocasionais de pesada fumaça de carvão, vinda de uma esforçada grelha que obviamente acaba de ser recarregada. Apesar de ser o fim da primavera, a tarde está fria.

Quando Tolkien entra e cumprimenta Warren, que se ergue oscilante da poltrona, com a mão estendida, ele nota mais uma vez o papel de parede descascando e os móveis melancólicos. O irmão de Lewis cheira a álcool, como de costume. Faz muito tempo que Tolkien não vai a The Kilns. Sorri para si mesmo ao recordar o apelido de Dyson para The Kilns — "O Monte de Esterco". Mas o óbvio contentamento acomodado dos irmãos Lewis, depois dos anos tensos do declínio final da Sra. Moore, logo afasta os pensamentos sobre a decoração. Apesar de ela ter morrido há mais de três anos, Tolkien mais ou menos espera que ela o chame da cozinha.

— Sente-se, Tollers, enquanto busco o chá — convida Warren, sorrindo. Ele é um dos homens mais corteses que Tolkien conhece. Apesar de ele ser corpulento como Jack, os traços faciais de Warnie são bem diferentes, mais redondos. Se Tolkien visse uma fotografia de seus pais, mortos há muito tempo, poderia reconhecer que Jack é incrivelmente parecido com o pai, e Warren se parece mais como a mãe.

Os três acomodam-se nas poltronas, e Tolkien acende o cachimbo. Warnie lhe passa uma grande xícara, e outra para

Lewis, que aprecia muito o chá. Lewis toma um golinho e depois, depressa, recoloca a xícara no pires. Volta-se para Tolkien:

— Você sabe, é claro, que tive de recusar a cátedra de Cambridge. Não sei como posso deixar The Kilns, e já tinha incentivado Smithers a se candidatar. Não posso desmotivá-lo agora. O convite foi totalmente inesperado, eu nem tinha me candidatado.

— É sobre isso que quero falar com você, Jack. Sabe, posso contar alguns detalhes que podem muito bem fazê-lo ver as coisas de modo diferente.

— Eu queria que Jack aceitasse — interrompe Warren. — Ele devia ter uma cátedra há anos. A droga de Oxford fica passando por cima dele. Ficou para Cambridge lhe oferecer uma!

Quando Tolkien deixa The Kilns, mais tarde da noite, está exultante. Com uma pequena ajuda de Warren, convenceu Lewis a escrever outra vez para Cambridge, mesmo tendo recusado a cátedra recém-criada não uma, mas duas vezes, diante da insistência do vice-chanceler. Fred Paxford, faz-tudo em The Kilns, oferece-se para levá-lo para casa de carro, e Tolkien consegue ouvir trechos de "Rock of Ages cleft for me"[1] da direção do bangalô de madeira de Fred. O canto aumenta de volume à medida que Paxford se aproxima do carro...[2]

---

[1]Um hino religioso. (N.T.)

[2]A vinheta baseia-se livremente nas cartas trocadas próximo à nomeação de Lewis para Cambridge. Vide Brian Barbour, "Lewis e Cambridge", *Modern Philology* 96 nº 4 (maio de 1999): p. 459-465, e Hooper e Green, *C.S. Lewis: A Biography*, p. 340-345. Exemplares completos da correspondência são mantidos no arquivo de The Wade Center. A descrição de The Kilns no período entre o declínio da sra. Moore e a época de renovação após o casamento de Lewis com Joy Davidman deve muito a Douglas Gresham, *Lenten Lands*, p. 53-58, 81-82. O hábito de Lewis, de atender ao telefone com "Aqui é a Usina de Tratamento de Esgoto", foi contado a Clyde S. Kilby por Tolkien (Notas de Clyde S. Kilby, em The Wade Center). "O Monte de Esterco" vem de Douglas Gresham, p. 82. Supus que a frase tenha sido criada por H.V.D. Dyson — parece um dysonismo bem óbvio.

EM SEU EXTENSO OBITUÁRIO DE LEWIS para a Academia Britânica, em 1965, Dame Helen Gardner (1908-1986), que o conhecia bem, refletiu sobre a razão por que ele fora "um profeta sem honra em sua própria terra."

> No início dos anos 1940, quando voltei a Oxford como instrutora, Lewis era, de longe, a pessoa mais impressionante e empolgante do corpo docente de inglês. Tinha atrás de si uma importante obra de História literária; preenchia a maior sala de conferências disponível com suas preleções; e o Socratic Club, que fundara e presidia, para a livre discussão de questões religiosas e filosóficas, era uma das sociedades estudantis mais florescentes e influentes. A despeito disso, quando a Cátedra Merton de Literatura Inglesa ficou vaga em 1946, os eleitores o desprezaram e chamaram de Londres seu próprio antigo instrutor, F.P. Wilson, para preencher a cátedra. Dessa forma, provavelmente tinham o apoio de grande parte, se não a maior parte, do corpo docente; pois àquela altura surgira uma suspeita de que Lewis estava tão comprometido com o que ele mesmo chamava de "evangelização quente" que teria pouco tempo para as necessidades do que se tornara uma enorme escola de graduação, e para os problemas de organização e supervisão implicados pela quantidade de estudantes de pesquisa de literatura inglesa, em rápido crescimento. Além disso, muitas pessoas acreditavam que o sapateiro devia cuidar da própria forma, e lhes desagradava a ideia de um professor de literatura inglesa fazendo fama como teólogo amador; e, mesmo havendo sem dúvida um bom número de pessoas em Oxford que não gostavam de apologética cristã *per se*, havia outras que se inquietavam com o tipo particular de apologética de Lewis,

> sendo contrários tanto ao seu método quanto ao seu modo. Estas últimas considerações provavelmente eram as mais fortes, e justificavam o fato de que, quando se estabeleceu uma segunda cátedra de literatura inglesa no ano seguinte, outra vez, seu nome não foi proposto.

Helen Gardner também mencionou como significativo o insucesso de Lewis em conquistar o cargo de Professor de Poesia em Oxford, em 1951, apesar do enorme apoio do corpo docente e de sua faculdade.

Por que então Lewis foi honrado por Cambridge, cuja Escola de Inglês fora mira de sua artilharia pesada em muitas ocasiões? Sem dúvida, Cambridge permanecia constante na ética que estabelecera nos anos 1920 e 1930, enfatizando as ferramentas analíticas da crítica literária, que envolviam treinamento em crítica prática. Permanecia fortemente moldada pela tendência psicológica e empírica legada por I.A. Richards. A ênfase de Lewis, no ensino e na ampla leitura, era muito diferente disso, bem como seu foco na recepção aberta de textos literários pelo leitor, em que até mesmo o cânone literário tradicional era uma consideração secundária. Por outro lado, Cambridge parecia conferir à literatura um significado quase religioso. F.R. Leavis e seus seguidores lideravam energicamente essa cruzada da crítica analítica e avaliativa. Diversas vezes, anteriormente, Lewis fora convidado a ministrar séries de conferências em Cambridge, sobre os períodos medieval e renascentista, e a Escola de Inglês claramente tinha deficiência de recursos nesse campo. A deficiência provavelmente aumentaria depois da iminente aposentadoria de Stanley Bennett, professor adjunto de inglês. Cambridge decidiu criar uma cátedra de literatura medieval e renascentista, usando fundos da atividade de Bennett para cobrir os custos. A cátedra parecia um presente dos céus para Lewis. Alguns, entre eles Bennett, sem dúvida acreditavam que lecionar sobre esse período, especialmente se fosse Lewis lecionando, seria um saudável corretivo para os "leavisitas" — os seguidores de F.R. Leavis.

Como era costume tanto em Oxford como em Cambridge, os eleitores das cátedras universitárias eram eminentes acadêmicos. Em 10 de maio de 1954, todos os oito — incluindo Tolkien e F.P. Wilson, ambos representando Oxford — reuniram-se nas Old Schools em Cambridge. Outros eleitores incluíam Stanley Bennett, o professor Basil Willey (especialista no arcabouço histórico e social da literatura inglesa) e E.M.W. Tillyard, o afável combatente e coautor, com Lewis, de *The Personal Heresy* [A heresia pessoal]. O veredito unânime dos eleitores foi convidar Lewis a ocupar o cargo, apesar de ele não ter se candidatado, e apesar de ele ter expresso seu ceticismo com relação a toda a ideia da Renascença em suas conferências em Cambridge. Lewis fora um relutante convertido ao teísmo e ao cristianismo; iria demonstrar ser quase igualmente relutante para acreditar em Cambridge.

Quando o vice-chanceler Henry Willink obteve de Lewis uma rejeição apressada ao convite, tornou-se clara uma razão pela qual ele não se candidatara. Lewis estimulara um colega interessado do Magdalen College, o filólogo G.V. Smithers, a se candidatar. Deu outras razões para não aceitar o convite — sua situação doméstica (querendo dizer a saúde do irmão Warren, que era dado a graves surtos de alcoolismo) e sua vitalidade declinante. Aos 56 anos, Lewis sentia que perdera muito da energia dos anos pregressos, e sabia que a posição lhe faria novas exigências. Na verdade, a vida doméstica de Lewis mudara dramaticamente desde a morte da sra. Moore em 1951, dando-lhe uma nova liberdade.

Depois de esperar um dia, Willink escreveu outra vez a Lewis, instando para que reconsiderasse sua decisão e dando-lhe duas semanas para tanto. Pela volta do correio, Lewis, mais uma vez, declinou a oferta, elaborando seus motivos e mencionando em especial a "saúde psicológica" de Warren. Tocou, porém, no assunto de residir em Cambridge, quase como apelo ou questão, mas obviamente presumindo que teria de ser residente pelo menos nos períodos letivos. Willink achou que não havia nada mais que pudesse fazer. No mesmo dia em que recebeu a segunda recusa de Lewis, depois de falar com Basil Willey, escreveu uma carta-convite à "segunda colocada", Helen Gardner. Ao contrário de Lewis, ela achou que devia considerar o assunto por algum tempo e, portanto, não respondeu de imediato.

Nesse ínterim, Tolkien fora visitar Lewis. No mesmo dia em que Willink escreveu a Helen Gardner, Tolkien convenceu o amigo a mudar de ideia, sem saber da carta de Willink. Com seu modo persuasivo, conseguiu refutar todas as hesitações de Lewis. Em primeiro lugar, destacou, G.V. Smithers, como filólogo, não era elegível ao cargo, portanto, não havia questão de consciência. Segundo, os acordos de residência em Cambridge eram flexíveis — Lewis só teria de ficar em Cambridge por parte da semana durante os períodos letivos. Enquanto estivesse fora, havia Paxford e a sra. Miller (a governanta) para fazer companhia a Warren. Terceiro, a transferência faria bem a Lewis. Precisava de uma mudança de ares, e não havia probabilidade de promoção em Oxford, a despeito dos melhores esforços de Tolkien e dos demais amigos de Lewis. Tolkien, anos mais tarde, revelou a Walter Hooper: "Nenhum *don* de Oxford era perdoado por escrever livros fora de seu campo de estudo — exceto por histórias de detetives, que os *dons*, como todo mundo, liam quando estavam de cama gripados. Mas era considerado imperdoável que Lewis escrevesse *best-sellers* internacionais e, pior ainda, que muitos fossem de natureza religiosa."[3] Assim como naquela memorável noite em 1931, a persuasão de Tolkien desequilibrou a balança em 1954. Exatamente como Tolkien naquela época fora largamente responsável pela conversão de Lewis ao cristianismo, era agora a força motora para ele aceitar a cátedra em Cambridge.

Tolkien escreveu ao vice-chanceler logo no dia seguinte para relatar a boa notícia e lhe pedir para tranquilizar Lewis sobre a residência. Também informou Bennett da mudança de ânimo de Lewis. Willink contou-lhe do convite a Helen Gardner — agora tudo o que podiam fazer era aguardar a decisão dela. Em 19 de maio Lewis, por sua vez, escreveu a Willink expressando sua disposição de aceitar o convite de boas-vindas de Cambridge, dizendo o quanto se sentia ridículo e tolo. Helen Gardner, nesse ínterim, ficara sabendo que Lewis se interessara pela posição. Portanto declinou, conforme explicou mais tarde, "em parte por ter ouvido que Lewis estava mudando de ideia, pois era óbvio que aquela cátedra tinha de ser dele." Aceitou, em vez disso, uma posição de Parecerista de Literatura Inglesa Renascentista em Oxford (onde, em 1966, acabou se tornando Professora Merton de Literatura Inglesa). Discordava da opinião de Lewis sobre a insignificância da Renascença, e de que seu humanismo era regressivo, mas isso não a impediu de admirar sua erudição. A indicação de Lewis tornou-se efetiva em 1º de outubro de 1954, mas, por causa de deveres remanescentes em Oxford, ele recebeu uma licença até 1º de janeiro de 1955. Em 7 de janeiro, assumiu residência no Magdalene College de Cambridge, mudando seu domicílio acadêmico, que fora Magdalen College, Oxford. Lewis ficou encantado

---

[3]John Wain também comenta sobre a aversão aos escritos populares de Lewis: "Muitos de seus conhecidos de Oxford nunca o perdoaram por um livro como *Cartas de um diabo a seu aprendiz*, com seus argumentos arrasadores, suas óbvias ironias, sua simplicidade jornalística."

por manter a devoção a Maria Madalena, descrevendo a mudança a Nevill Coghill: "Troquei a Madalena *im*penitente pela *penitente*."

Nas mentes das pessoas, Lewis é mais comumente associado a Oxford — foi estudante do University College; foi membro do Magdalen College por quase trinta anos; junto com Tolkien, ajudou a moldar o currículo dos *final honours* da Escola de Inglês de Oxford; a maior parte de suas publicações acadêmicas foi escrita ali; e, é claro, era o centro dos Inklings de Oxford. No entanto, associar-se-ia intimamente com a Universidade de Cambridge durante a oito anos, do final de 1954 até sua aposentadoria precoce, devida a problemas de saúde, em 1963. Durante esses anos, residiu na sua faculdade de Cambridge nos dias de semana durante os períodos letivos, continuando a morar em The Kilns. Em Cambridge, iria publicar diversos livros importantes — *Studies in Words* (1960), *Um experimento na crítica literária* (1961) e *The Discarded Image* (1964). Também são significativas as publicações de Cambridge *Studies in Medieval and Renaissance Literature* [Estudos de literatura medieval e renascentista] (1966), *Selected Literary Essays* [Ensaios literários selecionados] (1969) e *Spenser's Images of Life* [As imagens da vida por Spenser] (1967), esta última reconstruída das extensas anotações de conferência de Lewis.

O crítico e romancista David Lodge resume a posição de Lewis como abordagem histórica da literatura. Para ele, a crítica literária de Lewis

> demonstra uma notável gama de interesses e perícias, mas Lewis provavelmente era mais conhecido e admirado por seu trabalho sobre literatura medieval, em especial seu magistral livro sobre a literatura do amor palaciano, *Alegoria do amor: um estudo da tradição medieval* [...] C.S. Lewis

> representava de muitas formas a tradição "oxfordiana" da crítica literária em sua melhor fase: descontraído, instruído, entusiástico, conservador. Certamente representava princípios e práticas antitéticos aos do grupo Scrutiny [de Leavis] em Cambridge[...] É evidente que ele considerava o estudo da literatura principalmente como um estudo histórico, e que sua justificativa era a conservação do passado. *De Descriptione Temporum*[4] expressa eloquente, erudita e argutamente essa concepção do assunto e as dúvidas de Lewis sobre sua viabilidade futura.

De Descriptione Temporum era o título da conferência inaugural de Lewis em Cambridge em 1954. No entanto, Lewis não era simplesmente um historiador literário. Sua obra histórica tinha principalmente uma dupla finalidade: iluminar o significado textual e valorizar um texto historicamente distante como uma notável janela para um mundo cultural prévio. Seu foco principal sempre foi o texto individual, seu foco secundário, o contexto histórico. Aquele mundo era fruto de imaginação e poder humanos e corporativos, contendo valores que temos de levar em consideração. Precisamos de perspectivas transcendentes sobre as estreitas limitações de nossos próprios modelos atuais do mundo. De fato, Lewis buscou ativamente reabilitar para nós o pensamento e a imaginação de eras pregressas, em particular do século XVI.

A CONFERÊNCIA INAUGURAL DE LEWIS, em 29 de novembro de 1954 — seu 56º aniversário — deu-lhe base para estabelecer uma defesa dos "antigos valores ocidentais" pelos quais ele e Tolkien haviam advogado em suas obras. Foi um início efervescente de sua carreira em Cambridge; em contraste,

[4]Da Descrição dos Tempos, em latim. (N.T.)

suas publicações posteriores em Cambridge seriam mais retraídas e alusivas, por meio do poderoso reforço aos mesmos valores da erudição em vez da mera técnica e mentalidade maquinal, vistas como marca de modernismo.

Helen Joy Davidman Gresham (1915-1960), que se tornaria esposa de Lewis em 1956, descreveu a conferência a outro americano, Chad Walsh, em uma carta datada de 23 de dezembro de 1954, como

> [...] brilhante, intelectualmente empolgante, inesperada e bastante engraçada — como você pode imaginar. O salão estava apinhado, e havia tantos dons de capelo e beca nas primeiras filas que pareciam um viveiro de gralhas. Em vez de falar sobre a continuidade da cultura, o valor das tradições etc., no costumeiro modo professoral, ele anunciou que a "antiga cultura ocidental", como a chamou, estava praticamente morta, tendo deixado apenas uns poucos sobreviventes dispersos, como ele[...]. Como esse homem adora estar em minoria, mesmo uma minoria de causa perdida! *Athanasius contra mundum*, ou *Dom Quixote contra os moinhos de vento*[...]. Falou brandamente da "Europa pós-cristã", o que achei um tanto apressado da parte dele. Às vezes, me pergunto o que ele faria se o cristianismo realmente triunfasse em toda a parte; suponho que ele teria de inventar uma nova heresia.

A conferência está repleta do sabor da arrojada retórica de Lewis:

> Grosseiramente falando, podemos dizer que, enquanto para nossos ancestrais toda a História estava dividida em dois períodos, o pré-cristão e o cristão, e apenas dois, para nós ela se divide em três: o pré-cristão, o cristão e

> o que se pode razoavelmente chamar de pós-cristão[...]. Considero-os simplesmente como mudanças culturais. Quando faço isso, parece-me que a segunda mudança é ainda mais radical que a primeira.
>
> Entre Jane Austen e nós, mas não entre ela e Shakespeare, Chaucer, Alfred, Virgílio, Homero ou os faraós, vem o nascimento das máquinas[...]. Este é um paralelo às grandes mudanças com que dividimos as épocas da pré-História. Isto está no mesmo nível da mudança da pedra para o bronze, ou de uma economia pastoral para uma agrícola. Isto altera o lugar do homem na natureza.

A seu próprio modo, os contos de Tolkien incorporam os temas da conferência de Lewis. Os temas "antigos ocidentais" de Tolkien podem ser vistos claramente, por exemplo, em seu tratamento dos tópicos relacionados da posse e do poder. A posse é um tema unificador em suas histórias, desde o desejo de Morgoth de ter o poder criador de Deus até a tentação de brandir o Um Anel. O uso errado do poder frequentemente é expresso por Tolkien como magia, mecânica e tecnológica. Morgoth, Sauron e Saruman fazem experimentos com engenharia genética — a criação de orcs semelhantes a robôs — e usam ou estimulam o uso de máquinas. O próprio Anel é uma máquina, resultado das habilidades tecnológicas de Sauron. Tolkien contrasta essa magia maligna com a arte, tipificada nos elfos, que não têm desejo de dominação. De forma semelhante, Lewis via uma atitude maquinal, ou tecnocracia, como forma moderna de magia, buscando dominar e possuir a natureza, e expressou esse tema em *Aquela força medonha*.

Na sua conferência inaugural, Lewis definiu o Antigo Ocidente pondo-o em contraste com o mundo moderno. A Grande Divisão encontra-se, acreditava ele, em algum lugar no começo do século XIX. Foi tanto uma divisão social e cultural quanto um deslocamento de ideias e crenças. Por outro lado, Lewis via valores positivos no paganismo pré-cristão que prefiguravam os valores cristãos que tanto advogava. Alertou em sua conferência:

> Os cristãos e os pagãos tinham muito mais em comum uns com os outros do que qualquer um deles com um pós-cristão. A lacuna entre os que adoram deuses diferentes não é tão grande quanto aquela entre os que adoram e os que não adoram[...]. Um homem pós-cristão não é um pagão; da mesma forma poder-se-ia pensar que uma mulher casada recupera a virgindade pelo divórcio. O pós-cristão está isolado do passado cristão, e, portanto, duplamente do passado pagão.

Muitos em Cambridge, não era de se surpreender, não gostaram da conferência nem do novo professor. Interpretaram as palavras de Lewis como uma tentativa reacionária de restaurar uma cristandade perdida, e reagiram de imediato. Todo um número de *Twentieth Century*, em fevereiro de 1955, focalizou as desastrosas evoluções em Cambridge, cujo arauto era a conferência de Lewis. O editorial proclamava que seus 12 contribuintes, de diversas disciplinas, concordavam "com a importância da investigação livre, liberal e humanista, que concebiam como adequada não somente a uma comunidade universitária, mas a qualquer grupo que afirme ser civilizado." O romancista E.M. Forster, um dos contribuintes, via o humanismo ameaçado e a religião em marcha. "Alega-se que não existiu o baluarte histórico [do humanismo], a Renascença." Agora que Lewis abriu o verbo, temiam eles, as muralhas do humanismo poderiam desabar. Tais temores de uma cruzada contra o humanismo e o Iluminismo foram reforçados mais tarde no mesmo ano por uma proeminente visita do evangelista Billy Graham à missão na Universidade de Cambridge, administrada pela CICCU (Cambridge Inter-Collegiate Christian Union).[5] Graham e Lewis encontraram-se e — sem causar surpresa para os humanistas de Cambridge, como tivessem sabido do encontro — os dois homens gostaram muito um do outro.

No entanto, após essa conferência inaugural (à parte uma provocadora série precoce de conferências sobre Milton, que Lewis estava ávido por reabilitar em Cambridge), ele assumiu uma abordagem muito mais tranquila e indireta aos estudos literários, porém continuou a avançar com as opiniões básicas sobre o aprendizado humanista que partilhava com Tolkien.

A SEGURANÇA DE UMA CÁTEDRA ACADÊMICA, há muito desejada, foi para Lewis um ponto alto da amizade dos dois homens; o crescente relacionamento de Lewis, nessa época, com a nova-iorquina Joy Davidman ameaçava destruir aquela amizade. Quando Joy se encontrou com Lewis pela primeira vez, em 1952, após uma animada correspondência, estava efetivamente separada do marido, e o divórcio estava iminente. Lewis agora estava livre do seu compromisso autoimposto de cuidar da sra. Moore, após sua morte em 1951. O quanto era explosiva essa situação, no que dizia respeito a Tolkien, pode ser visto nas nítidas divergências deste em relação à teologia do divórcio de Lewis, muito mais liberal. As divergências haviam surgido por causa de certos trechos das conferências radiofônicas de Lewis durante a guerra, e faziam parte da razão por que Tolkien se inquietava

[5]União Cristã Inter-Colegiada de Cambridge. (N.T.)

com o papel do amigo como teólogo leigo, popular e altamente influente.

A essência das declarações de Lewis que incomodaram seu amigo foi, na verdade, citada positivamente por Joy Davidman em seu livro *Smoke on the Mountain* [Fumaça sobre a montanha], no capítulo sobre o Sétimo Mandamento, o do adultério. Trata do papel da Igreja e do Estado: "Se as pessoas não acreditam no casamento permanente, talvez seja melhor viverem juntos sem se casar do que fazerem votos que não pretendem cumprir. É verdade que vivendo juntos sem se casar serão culpados (aos olhos cristãos) de fornicação. Mas um erro não se emenda pelo acréscimo de outro: a falta de castidade não melhora adicionando o perjúrio." Ela cita outro trecho relacionado, que sugere que pode ser sábio trabalhar, em vez disso, em prol de "dois tipos distintos de casamento; um administrado pelo Estado, com regras impostas a todos os cidadãos, e outro administrado pela Igreja, com regras que ela imporia a seus próprios membros." Há uma importante distinção entre o legal e o moral.

Tolkien escreveu uma longa carta explicando as razões pelas quais achava que as opiniões do amigo eram equivocadas. A carta nunca foi enviada, mas provavelmente os amigos discutiram os pontos principais, e Lewis devia estar cônscio das opiniões de Tolkien quando namorou e se casou com uma divorciada. Quase certamente é essa a razão pela qual Lewis relutou em lhe contar sobre Joy (tanto que Tolkien só soube do casamento depois que tinha ocorrido). Como esclarece este breve extrato, Tolkien nem teria aprovado um casamento meramente civil como o que uniu Joy e Lewis em abril de 1956. Tolkien argumentou:

> Nenhum item da moral cristã compulsória é válido apenas para os cristãos[...]. O fundamento é que é este o

> modo correto de "operar a máquina humana". Seu argumento o reduz a um mero modo de (talvez?) extrair mais algumas milhas de algumas máquinas selecionadas[...] Tolerar o divórcio — se um cristão o tolerar — é tolerar um abuso humano[...].

Esse não era o único problema religioso e congregacional que dividia os dois amigos, um deles católico romano tradicional, e o outro protestante anglicano. Tinham opiniões nitidamente diferentes sobre a cremação, um fato que emergiu numa reunião dos Inklings. Tolkien argumentou que, após a morte, o corpo continuava sendo um templo, e portanto tinha de ser sepultado respeitosamente. Para Lewis, o corpo era descartado com a morte. Portanto não havia objeção à cremação. Ela meramente acelerava o processo de decomposição. Descobriram que sentiam muito nitidamente essas diferenças.

Nos seus momentos mais obscuros, também Tolkien meditava sobre o que jocosamente chamava de "motivo *ulsterior*" do amigo. Era uma característica que podia surgir ocasionalmente, quando Lewis se deixava arrebatar no *pub* ou em outro evento com muita bebida, mas que ele evitava cuidadosamente nos seus escritos: sua criação protestante no norte da Irlanda. Refletindo sobre o termo "retorno" (no título do livro de Lewis, *O regresso do peregrino*) após a morte do amigo, Tolkien especulou que Lewis

> não reingressaria no cristianismo por uma porta nova, e sim pela antiga: pelo menos no sentido de que, reassumindo-o, ele também reassumiria ou despertaria os preconceitos tão assiduamente implantados na infância e na juventude. Tornar-se-ia de novo um protestante da Irlanda do Norte; porém, certamente, com uma diferença:

> não era mais residente; era erudito; tinha os maravilhosos dons da imaginação e de uma mente clara e analítica; e acima de tudo, sua fé vinha da Graça à qual reagiu heroicamente, com paciência e autossacrifício, quando estava cônscio de si mesmo.

É improvável que Tolkien expressasse essas opiniões ao amigo de modo tão explícito — Lewis odiava que a puritânia de *O regresso do peregrino* fosse equiparada à terra de sua infância que ele amava, à Ulster que ele mais tarde transpôs para a terra de Nárnia, exatamente como Tolkien transformara as West Midlands de sua lembrança no Condado.

Joy Davidman era uma poetisa e romancista premiada, que publicou *Smoke on the Mountain*, um estudo teológico dos Dez Mandamentos, em 1955. Era baixa, com penetrantes olhos castanhos, cabelos escuros à altura do pescoço e uma tez de chamar a atenção. Para ela, as ideias eram mais importantes que as finezas sociais. Depois de ver uma jovem faminta se jogar de um edifício nos dias desesperadores da Grande Depressão, tomou consciência política e se voltou para o Partido Comunista. Era judia, mas foi criada em um lar agnóstico em Nova York. Mais tarde, descreveu sua visão do mundo: "A vida é apenas uma reação eletroquímica. O amor, a arte e o altruísmo são apenas sexo. O universo é apenas matéria. A matéria é apenas energia. Esqueço-me do que eu disse que existia somente energia." Casou-se com outro escritor, Bill Gresham, um pagão que ela amava genuinamente. Bill fora casado antes e lutara contra Franco na Guerra Civil Espanhola. Depois de dar à luz dois filhos, David, em 1944, e Douglas, em 1945, ela se viu em conflito não somente com a maternidade, mas também com o alcoolismo instável e a infidelidade de Bill. Lentamente ela aprendeu a proteger sua timidez característica com uma exterioridade, às vezes, abrasiva. Joy acabou se convertendo do marxismo ao cristianismo, em parte por ler Lewis. No entanto, seu ponto de virada definitivo foi uma estranha experiência, à época de uma crise extrema no começo da primavera de 1946, que ela mais tarde compartilhou com Lewis, cuja própria conversão gradativa do ateísmo fora acompanhada por teofanias místicas semelhantes:

> É infinito, singular; não há palavras, não há comparações. Pode-se abranger o mar numa xícara de chá? Os que conheceram Deus me compreenderão; os outros, acredito, não podem nem escutar, nem compreender. Havia uma Pessoa comigo naquele quarto, diretamente presente à minha consciência; uma Pessoa tão real que toda a minha preciosa vida era, em comparação, um mero teatro de sombras. E eu mesma estava mais viva do que jamais estivera; era como despertar do sono. Uma vida tão intensa não pode ser suportada por muito tempo pela carne e sangue; ordinariamente temos de tomar a vida aguada, como que diluída, pelo tempo e espaço e matéria. Minha percepção de Deus durou talvez meio minuto.

A atração de Lewis por Joy foi, no começo, meramente intelectual. Foi em 10 de janeiro de 1950, que ele recebeu a primeira carta de Joy, então com 34 anos, uma de muitas cartas que recebia dos leitores. As dela, porém, eram particularmente diferentes, e eles começaram a se corresponder regularmente. Lewis, então com cinquenta e poucos anos, encontrou-a pela primeira vez durante o outono de 1952 — Joy fora à Inglaterra com seus dois meninos pequenos. Ela e Bill Gresham haviam concordado em separar-se. Warren estava presente num segundo encontro, logo depois, no Magdalen College, e ambos os irmãos se encantaram com ela. Warren apreciava especialmente sua desinibida natureza nova-iorquina. Ele registra em seu diário que ela se virou para ele, em presença de três ou quatro homens, e "perguntou no tom mais natural do mundo: 'Há algum lugar neste estabelecimento monástico onde uma dama possa se aliviar?'"

Após um período de volta a Nova York, e do desmantelamento de seu matrimônio, Joy Davidman foi morar com os filhos em Londres e, eventualmente, em Oxford, perto de Lewis. Ela e ele logo estavam íntimos e se encontravam todos os dias. Em retrospecto, ele escreveu: "Sua mente era flexível e rápida e musculosa como um leopardo. Paixão, ternura e dor, todas eram igualmente incapazes de desarmá-la. Ela sentia o primeiro sopro de hipocrisia ou conversa sentimental; então saltava e derrubava você antes que você soubesse o que estava acontecendo." Casaram-se numa cerimônia civil no cartório de registros de Oxford, a 23 de abril de 1956, somente com a finalidade de conferir a ela a nacionalidade britânica.

Pelo menos, foi assim que Lewis compreendeu a situação. Sua cabeça não conhecia seu coração nesse ponto. Os amigos, os que sabiam do arranjo, foram capazes de ver o óbvio com mais clareza. Tolkien, no entanto, nada ouviu sobre o discreto casamento civil. No outono de 1956, Lewis e Joy descobriram não apenas que ela tinha câncer, mas também que era inoperável. Foi uma notícia repentina e inesperada, e Lewis ficou profundamente chocado. O câncer era um velho conhecido. Os dois meninos de Joy tinham então mais ou menos a mesma idade dos irmãos Lewis quando sua mãe morrera; os paralelos eram assombrosos. Tendo Thanatos como rival de Joy[6] (como ele se expressou), o afeto de Lewis

[6]Thanatos é a morte personificada; Joy, por uma dessas coincidências, significa alegria, em inglês. (N.T.)

por ela rapidamente se aprofundou em amor exclusivo. Em 21 de março de 1957, uma cerimônia cristã de casamento, à beira da cama, teve lugar no hospital onde Joy estava sendo tratada. Joy foi para casa, morrer em The Kilns, junto com David e Douglas.

Tolkien permanecia sem ter conhecimento do que estava acontecendo. No mesmo dia da cerimônia cristã de casamento, ele escreveu a Kathleen Farrer, amiga de Joy, expressando sua crença de que ela ficara muito impressionada com "os problemas do pobre Jack Lewis". Confessou que pouco sabia destes problemas além das "alusões cautelosas" feitas pelo dr. "Humphrey" Havard (que, ao tratar Joy como clínico geral, falhara em diagnosticar seu câncer). Quando Tolkien se encontrava com Lewis, este compreensivelmente se refugiava em conversas sobre livros, um entusiasmo que Tolkien nunca vira afetado por ansiedade ou pesar. A devoção de Lewis por Joy, juntamente com o tempo gasto em seus deveres de Cambridge, implicou que ele e Tolkien raramente se encontrassem então. Ao que saibamos, Tolkien deixara de frequentar as reuniões semanais dos Inklings no The Eagle and Child por volta dessa época.

Depois de orações pela cura, Joy teve uma remissão inesperada. Seus ossos horrivelmente enfermos se recuperaram além de todas as expectativas médicas e, em julho de 1957, ela estava bem o bastante para sair de casa. Por todo esse período, Lewis continuou trabalhando em Cambridge nos dias de semana, durante os períodos letivos. David e Douglas estavam fora num internato. No ano seguinte, Joy e Lewis tiraram duas semanas de férias na Irlanda. A remissão foi o início dos poucos anos felizes da vida de ambos. Lewis confessou ao Inkling Nevill Coghill: "Nunca esperei ter, com mais de sessenta anos, a felicidade que tive aos vinte e tantos."

De acordo com Warren, o casamento preencheu "toda uma dimensão de sua natureza que anteriormente estivera faminta e frustrada." Também acabou com qualquer dúvida que Lewis tivesse, quando solteiro, de que Deus era um substituto inventado para o amor. "Naqueles poucos anos [Joy] e eu nos regalamos com amor", relembrou ele em *A Grief Observed*, "todos os seus modos — solene e jovial, romântico e realista, às vezes tão dramático quanto uma tempestade, às vezes tão confortável e pouco enfático como calçar chinelos macios." Nesse livro, ele registrou em forma de diário as etapas de sua profunda aflição pela morte dela.

O câncer acabou voltando, mas os Lewis puderam fazer uma viagem à Grécia na primavera de 1960, o ano da morte dela, uma viagem muito desejada por ambos. Foram acompanhados por Roger e June Lancelyn Green. Logo depois, Joy Davidman Lewis e Edith Tolkien encontraram-se no mesmo hospital de Oxford, Joy para tratamento do câncer e Edith por causa de sua grave artrite. Foi seu primeiro encontro. Também Tolkien encontrou Joy pela primeira (e provavelmente última) vez, sendo-lhe apresentado por Lewis quando visitava Edith. Joy foi submetida a uma cirurgia em 20 de maio de 1960, e depois voltou mais uma vez a The Kilns para morrer. Faleceu em 13 de julho de 1960, dois meses após as férias na Grécia.

O encontro de Edith com Joy trouxe uma espécie de reconciliação entre Tolkien e Lewis. Desde o casamento de Lewis, os dois amigos raramente haviam se encontrado. Na verdade, seu relacionamento com Joy havia lançado sobre a amizade uma escuridão que nunca se dissipara por completo. Edith nunca se ajustara com facilidade ao mundo acadêmico do marido, e Lewis, ao longo dos anos, sentira--se desconfortável quando visitava Tolkien em casa. Relacionava-se com Tolkien nas reuniões dos Inklings ou em outras ocasiões, em *pubs* ou em seus aposentos na faculdade. É provável que o encontro com Joy tenha ajudado Edith a enxergar Lewis sob uma nova luz, e Tolkien a chegar a um acordo com o "estranho casamento" do amigo. Sua intimidade anterior, no entanto, nunca foi totalmente recuperada, e mesmo depois da morte de Joy, Tolkien e Lewis só se encontravam raramente.

Assim como grande parte de *Aquela força medonha*, de Lewis, foi influenciado particularmente por Charles Williams, pode-se dizer que seu romance *Até que tenhamos rostos*, publicado em 1956, traz a impressão de Joy Davidman. Ela era uma romancista habilidosa, autora de *Anya* (1940) e *Weeping Bay* [Baía chorosa] (1950). Lewis muito provavelmente deve a Joy sua confiança para escrever a história de uma perspectiva feminina. Assim como Orual no romance, também Joy teve uma epifania que virou sua visão do mundo de cabeça para baixo. Numa primeira leitura, mal parece uma obra de Lewis, porém, leituras subsequentes mostram que o livro está repleto dos seus temas. É a obra de Lewis com maior afinidade com seu amigo Tolkien, pois é ambientada em um mundo pré-cristão, onde explora antecipações da história cristã no mito antigo.

Em *Até que tenhamos rostos*, Lewis recontou a história clássica de Cupido e Psiquê de *O Asno de Ouro*, de Apuleio. Na história de Apuleio, Psiquê é tão bela que Vênus fica com ciúmes dela. Cupido, enviado por Vênus para fazer Psiquê se apaixonar por uma criatura feia, apaixona-se ele mesmo por ela. Depois de escondê-la num palácio misterioso, ele somente a visita no escuro e proíbe que ela veja seu rosto. Por ciúme, as irmãs de Psiquê lhe contam que seu amante é um monstro que algum dia a devorará. Uma noite ela toma uma lamparina e olha para o rosto de Cupido, mas uma gota de óleo o desperta. Furioso, o deus a abandona. Psiquê busca o amante pelo mundo todo. Vênus lhe impõe várias tarefas impossíveis, que ela realiza, exceto pela última, quando a curiosidade a faz abrir um cofre mortífero do mundo inferior. Por fim, no entanto, ela tem permissão de se casar com Cupido.

Em sua versão da história, Lewis essencialmente seguiu o mito clássico, mas o recontou através dos olhos de Orual, meia-irmã de Psiquê, que tenta defender suas ações diante dos deuses como resultado de profundo amor por Psiquê, não ciúme. A beleza extraordinária de Psiquê contrasta com a feiúra de Orual (mais tarde em sua vida ela usa um véu). Em Glome, um país em algum lugar ao norte das Terras Gregas, é adorada a deusa Ungit, uma versão deformada de Vênus. Após uma seca e outros desastres em Glome, a inocente Psiquê é destinada a ser sacrificada nas montanhas Cinzentas ao Bruto da Sombra ou Vento Oeste, o deus da montanha.

Algum tempo depois Orual, acompanhada por Bardia, um fiel membro da guarda real, procura os ossos de Psiquê para sepultá-la. Como não encontram vestígio de Psiquê, Bardia e Orual exploram mais longe e encontram o belo e resguardado Vale do Deus. Ali mora Psiquê, trajando farrapos, mas viva. Ela afirma estar casada com o deus da montanha, cujo rosto jamais viu. Orual, temendo que o "deus" seja um monstro ou proscrito, persuade Psiquê, contra a vontade desta, a iluminar o rosto do marido enquanto ele dorme.

Como no antigo mito, Psiquê é condenada, como punição, a perambular pelo mundo empreendendo tarefas impossíveis. O relato de Orual prossegue, registrando os amargos anos de seu sofrimento e pesar pela perda de Psiquê, assombrada pela fantasia de que consegue ouvir o choro dela. Orual então relembra um devastador "deslogro" pelo qual passou (como Lewis chama a experiência em outro lugar).

Em um autoconhecimento súbito e doloroso, ela descobre como a possessividade envenenou seu afeto por Psiquê.

A princesa Psiquê, na história de Lewis, está pronta para morrer em prol do povo de Glome. Lewis explicou em uma carta a Clyde S. Kilby (1902-1986) que Psiquê deveria ser um exemplo da *anima naturaliter Christiana.*[7] Psiquê fez o melhor uso das limitações da religião pagã em que foi criada. As percepções pagãs a guiaram rumo ao verdadeiro Deus — mas dentro das restrições de sua própria imaginação e de sua cultura. Lewis concluiu, nessa carta a Kilby, que de algumas maneiras Psiquê se assemelhava a Cristo, mas não como símbolo dele. Era como todo homem virtuoso ou mulher virtuosa que se assemelha a Cristo pela natureza de sua bondade.

Um elemento importante na história, portanto, é Psiquê como antiga antecipação de Cristo. Ela é capaz de enxergar um vislumbre do próprio Deus verdadeiro, em toda a sua beleza, e em sua legítima exigência de um sacrifício perfeito. Outra chave dessa história reside no tema do conflito entre imaginação e razão, tão importante para o próprio Lewis durante toda a sua vida e intensamente retratado em sua autobiografia *Surpreendido pela alegria.* A identificação final das meias-irmãs Orual e Psiquê, na história, representa a harmonia e satisfação da razão e da imaginação, da mente e alma, tornada plenamente possível, acreditava Lewis (seguindo Tolkien), somente dentro da crença cristã. O romance explora as profundezas de percepção possíveis dentro das limitações da imaginação pagã, que prefigura o casamento do mito e do fato nos Evangelhos. *Até que tenhamos rostos*, portanto, revela a afinidade imaginativa e teológica entre Lewis e Tolkien, talvez mais que qualquer outro

---

[7]Alma naturalmente cristã, em latim. (N.T.)

livro de Lewis. É irônico que o romance tenha sido escrito numa época em que os dois amigos haviam se afastado.

Por toda a década de 1950, Tolkien continuou explorando e ensinando a literatura das West Midlands no período do inglês médio. Em 15 de abril de 1953, ministrou a Conferência Memorial W.P. Ker na Universidade de Glasgow sobre "*Sir* Gawain e o cavaleiro Verde". Mais tarde, no mesmo ano, em dezembro, a rádio BBC transmitiu uma dramatização da tradução por Tolkien de *Sir Gawain e o Cavaleiro Verde.* Em 1955, seu poema "Imram", originalmente parte dos *Notion Club Papers,* foi publicado em *Time and Tide.* Em "Imram", "viagem", em gaélico, Tolkien alterou a história da famosa viagem de são Brandão no início da Idade Média para ajustá--la à sua mitologia inventada. O poema menciona a estrada perdida, uma "montanha sem costa" (Meneltarma) que assinala "a terra submersa" (Númenor), uma ilha misteriosa (Tol Eressëa) com uma árvore branca (Celeborn), e uma bela estrela (Eärendil) que assinala a antiga estrada que conduz para além do mundo. Ele indica a paixão continuada de Tolkien por encontrar uma ponte narrativa, destinada ao leitor contemporâneo, à sua mitologia de "O Silmarillion".

Uma nova fase de sua vida começou com a aposentadoria dos deveres universitários em 1959, aos 67 anos de idade. Não ministrara uma conferência inaugural para sua Cátedra Merton. Em vez disso, em 5 de junho de 1959, fez um "Discurso de despedida" como Professor Merton de Língua e Literatura Inglesa que deixava o posto. Disse: "A filologia é o fundamento das letras humanas." Referindo-se à infância na África do Sul, acrescentou: "Tenho o ódio ao *apartheid* em meus ossos; e mais do que tudo, detesto a segregação ou separação entre língua e literatura. Não me importo qual delas você pense que seja branca."

Em março de 1953, Tolkien e Edith haviam se mudado para uma casa menor na Sandfield Road em Headington — Edith achava cada vez mais difícil subir escadas na casa anterior, devido à artrite. Todos os filhos já haviam saído de casa em 1950, com a partida de Priscilla para estudar. Ela acabou se tornando agente de liberdade condicional de réus. Com a perda dos aposentos de Tolkien da faculdade em Merton, o armazenamento dos muitos livros tornou-se um problema. Tolkien decidiu converter sua garagem em um estúdio e escritório combinados. Philip Norman, entrevistador do *The Sunday Times*, descreveu a casa alguns anos mais tarde, quando o público começou a se interessar por Tolkien. Era uma casa de três dormitórios que pareceu a Norman uma residência paroquial. Ficava perto do campo de futebol do Oxford United, e portanto a rua em frente era invadida por torcedores sempre que havia jogos. "O estúdio na garagem", observou ele, "está repleto de livros e do cheiro de poeira ilustre". Norman também observou que o estúdio continha um relógio novo de estanho e uma antiga maleta, quase sepultada debaixo de alguns jornais. Tolkien explicou que a maleta desbotada de couro lhe havia sido dada por seu tutor "meio espanhol" (o padre Francis Morgan). Só a guardara porque dentro dela estavam "todas as coisas que tenho pretendido responder por tantos anos, esqueci o que são." No peitoril da janela, havia dois papéis presos com tachas. Um era um mapa da Terra-média que mostrava as rotas das duas sagas dos hobbits, a de Bilbo e a de Frodo. O outro era uma lista dos compromissos de Tolkien, na sua confiante caligrafia.

Durante esses anos, George Sayer ocasionalmente visitava Oxford. Exatamente quando estava prestes a sair numa caminhada com Lewis, Tolkien lhe entregou um manuscrito de "O Silmarillion". Lewis e Sayer olharam os papéis enquanto comiam um sanduíche de pão com queijo num *pub* próximo. Sayer lembrava-se de que Lewis observou: "Céus! Parece que ele inventou não uma, mas três línguas completas com seus dialetos. Deve ser o homem mais inteligente de Oxford. Mas não podemos ficar com isto. Leve-o direto de volta para ele enquanto tomo outra pinta."

11

Adeus à Terra das Sombras

(1963-1973)

Da entrada da secular Igreja da Santíssima Trindade em Headington saem os portadores do caixão. É um dia silencioso e quieto, e a chama de uma única vela no pesado esquife mantém-se imóvel mesmo na transição do interior para o exterior.

Atrás dos portadores, cujos sapatos lustrosos trituram o cascalho quebradiço, vêm os enlutados, tendo à frente o pálido Douglas Gresham, de 18 anos de idade, o enteado de Lewis, único membro da família presente. Emergem da igreja Maureen Blake, nascida Moore, e seu marido; Tolkien, parecendo cinzento sem seu costumeiro colete ornamental, e seu filho Christopher; o reverendo Peter Bide, que havia casado Jack e Joy Lewis a despeito da proibição do bispo; Fred Paxford, despreparado para esta perda apesar de sua melancolia habitual; o dr. "Humphrey" Havard, o "charlatão inútil"; Owen Barfield, certa vez descrito por Lewis como seu *alter ego*; outro Inkling, o comandante James Dundas-Grant; Austin Farrer, brilhante teólogo, e sua esposa

Kathleen, romancista; George Sayer e John Lawlor, antigos alunos de Lewis; o atual presidente do Magdalen College de Oxford — é longa a lista de amigos e colegas.

A morte tranquila de Clive Staples Lewis, alguns dias antes, reúne todos num dia do fim de novembro de 1963. Warren Lewis está particularmente ausente — está ali perto em The Kilns, em olvido alcoólico, incapaz de enfrentar uma perda tão grande quanto a da mãe quando era menino, mas agora sem a força de uma criança. Havia insistido que os detalhes do funeral não fossem divulgados. A notícia se espalhou ainda assim, mesmo com a morte de Lewis na sexta-feira, 22 de novembro, sendo eclipsada pelo assassinato de John F. Kennedy no mesmo dia.

A chama da vela permanece ereta quando o caixão é colocado sobre a abertura que o aguarda — o túmulo fica debaixo de um lariço no canto do cemitério, observa Tolkien. Já mandara antes rezar uma missa por seu amado amigo na Igreja Católica Romana de Sto. Aloísio, na qual auxiliara e a que também haviam assistido Havard e Dundas-Grant. Tolkien sente a forma real de seu pesar. É um homem velho agora, com mais de setenta anos, e suas folhas estão caindo uma a uma, como as das árvores de fim de outono em volta dos enlutados. Mas esta perda de seu caro amigo parece uma machadada próxima às suas raízes. Ele estremece todo ao golpe da pesada lâmina. O fato de que ele e Lewis não foram amigos íntimos há uns dez anos não alivia a ferida, uma ferida que ele sabe que não perderá como se perde uma folha que cai. "Os homens precisam suportar sua partida daqui", citara Warnie.

Os pensamentos de Tolkien retornam à visita que ele e seu filho John fizeram ao amigo somente algumas semanas antes. Apesar de doente, Lewis havia falado com eles sobre a *Morte d'Arthur*, do século XV, e se as árvores morrem. Havia na sala de estar um exemplar de *As relações perigosas*, o decadente romance pré-revolucionário de sedução de Pierre Choderlos de Laclos, com que Lewis estava se deleitando com apetite juvenil. "Uau, que livro!" exclamara ele. Ainda não é um asceta, pensou Tolkien. Continuava a se admirar com as leituras vorazes e ecléticas do amigo.

Tolkien olha para onde está de pé o jovem que Lewis protegera e de quem fizera seu enteado — agora as pessoas estão dando os pêsames a Douglas. Olhando para Douglas, recorda o que Lewis lhe escrevera no Natal passado, pois desde então muitas vezes pensara nas palavras: "Toda a minha filosofia da História depende de uma frase sua, 'Realizaram-se feitos que não foram *totalmente* em vão'." A frase é de *A Sociedade do Anel*, que fora lida para Lewis muito tempo antes: "[N]aquela época havia tristeza também, e uma escuridão que se adensava, mas grande bravura e feitos admiráveis que não foram totalmente em vão." O coração de Tolkien sente-se estranhamente aquecido pelo fato de o amigo encontrar consolo em suas palavras no fim da vida.[1]

LEWIS MORREU de uma combinação de "problemas da velhice" — males da bexiga, da próstata, e um coração debilitado — e cuidados médicos indiferentes. Não era alguém que se queixasse de suas indisposições. Também se identificara tão de perto com o sofrimento de Joy que experimentara manifestações físicas, como uma dor incapacitante, que cobraram seu preço. Via isto como a aplicação da doutrina do "amor substituído" de Charles Williams, baseada no sofrimento de Cristo por nós, em que literalmente carregamos os fardos uns dos outros. Warren esteve com ele nos seus

---

[1]A vinheta baseia-se em uma carta de Tolkien e em *Lenten Lands* de Douglas Gresham, p. 158. A visita de Tolkien e seu filho John a Lewis é registrada por John Tolkien, citado em Hooper e Green, *C.S. Lewis: A Biography*, p. 430. O fato de Lewis ler *As relações perigosas* é registrado em James Como, ed., *C.S. Lewis at the Breakfast Table*, p. 104.

últimos meses de vida — o que proporcionou a Lewis considerável consolo —, depois de ter passado um longo período na Irlanda, bebendo muito.

Antes de morrer, Lewis conseguiu completar a correção das provas tipográficas de seu último livro — *Oração: cartas a Malcolm*, publicado em 27 de janeiro de 1964. Era teologia popular na tradição de seus *Cristianismo puro e simples*, *O problema do sofrimento*, *Milagres* e *Lendo os salmos* — todos continuavam em demanda por leitores em todo o mundo —, mas com uma diferença sutil. Era mais alusivo. O livro é composto de cartas fictícias a uma pessoa fictícia, Malcolm, de um "C.S. Lewis" fictício — um autor como Lewis, escrevendo em seu nome. Isso permitiu que Lewis explorasse ideias e apresentasse teorias sobre a oração, o purgatório e o céu, que não eram necessariamente o que Lewis teria colocado em um texto literal de teologia. A sutileza dessa abordagem é facilmente incompreendida pelo leitor, mas não há muito que esteja em desarmonia com o que Lewis explicitamente apresentou em outras obras como sendo sua compreensão do "cristianismo puro e simples." O livro afirma sua crença no céu como um lugar onde a experiência humana ordinária está agora realizada: "Agora posso lhe comunicar os campos desaparecidos de minha infância — que hoje são canteiros de obras — só imperfeitamente por palavras. Talvez venha o dia em que eu possa levá-lo a passear por eles[...] Uma vez mais, depois de quem sabe quantas eternidades de silêncio e escuridão, os pássaros cantarão, e as águas fluirão, e luzes e sombras se moverão através das colinas, e os rostos de nossos amigos sorrirão para nós com maravilhado reconhecimento."

Malcolm, o amigo fictício que conheceu desde os dias de estudante em Oxford, recebe 22 cartas de "Lewis" sobre o tema da oração e sobre muitas coisas mais, incluindo o céu e a ressurreição do corpo. Apesar de termos apenas o lado de "Lewis" da correspondência, somos capazes de deduzir muita coisa sobre Malcolm a com base nisso. Alguns críticos opinaram que aos escritos teológicos de Lewis falta profundidade de experiência (ou o pudor acerca da experiência espiritual). *Oração: cartas a Malcolm*, no entanto, reflete sobre um dos assuntos mais empíricos da vida cristã, a oração, e Lewis trata dele com grande poder. Desde a época de sua conversão ao teísmo, Lewis acreditava inteiramente na realidade do sobrenatural. Assim, a questão da oração de petição, feita dentro do tempo a um Deus exterior ao tempo, era, para ele, muito importante. Deus podia, se quisesse, mudar os eventos reais à luz das orações de sua gente. De fato, Lewis acreditava que Deus havia respondido a orações pela cura de Joy quando ela estava morrendo. Estava convencido de que fora por isso que ela tivera uma remissão de três anos durante os quais seus ossos enfermos tinham-se curado.

A oração, para Lewis, era necessária para compreendermos nossa relação com o Deus criador. Ele escreveu:

> Agora, o momento da oração é, para mim — ou envolve para mim como condição —, a consciência, o redespertar da consciência, de que este "mundo real" e este "eu real" estão muito longe de serem realidades fundamentais. Não posso, enquanto encarnado, deixar o palco, seja para ir aos bastidores, seja para tomar assento na plateia; mas posso me lembrar de que meu eu aparente — este palhaço ou herói [...] — é, "debaixo da sua maquilagem", uma pessoa real que tem vida fora do palco. A pessoa dramática não poderia pisar no palco a não ser que escondesse uma pessoa real: a não ser que existisse o eu real e desconhecido, eu nem mesmo me enganaria a respeito do eu imaginado. E na oração, esse eu real luta

> para falar ao menos uma vez por meio de seu ser real, e para se dirigir ao menos uma vez não aos outros atores, e sim — como O chamarei? O Autor, pois Ele nos inventou a todos? O Produtor, pois Ele controla tudo? Ou a Plateia, pois Ele observa, e julga a representação?

Lemos que Malcolm manteve contato com "Lewis" ao longo dos anos e tem uma esposa, Betty, e um filho, George, que fazem parte do enredo dedutível a partir de referências transitórias ou comentários nas cartas. A qualidade da amizade fictícia entre "Lewis" e Malcolm deve muito às amizades da vida real entre Lewis e Arthur Greeves, Owen Barfield e Tolkien, apesar de Malcolm não ser claramente o retrato de qualquer um deles. Também há indícios, na vívida dialética das cartas, de quão informalmente podem ter transcorrido as discussões nas reuniões dos Inklings. Quando o livro foi publicado, dois meses após a morte de Lewis, Tolkien obteve um exemplar e achou-o muito interessante. Era como se seu amigo ainda o estivesse desafiando, e também irritando, como popularizador da crença cristã. Numa carta, ele comentou: "Pessoalmente, achei *Oração: cartas a Malcolm* uma obra aflitiva e em certos trechos apavorante. Comecei um comentário a respeito, mas se fosse concluído não seria publicável." Foi mais receptivo a uma antologia de citações da obra de Lewis, dispostas tematicamente, que lhe foi mandada pelo compilador Clyde S. Kilby,[2] um estudioso americano que se tornara amigo de Tolkien e Lewis e que passou o verão de 1966 ajudando-o com a organização do material que compunha "O Silmarillion", ainda inacabado. Essa

---

[2]Clyde S. Kilby (1902-1986) foi catedrático do departamento de Inglês do Wheaton College e montou The Wade Center como centro de pesquisa e estudos baseado nos escritos de Lewis e seis outros autores cujas crenças e obra têm afinidades: Tolkien, Charles Williams, Owen Barfield, Dorothy L. Sayers, G.K. Chesterton e George MacDonald.

antologia, disse Tolkien a Kilby, "lembrou-me muitas coisas boas que estão dispersas pelas obras de Lewis, apesar de elas às vezes, não sempre, perderem o encanto quando são retiradas de seu contexto." Também escrevera a Kilby no ano anterior que estivera lendo *Letters to an American Lady* [Cartas a uma dama americana], uma coleção de cartas de Lewis, e que a achava "profundamente interessante". Confessou: "Ainda acho difícil conceber que Jack esteja morto, apesar de fazer 4 anos."

Por volta dessa época, Tolkien escreveu a última história publicada durante sua vida, *Smith of Wootton Major* [Ferreiro de Wootton Major] (1967). Esse conto complementa seu ensaio "Sobre contos de fadas" ao rastrear a relação entre o Reino Encantado e o mundo primário de nossa experiência. A história parece enganosamente simples à primeira vista, mas, apesar de as crianças poderem apreciá-la, não é uma história para crianças. Tolkien a descreveu como "o livro de um velho, já oprimido pelo presságio da 'privação'." Era como se Tolkien, de modo semelhante ao Smith da história com sua estrela élfica, esperasse que sua imaginação fosse acabar; era um tempo de autoquestionamento para ele. Numa resenha, o amigo e Inkling Roger Lancelyn Green escreveu sobre o livrinho: "Buscar o significado é fazer um corte na bola em busca de sua elasticidade." Como *Mestre Gil de Ham*, a história tem um ambiente medieval indefinido. As aldeias de Wootton Maior e Menor poderiam ter saído direto do Condado dos hobbits. Assim como na Terra-média, é possível entrar e sair caminhando do Reino Encantado (o mundo dos elfos). A história contém um rei élfico disfarçado, Alf, aprendiz do desastrado doceiro Nokes. Este não faz ideia da realidade do Reino Encantado, mas seu bolo açucarado para as crianças da aldeia, enfeitado com uma grosseira boneca da Rainha das Fadas, consegue mexer com a imaginação dos humildes. Uma estrela élfica mágica que Nokes encontra e põe no bolo é engolida por Smith, ainda criança, dando-lhe acesso ao Reino Encantado. Na aldeia, são as crianças que podem ser suscetíveis ao "outro", o numinoso, enquanto a geração mais velha só se preocupa em comer e beber. A estrela acaba reaparecendo e se prendendo à testa de Smith. Smith cresce e se torna Mestre Ferreiro ("sabia trabalhar o ferro em formas maravilhosas que pareciam tão leves e delicadas quanto um ramo de folhas e flores, mas mantinham a força austera do ferro") e, à medida que o livro contém elementos autobiográficos, pode-se dizer que ele representa o próprio Tolkien e sua habilidade de engendrar histórias sobre elfos e o Reino Encantado.

Assim como em *Leaf by Niggle*, a história anterior de Tolkien, vislumbres de outros mundos transformam a arte e o artifício da vida humana, dando-lhes uma qualidade élfica ou espiritual. O trabalho comum do ferreiro da aldeia é visto sob uma nova luz, transformado em algo sacramental, exatamente como o humilde trabalho do contador de histórias pode sugerir uma realidade além das "muralhas do mundo".

Durante esse período de autoquestionamento, que começou logo após a morte de Lewis, a popularidade de seu *O Senhor dos Anéis* explodiu, apesar de Tolkien só ouvir falar do fenômeno gradativamente. Em 1965, quando estava escrevendo *Ferreiro de Bosque Grande*, a Ace Books, nos Estados Unidos, usando uma brecha na lei de direitos autorais americana, publicou uma edição não autorizada em brochura de *O Senhor dos Anéis*. Seguiu-se uma edição autorizada, publicada pela Houghton Mifflin, numa campanha de publicidade acerca da injustiça da publicação clandestina. Tolkien penetrou na consciência de uma geração de estudantes universitários americanos, e logo sua celebridade se espalhou pelo mundo. *Bottons* que diziam *Frodo Vive* e *Gandalf para Presidente* eram vistos em toda a parte. Diziam às pessoas que Tolkien era "formador de hóbbito". O mundo dos Anéis estava se enraizando na nova consciência da década de 1960.

Tornando-se uma celebridade internacional, Tolkien sentiu o impacto da fama numa onda de renda proveniente de *O Senhor dos Anéis* e num enorme aumento de sua correspondência. Foi obrigado a admitir uma secretária em tempo parcial, que trabalhava na garagem convertida na Sandfield Road. Em 1966, ele e Edith comemoraram suas bodas de ouro, ocasião que foi assinalada por Donald Swann apresentando seu ciclo de canções baseadas em poemas de *O hobbit* e *O Senhor dos Anéis*. Para satisfação de Tolkien, elas foram cantadas pelo cantor de ópera William Elvin.[3] Alguns poemas eram élficos, e Tolkien apreciou a coincidência do sobrenome do cantor. "Um nome de bom agouro!" observou.

Tolkien acabou superando sua dúvida sobre seu trabalho, especialmente "O Silmarillion" inacabado, em que investira sua vida. Agora acreditava que seu trabalho não seria "totalmente em vão".

Edith aproximava-se dos oitenta anos, e Tolkien tinha 76 anos em 1968. A grave artrite dela tornava difícil cuidar da casa. Decidiram mudar-se para uma moradia mais apropriada, longe da atenção dos fãs. Sua escolha recaiu em Bournemouth, local de veraneio na costa sul, favorito dos aposentados. Haviam passado férias ali, e Edith achava mais fácil fazer amigos nessa cidade que em Oxford. A prosperidade provinda dos livros aliviara sua situação, e instalaram-se em Lakeside Road, nº 19, um bangalô sem escadas para subir. Tolkien passava o tempo, menos incomodado por interrupções, com diversos manuscritos de "O Silmarillion",

---

[3] *Elvin* lembra *elven* — élfico em inglês. (N.T.)

desconcertantes em sua variedade. Em 1971, ele e Edith haviam-se acomodado numa confortável rotina que poderia ter conduzido a um arranjo mais consistente dos anais e contos das primeiras eras da Terra-média. No entanto, a saúde de Edith piorou de repente. Foi hospitalizada com inflamação da vesícula e morreu alguns dias depois, em 29 de novembro de 1971.

Com a perda de Edith, sua Lúthien, Tolkien não tinha motivo para ficar em Bournemouth. Sua antiga faculdade, Merton, ofereceu-lhe uma posição de conselheiro honorário e alguns aposentos numa casa pertencente à faculdade. Em março de 1972, mudou-se, agradecido, para a rua Merton, nº 21, perto da faculdade. Nos seus últimos dois anos de vida pôde viajar para encontrar amigos e familiares, tirar férias e visitar o Palácio de Buckingham para receber da Rainha uma comenda de Comandante da Ordem do Império Britânico (C.B.E.). Enquanto estava em visita a Bournemouth, hospedado em casa de amigos, caiu doente com uma hemorragia aguda de úlcera gástrica que levou a uma infecção torácica. Quatro dias mais tarde, no domingo, 2 de setembro de 1973, ele morreu.

Nos seus anos finais deve ter ficado evidente para Tolkien que ele era uma celebridade. Isso o espantava e às vezes irritava, mas ele parecia contente em responder, com energia, numerosas cartas sobre detalhes de *O Senhor dos Anéis*, muitas referentes à mitologia anterior de "O Silmarillion". Essa fama contrastou divertidamente com um evento em Oxford em 1965, em que esteve presente a atriz de Hollywood Ava Gardner. Era uma conferência ("ridiculamente ruim", lembrava-se Tolkien) dada pelo professor de poesia da época, Robert Graves. Tolkien, ao contrário da maior parte do mundo, não ouvira falar da estrela do cinema, mas achou-a agradável quando foram apresentados. Quando Tolkien saiu do local com Graves e Ava Gardner, os flashes eram dedicados a ela. Hoje em dia, é bem provável que muito mais gente reconheça Tolkien numa foto do que a atriz!

Nos primeiros anos do século XXI, tanto Tolkien quanto Lewis são enormemente populares em todo o mundo. Seu público leitor cresceu de maneira consistente desde suas mortes. Eram amigos cujas afinidades em muito excediam suas diferenças. Em sua ficção e em grande parte de sua obra acadêmica, opuseram-se ao que viam como uma maré de modernismo conquistando o mundo deles. Foram inspirados, apesar de serem diferentes dele, por um movimento romântico mais antigo que, à sua própria maneira, opunha-se ao Iluminismo, a época-mãe daquilo que Lewis chamou a "Era da Máquina". Eram escritores e acadêmicos britânicos ancorados em sua fé, que foram seguidos por incontáveis leitores de todas as origens no mundo todo.

12

O dom da amizade

"Quem pode merecer isso?"

A AMIZADE ENTRE LEWIS E TOLKIEN remontava à época em que Tolkien se mudou para a Universidade de Oxford, vindo de seu cargo de professor em Leeds, em 1925. Ela terminou, se é que amizades terminam desse modo, com a morte de Lewis em novembro de 1963. Essa amizade de quase quarenta anos teve seus pontos altos e baixos, talvez inevitavelmente, em especial aos temperamentos tão diversos. Houve um nítido esfriamento da amizade, tempo em que ela existiu em termos muito menos íntimos, depois que Lewis conheceu Joy Davidman no começo da década de 1950. Além disso, sempre restou um lado de Lewis ao qual Tolkien não conseguia se acostumar: Lewis como popularizador da fé cristã. A censura de Tolkien obviamente nada tinha a ver com a fé propriamente dita — ele mesmo era um cristão devoto.

Grande parte da sua amizade desenrolou-se no contexto dos Inklings. Depois que os Inklings, como grupo de leitura, acabaram no final de 1949, foram inevitáveis grandes mudanças na rotina de suas vidas. Os membros do clube haviam lido uns para os outros por 16 anos — Tolkien lera para eles boa parte de *O Senhor dos Anéis* e talvez algo de *O hobbit*. Apresentara partes de sua mitologia fundamental das primeiras eras da Terra-média. De tempos em tempos, compartilhara poemas. Lewis lera amplamente da sua prodigiosa produção — suas histórias de ficção científica espacial, muitos poemas, *Cartas de um diabo a seu aprendiz*, *O grande abismo*, *O problema do sofrimento*, sua tradução da *Eneida*, de Virgílio, e ensaios ocasionais. Muitas vezes, Lewis leu para Tolkien fora dos Inklings, ou para Tolkien e Williams. No início de 1949, por exemplo, Lewis leu pelo menos parte do manuscrito de *O leão, a feiticeira e o guarda-roupa* para Tolkien. Talvez por Tolkien não gostar da história de Nárnia, parece que, depois disso, Lewis pouco leu para ele, apesar de não podermos ter certeza, pois temos de nos basear em documentação incidental em cartas, e nos diários esporádicos de Warren Lewis.

Os Inklings eram, aparentemente, um pequeno e obscuro grupo de leitura de alguns acadêmicos e profissionais que se reuniam numa sala enfumaçada do humilde *pub* Eagle and Child ou nos despretensiosos aposentos de Lewis na faculdade. Ademais, pelo menos nos primeiros anos da amizade, Tolkien e Lewis eram pouco conhecidos fora dos seus círculos acadêmicos, especialmente como autores de ficção. Mas foram enormemente importantes um para o outro e tinham óbvias afinidades que ajudaram cada um a manter viva sua visão da vida.

É de importância fundamental a influência da fé de Tolkien. Lewis era originalmente ateu, e Tolkien o ajudou a encontrar Deus. Exerceu sobre o amigo todo o seu poder de persuasão, focalizando as narrativas dos Evangelhos como algo que demanda uma reação ao mesmo tempo imaginativa e intelectual. Lewis reagiu de ambas as formas e, ao longo do tempo, desenvolveu e dominou as habilidades de comunicador cristão, tanto na narração de histórias quanto na retórica. Com o passar dos anos, aumentou a fluência de Lewis nos escritos imaginativos e discursivos. Tolkien, no entanto, não conseguiu persuadir Lewis a ingressar naquilo que acreditava, na formidável tradição do cardeal Newman, ser a única Igreja válida — a católica romana.

Tolkien também influenciou Lewis significativamente com sua visão de uma conexão entre o mito e o fato que remonta, acreditava Tolkien, à própria natureza da linguagem; poderia ser descrita como uma teologia da história ou mesmo uma teologia da linguagem. Tolkien elaborara uma compreensão complexa da relação entre história e mito, por um lado, e a realidade, por outro, e de como a própria linguagem se relaciona com a realidade. A história e a linguagem, para ele, faziam parte do mesmo processo inventivo humano, eram "integralmente relacionadas". Tolkien via as narrativas dos Evangelhos — na sua opinião uma história criada pelo próprio Deus nos eventos reais da História — como entretecidas com a "teia da história" sem emendas. A narração humana de histórias — precedendo ou seguindo-se aos eventos dos Evangelhos — está alegremente viva com a presença de Deus. A importância da história também tornou-se central para Lewis. Ele escreveu um capítulo, "Sobre histórias", incluído na coleção *Essays Presented to Charles Williams* [Ensaios apresentados a Charles Williams] (1947), que expandiu em seu seminário *Um experimento na crítica literária* (1961).

Outra importante característica do impacto de Tolkien sobre Lewis, também relacionada, é sua distintiva doutrina da subcriação — sua crença de que a mais alta função da arte é a criação de mundos secundários ou outros, internamente consistentes e coerentes, que, por causa dessa precisão imaginativa, são capazes de capturar parte das profundidades e do esplendor do mundo primário. Um conto de fadas, para Tolkien, não era uma história que simplesmente trata de seres encantados. Eles são, em certo sentido, do outro mundo, tendo uma geografia e uma História ao seu redor. O conceito de subcriação de Tolkien era, na verdade, a característica mais distintiva da sua visão da arte. Apesar de enxergá-la em termos de fantasia inventiva, sua visão aplica-se de modo mais amplo. Os mundos secundários podem assumir muitas formas na arte, particularmente na ficção. A qualidade metafórica de um mundo inventado, seja ambientado neste ou em outro mundo, aprofunda ou de fato modifica nossa própria percepção da realidade e pode vivificar nosso espírito imortal.

O conceito de subcriação forneceu a base para que Lewis inventasse os planetas Malacandra e Perelandra (uma de suas criações de maior sucesso) e o país de Glome, ao norte da antiga Grécia. Para os leitores mais jovens, o conceito inspirou Nárnia, seu mundo mais popular.

Paralelo a isso, Tolkien deve ter transmitido a Lewis uma visão e compreensão da história que é espiritual e até mística. Numa visão assim, uma história tem um significado além dela própria — ela aponta para uma realidade diferente de si mesma. Tolkien disse, caracteristicamente, que "todos os contos podem se tornar realidade" (por causa do elo entre a produção humana e a divina). Ao contar uma história sobre a maçã de Digory, em *O sobrinho do mago* (a maçã que deu vida à mãe de Digory), Lewis sentia que estava fazendo mais do que ceder à realização de um desejo. A história, para ele, incorporava a possibilidade de que sua própria mãe (e as de outras pessoas) pudessem algum dia voltar a viver numa existência plenamente humana, física-espiritual.

Já que Tolkien teve um impacto tão grande sobre o amigo, qual foi a importância de Lewis para Tolkien? O próprio

Tolkien respondeu a esta pergunta numa carta escrita quase dois anos após a morte do amigo: "A dívida impagável que devo a ele não foi 'influência' como se compreende normalmente, mas sim puro encorajamento. Por muito tempo, ele foi minha única plateia. Foi só por ele que cheguei a ter a ideia de que minhas 'coisas' poderiam ser mais do que um passatempo pessoal. Não fossem seu interesse e avidez incessante por mais, eu jamais teria levado *O Senhor dos Anéis* a uma conclusão[...]."

Parece que Lewis não influenciou Tolkien do mesmo modo como este o influenciou. Tolkien, isso sim, encontrou em Lewis um ouvinte disposto e um apreciador. Essa leitura e escuta foi institucionalizada nas reuniões de quinta-feira à noite dos Inklings. Se essas reuniões das quintas-feiras tivessem continuado depois de 1949, hoje poderia existir uma narrativa completa dos contos das primeiras eras da Terra-média numa escala semelhante à de *O Senhor dos Anéis*. Quem sabe? É triste que Lewis não tenha perseverado em encorajar o término de "O Silmarillion", especialmente dos grandes contos como o de Beren e Lúthien. Um motivo pode ter sido o afastamento gradual dos dois amigos na década de 1950.

Lewis lançou luz sobre a natureza de sua amizade com Tolkien quando escreveu *Os quatro amores* (1960). Eles são: afeto, amizade, eros e caridade (*agape*, ou amor divino). Acreditava ser vital não perder de vista as reais diferenças que dão a cada amor seu caráter válido, mesmo quando um amor se funde com outro (como acontece quando a amizade entre um homem e uma mulher se torna erótica, ou quando se é chamado a cuidar de um membro da família dependente e o afeto natural se aprofunda em amor autossacrificante). A amizade, como a dele com Tolkien, envolvia o fator "O quê, você também!" — o reconhecimento de uma visão compartilhada.

A amizade, para Lewis, era, portanto, o menos instintivo, biológico e necessário de nossos amores. Hoje em dia, mal é considerado amor, e Lewis buscou reabilitá-lo. Em seu livro, destacou que os antigos davam o maior valor a este amor, como na amizade entre Davi e Jônatas. O clima ideal para a amizade é quando algumas poucas pessoas estão envolvidas em um interesse comum. Os amantes, argumentou Lewis, normalmente são imaginados face a face; os amigos são mais bem imaginados lado a lado, com os olhos focalizados em seu interesse comum. A amizade, sendo o menos biológico dos amores, refuta explicações heterossexuais ou homossexuais para sua existência. A amizade, avaliava Lewis, torna as pessoas boas melhores e as más, piores. Tolkien concordava amplamente com a visão da amizade de Lewis, especialmente porque era reforçada pelo caráter masculino da sociedade de Oxford nos seus dias, mas não era tão generoso quanto Lewis na amplitude de suas amizades. Era também um homem de família, enquanto Lewis foi solteiro durante grande parte da vida, apesar de participar voluntariamente no matriarcado da sra. Moore em The Kilns. Isso dava a Tolkien uma maior amplitude de relacionamentos — com Edith e especialmente com seus filhos. Um ingrediente importante na manutenção da amizade deles, porém, foi sua fé cristã compartilhada, com seu distinto aspecto imaginativo, apesar de a amizade ter-se estabelecido com firmeza enquanto Lewis ainda era materialista.

Havia, na verdade, um grande número de crenças compartilhadas que derivavam da sua fé comum. Bem no primeiro plano de sua perspectiva, a imaginação tinha enorme importância. Eles a viam, nas palavras de Lewis, como o "órgão do significado"; a imaginação está envolvida na forma como sentimos a realidade como um todo (quer percebamos coisas individuais como árvores, pedras, colinas e até mesmo pessoas em particular, quer percebamos o mundo como um mundo coerente ao nosso redor). A imaginação não está, como o pensamento, interessada em abstrações de coisas, experiências e relacionamentos particulares. Assim, tanto Lewis quanto Tolkien, como escritores, valorizavam a visão da realidade de forma simbólica e mitopeica.

A ficção, para Lewis e Tolkien, era, portanto, a criação de significado, não a reafirmação literal de verdades. Refletia para eles a maior criatividade de Deus, quando ele originou e agregou seu universo e nós. Os objetos naturais e as pessoas não são meros fatos. Seu significado deriva da sua relação com outros objetos, eventos e pessoas, e, em última análise, da sua relação com Deus. Têm uma unidade criada, e seu significado e sua plenitude derivam daí.

Clyde S. Kilby registrou, em suas anotações de um encontro com Tolkien, que este falou de uma ideia compartilhada com Lewis de "que tudo é ímpar e [...] cada coisa, por menor que seja, quando é objeto de atenção, torna-se necessariamente o centro do mundo e requer todo o conhecimento [do] mundo inteiro para se dar uma explicação adequada dela." O que vale para coisas vale também para nossas próprias sensações e experiências. Se as focalizarmos exclusivamente, perdemos seu significado — elas apontam para outro lugar, para o que é diverso delas, para todo um mundo de pessoas, coisas e lugares e, para Lewis e Tolkien, para coisas além das "muralhas do mundo". Se virmos uma obra de literatura simplesmente como expressão do seu autor e não como obra de comunicação destinada a ser compreendida por uma plateia, esse item literário perde o significado. Ganhamos, não perdemos, vendo como as coisas se referem a realidades distintas delas mesmas, uma ação que requer usarmos nossa imaginação. Isso, em particular para Lewis, é como o conhecimento sempre progrediu. Tolkien e Lewis concordavam em que imaginar bem era tão vital quanto pensar bem, e que cada uma dessas coisas ficava empobrecida sem a outra.

O desejo de escrever fantasia e outras ficções simbólicas era fundamental para Lewis e Tolkien. Numa carta, Lewis confessou:

> O homem imaginativo dentro de mim é mais velho, opera mais continuamente, e, nesse sentido, é mais básico que o escritor religioso ou o crítico. Foi ele quem primeiro me fez tentar (com pouco êxito) ser poeta. Foi ele quem, em reação à poesia alheia, fez de mim um crítico e, em defesa dessa reação, às vezes um controversista crítico. Foi ele quem, depois de minha conversão, me levou a incorporar minha crença religiosa em formas simbólicas ou mitopeicas, desde *Cartas de um diabo a seu aprendiz* até uma espécie de ficção científica teológica. E, é claro, foi ele quem me levou, nos últimos anos, a escrever uma série de histórias de Nárnia para crianças; não perguntando o que as crianças querem e depois esforçando-me para me adaptar (isso não foi necessário), mas porque o conto de fadas era o gênero mais adequado àquilo que eu queria dizer.

Similarmente, Tolkien escreveu em seu poema "Mythopoeia" uma beatitude para os criadores de lendas. Esses contadores de histórias são bem-aventurados ao falarem de coisas externas ao tempo registrado; apesar de terem visto a morte e até mesmo a derrota final, não vacilaram nem recuaram em desespero. Na verdade, muitas vezes cantaram vitória, e o fogo em suas vozes, recebido da lenda, inflamou os corações de seus ouvintes. Dessa forma, iluminaram as trevas do passado e o dia presente com o brilho de sóis "ainda não vistos pelo homem".

Ao mesmo tempo em que atribuíam esse enorme valor à imaginação, Tolkien e Lewis eram parecidos por acolherem o sentido do Outro — ou de "algo do outro mundo". As grandes histórias nos levam para fora da prisão de nós mesmos e de nossos pressupostos sobre a realidade (vêm daí a frequente acusação de escapismo). À medida que as histórias refletem o criador divino quando fazem isto, elas nos ajudam a enfrentar o Outro supremo — Deus que, como criador, é distinto de tudo o mais, incluindo nós mesmos. O próprio poço da fantasia e invenção imaginativa é o conhecimento direto do Outro por cada pessoa. De acordo com Lewis, "para construir 'outros mundos' plausíveis e comoventes, é preciso basear-se no único 'outro mundo' real que conhecemos, o do espírito." Os mundos imaginativos são "regiões do espírito".

Para ambos os amigos, este senso do Outro, que penetra em tudo, expressa-se numa qualidade de admiração ou temor, chamada "o numinoso". Ele corresponde a uma experiência humana básica mapeada pelo teólogo Rudolf Otto (que criou a palavra) em *O sagrado: um estudo do elemento não racional na ideia do divino e a sua relação com o racional* (1923), um livro que teve nítida influência sobre Lewis. Tanto Tolkien quanto Lewis incorporaram essa qualidade com sucesso na sua ficção. A experiência numinosa primária envolve um sentido de dependência daquilo que se coloca como Totalmente Outro em relação à humanidade. Essa qualidade do Outro (ou de algo do outro mundo) é inalcançável e aterradora. Mas, ao mesmo tempo, ela nos fascina. A experiência do numinoso é mais bem capturada pela sugestão e alusão do que pela análise teórica. Muitas realidades capturadas na ficção imaginativa podem ser descritas como possuindo alguma qualidade do numinoso. Lewis percebeu isso, incorporou a ideia em sua apologia da visão cristã do sofrimento, *O problema do sofrimento*, e citou um evento do conto infantil *O vento nos salgueiros* (1908), de Kenneth Grahame, para ilustrá-la. É o evento onde Toupeira e Rato abordam Pan na ilha:

> — Rato — encontrou fôlego para sussurrar, trêmulo —, está com medo?
>
> — Com medo? — murmurou o Rato, os olhos brilhando com expressivo amor. — Com medo? dEle? Oh, nunca, nunca. E no entanto, e no entanto, Ó Toupeira, estou com medo.

Muitos elementos das fantasias de Tolkien transmitem a mesma qualidade, frequentemente como efeito de sua criatividade linguística. Seu uso de nomes, palavras e frases élficas — belas, porém estranhas — muitas vezes, invoca uma atmosfera ou um tom numinoso. Ele está incorporado em sua ideia do Reino Encantado ou do mundo élfico — um outro mundo onde é possível que seres como os elfos vivam, movam-se e tenham uma História. O mundo dos elfos é o foco de *O Silmarillion.* Alguns dos elfos, como Lúthien ou Galadriel, incorporam poderosamente o numinoso em sua beleza e sabedoria sobrenatural.

Lewis e Tolkien claramente compartilhavam o desejo de incorporar em suas obras uma qualidade de alegria. A *Sehnsucht,* vista como desejo ou anseio que aponta para a alegria, era para Lewis uma característica que definia a fantasia. A alegria também é forte característica em Tolkien e valorizada por ele, como esclarece seu ensaio "Sobre Contos de Fadas". A alegria é um ponto-chave dos contos de fadas, ele acreditava, relacionada com o final feliz, ou *eucatástrofe,* parte do consolo que esses transmitem. A alegria, na história, indica a presença da graça que vem do mundo exterior à história, e até além de nosso mundo. "Ela nega (em face de muitas evidências, por assim dizer) a derrota universal final, e nessa medida é *evangelium*, dando um vislumbre fugaz da Alegria, Alegria além das muralhas do mundo, pungente como o pesar." Acrescentou: "Em tais histórias, quando chega a súbita 'virada', temos um penetrante vislumbre da alegria e do desejo do coração, que, por um momento, atravessam para fora da moldura, rompem de fato a própria teia da história, e deixam passar um lampejo."

Num epílogo do ensaio, Tolkien levou adiante sua consideração da qualidade da alegria, ligando-a às narrativas dos Evangelhos, que na sua opinião possuem todas as qualidades de um conto de fadas do outro mundo, sendo ao mesmo tempo História real do mundo. Essa referência dupla — ao mundo da história e ao mundo do primeiro século — intensifica a qualidade da alegria, identificando, acreditava ele, sua fonte objetiva.

Lewis explorou a qualidade do anseio, tanto em sua busca pessoal, que levou à sua conversão cristã, quanto em seus escritos. Tal anseio, pensava Lewis, era a chave da experiência humana da alegria e inspirou o autor a criar fantasia. A criação de outro mundo é uma tentativa de reconciliar os seres humanos com o mundo da natureza, de incorporar a realização de nosso anseio imaginativo. Mundos imaginativos, mundos maravilhosos ou "regiões do espírito" podem ser encontrados em algumas obras de ficção científica, alguns poemas, alguns contos de fadas, alguns romances, alguns mitos, podem até mesmo ser descobertos numa frase ou sentença.

Para Lewis, a alegria era uma antecipação da realidade suprema, do próprio céu ou, em outras palavras, de nosso mundo como deveria ter sido, não estragado pela queda do gênero humano, e destinado a ser refeito algum dia. "A alegria", escreveu Lewis, "é a ocupação séria dos Céus." Tentando imaginar o céu, Lewis descobriu que a alegria é "a assinatura secreta de cada alma." Especulou que o desejo do céu faz parte de nossa humanidade essencial (e insatisfeita).

Em Tolkien, a qualidade da alegria está ligada à virada repentina da história, ao senso de *eucatástrofe*, ou reversão da desgraça. Também está conexa ao anseio inconsolável, ou doce desejo, no sentido de Lewis. Domina todos os contos da Terra-média de Tolkien um anseio por atingir as Terras Imortais do extremo Oeste. O anseio é muitas vezes pintado como um anseio pelo mar, que ficava a oeste da Terra-média, e em cuja outra margem estava Valinor. Em *O Senhor dos Anéis*, Legolas, um elfo do Reino da Floresta, começou a ansiar pelo mar e pelas terras além dele. Seu desejo foi despertado pela primeira visão do mar no sul de Gondor.

Outra característica da fantasia, para ambos os amigos, era a restauração ou recuperação. Tolkien, como Lewis, acreditava que por meio da história, o mundo real se tornaria um lugar mais mágico, repleto de significado. Vemos seus padrões e suas cores de um modo novo. A recuperação de uma visão verdadeira do mundo aplica-se tanto a coisas individuais, como colinas e pedras, quanto ao cósmico — às profundezas do próprio espaço e tempo. Pois na subcriação, na visão de Tolkien, existe uma "inspeção" do espaço e do tempo. A realidade é capturada em escala miniatura. Por meio de histórias como *O Senhor dos Anéis*, é dada uma visão renovada das coisas, iluminando as dimensões rústicas, espirituais, físicas e morais do mundo.

Tolkien e Lewis rejeitavam o que viam como busca irrequieta e contínua da originalidade nos escritores modernos. Acreditavam que o frescor das histórias vem de se redespertar o que já existe no mundo criado por Deus, não de se criar algo a partir do nada. Em certo sentido, devemos ser como crianças, que normalmente não se cansam de experiências familiares. Esse comportamento das crianças, achavam os amigos, é uma visão verdadeira das coisas, e, mergulhando no mundo da história, os adultos conseguem restaurar esse senso de frescor e admiração pelo mundo. Lewis explicou: "[A criança] não despreza as florestas de verdade porque leu sobre florestas encantadas: a leitura torna todas as florestas um pouco encantadas." Para Tolkien, os contos de fadas nos ajudam a fazer essa recuperação — trazem cura — e "apenas nesse sentido um gosto por eles pode nos tornar ou nos manter infantis." Mesmo valorizando o senso de admiração das crianças, ele estava comprometido a criar contos de fadas para um público leitor adulto. Certamente, Lewis deu a seu *Uma força medonha* o subtítulo de "um conto de fadas moderno para adultos."

Ambos os amigos também tinham uma profunda afinidade por se ocuparem do paganismo pré-cristão — com Balder e Psiquê, Kullervo e Eneias, Eurídice e Sigurd. A maior parte da ficção de Tolkien está ambientada num mundo pré-cristão, como fora seu grande modelo, *Beowulf.* De forma semelhante, Lewis explorou um mundo pagão em seu clássico romance *Até que tenhamos rostos.*

Outra qualidade compartilhada por Lewis e Tolkien era sua rara habilidade para retratar o bem nos lugares e nas pessoas. Como todos os autores de ficção sabem, é mais fácil criar personagens maus convincentes do que bons. Como observa David C. Downing:

> Joyce, Woolf, Waugh, Fitzgerald, Faulkner, sem mencionar Stephen King ou Anne Rice, são peritos em retratar personagens malignos, distorcidos, neuróticos ou absortos em si mesmos. Mas quão repetidamente encontramos retratos de personagens simples, bons, decentes ou sãos, com a mesma frequência e o mesmo êxito, na literatura moderna? Tanto na escala grandiosa (Aslam,

> Galadriel) quanto na simples, sr. e sra. Castor, os hobbits), Lewis e Tolkien eram capazes de lhe mostrar como se parece a bondade encarnada.

Também eram capazes de retratar lugares bons, às vezes paradisíacos — como Perelandra, o País de Aslam, as orlas do Céu, o Chalé de Tom Bombadil, o Condado, Valinor ou Lórien.

Havia, é claro, importantes diferenças entre Tolkien e Lewis, mas não eram grandes o bastante para ofuscar suas afinidades, mesmo quando, às vezes, perturbavam a amizade. Lewis era muito mais mundano e menos delicado que Tolkien em sua visão da arte, exatamente como era mais enfático na força de sua personalidade. Lewis, na verdade, estava mais próximo do puritanismo radical de John Bunyan, a tradição que explorou tão perceptivamente em seu *English Literature in the Sixteenth Century*. Um tal puritanismo não tinha as conotações ascéticas e severas que tem hoje em dia. Lewis, na verdade, rastreou até Calvino a origem da associação entre puritanismo e severidade moral, e destacou que mesmo essa severidade não negava a vida. Longe disso: Calvino recusava-se a separar o secular do sagrado, a fé pública da particular: "Essa severidade", escreveu Lewis,

> não significava que a teologia [de Calvino] fosse, em última análise, mais ascética que a de Roma. Ela nascia de sua recusa em admitir a distinção romana entre a vida da "religião" e a vida do mundo, entre os Conselhos e os Mandamentos. A visão que Calvino tinha da plena vida cristã era menos hostil ao prazer e ao corpo que a de Fisher [John Fisher, bispo católico romano]; mas Calvino exigia que cada homem vivesse a plena vida cristã.[1]

[1]Citado com permissão de uma comunicação pessoal de David C. Downing, 12 de dezembro de 2002.

Lewis, ele mesmo nesse antigo modo puritano, recusava de forma semelhante uma distinção entre "a vida da 'religião' e a vida do mundo" e promovia o "mero cristianismo" (um termo criado pelo puritano Richard Baxter).

Tolkien espantou-se com a inadequação cômica de uma matéria em *The Daily Telegraph* que descrevia Lewis como alguém que negava a vida, e falava do "ascético sr. Lewis". "Ora essa!", retorquiu Tolkien numa carta. "Ele enxugou três pintas numa curtíssima sessão que tivemos hoje pela manhã, e disse que estava 'com a escassez da Quaresma'." O próprio Tolkien era muito mais atraído por uma visão espiritual da arte, mais que pela abordagem impetuosa de Lewis. Considerava parte da obra de Lewis, em especial *As crônicas de Nárnia*, demasiado alegórica, isto é, demasiado carregada conceitual e explicitamente com crenças cristãs. Tolkien lutava para incorporar significados cristãos na sua obra de modo mais natural e harmônico, conferindo-lhe radiância interna. No entanto, quando Lewis explorou um mundo pré--cristão em *Até que tenhamos rostos*, ele obteve uma profundidade de simbolismo, não de alegoria, tão grande quanto a que seu amigo conseguira em *O Senhor dos Anéis*, se bem que em menor escala e sem o toque popular de Tolkien. Não é surpreendente que Tolkien aprovasse *Além do planeta silencioso*, onde se criou o mundo de Malacandra (Marte), completo com elementos de um idioma "solar antigo", e um conceito de hnau (ou ser pessoal encarnado) que continuou intrigando Tolkien por muitos anos enquanto ele trabalhava em suas próprias criações, como Barbárvore e seus companheiros ents[2] em *O Senhor dos Anéis*.

---

[2]Por volta do inverno de 1940-1941, Tolkien "descobriu" os ents, fazendo anotações que usavam o conceito de hnau (ser pessoal encarnado) de Lewis. Especulou: "O Povo das Árvores são [...] hnau que ficaram arvorescos, ou árvores que se tornaram hnau?"

Em geral, Lewis retratou Deus como muito mais acessível do que Tolkien jamais o fez. Em *O Senhor dos Anéis*, o nome de Deus nem mesmo aparece, apesar de haver um senso nítido e constante de que existe uma providência moldando os eventos, uma providência à qual se deve adoração. Em *O Silmarillion*, no entanto, Deus é explicitamente chamado de Ilúvatar, o Pai de Todos. O motivo para tal abordagem do divino pode muito bem ser o fato de que Tolkien colocou seus contos num ambiente pré-cristão. Seu mundo certamente está vivo com a presença de Deus. A ficção de Lewis, por outro lado, é muito mais literalmente centrada em Cristo. (A única exceção real é seu romance *Até que tenhamos rostos* com seu ambiente pré-cristão ao norte da Grécia.) Em Nárnia, o leão-criador Aslam é um mediador. Em *Perelandra*, a reformulação do *Paraíso Perdido*, de Milton, por Lewis, a morte de Maleldil (Cristo) em nosso Planeta Silencioso significa que a queda do gênero humano não pode simplesmente se repetir. O sobrenome de Elwin Ransom[3] refere-se à sua resistência sacrificial ao mal, quando sofre um ferimento debilitante no calcanhar (uma alusão direta ao sofrimento de Cristo em seu combate derradeiro contra Satanás, conforme profetizado em Gênesis 3:15). No mundo de Tolkien, por contraste, são os Ainur, os Valar, seres angelicais, que mediam entre os Filhos de Ilúvatar e o próprio Ilúvatar. O mago Gandalf é um ser angelical menor cujo papel na Terra-média é de protetor e guardião, que interpreta e inicia eventos que conduzem à derrota das trevas devida à boa providência.

Para Tolkien, a essência da arte como força espiritual estava ligada com sua concepção dos elfos. Eles estavam, para ele, no centro do conto de fadas, entre as mais altas realizações da arte. Acreditava que tal arte espiritual fora

[3]*Ransom* significa resgate, em inglês. (N.T.)

verificada pela maior história de todas: o Evangelho. Tolkien argumentou: "Deus é o Senhor, dos anjos, do homem... e dos elfos. A lenda e a História encontraram-se e se fundiram."

No coração das crenças compartilhadas pelos amigos existia, portanto, uma visão profundamente religiosa da fantasia e da literatura do "romance" — para eles, uma literatura que evocava ou capturava de algum modo outros mundos do espírito. Em particular, ambos partilhavam uma teologia do romantismo que enfatizava a imaginação poética. O termo "teólogo romântico", conta-nos Lewis, foi inventado por Charles Williams. "Um teólogo romântico", destacou Lewis,

> não significa alguém que é romântico em relação à teologia, mas sim alguém que é teológico em relação ao romance, que considera as implicações teológicas das experiências que são chamadas de românticas. A crença de que as experiências mais sérias e extáticas do amor humano ou da literatura imaginativa têm tais implicações teológicas, e de que só podem ser saudáveis e frutíferas se as implicações forem diligentemente pensadas e severamente vividas, é o princípio fundamental de toda a sua obra [de Williams].

Enquanto a preocupação-chave de Williams era o amor romântico, o foco de Lewis estava na dimensão "teológica" do anseio romântico e em sua conexão com a alegria humana, e Tolkien refletia profundamente nas implicações espirituais do conto de fadas e do mito, em especial o aspecto da subcriação.

Em *The Encyclopedia of Fantasy* [A enciclopédia da fantasia] (1997), John Clute e David Langford destacam a natureza subversiva da fantasia, que encoraja uma mudança perceptual:

> Poder-se-ia argumentar que, se a fantasia (e, discutivelmente, a literatura do fantástico como um todo) tem uma finalidade distinta do entretenimento, é mostrar aos leitores como perceber; uma extensão do argumento é que a fantasia pode tentar alterar a percepção da realidade pelos leitores[...]. A melhor fantasia apresenta a seus leitores um parque de diversões de percepção repensada, onde não há restrições além daquelas da imaginação humana[...]. A maior parte dos textos de fantasia pura tem no âmago o impulso de mudar o leitor; isto é, a fantasia pura é por definição uma forma literária subversiva.[4]

Boas obras de imaginação não podem ser reduzidas a "moral" e lições, apesar de que lições podem provir delas, e quanto mais verdadeira for a obra, maiores serão as aplicações que dali poderão ser tiradas. Em termos de um gracejo que Lewis fez certa vez, os escritores imaginativos não devem vender sua primogenitura por uma tigela de mensagem. Numa resenha de *O Senhor dos Anéis*, de Tolkien, Lewis observou que "O que mostra que estamos lendo um mito, não uma alegoria, é que não há indicadores de uma aplicação especificamente teológica, nem política, nem psicológica. Um mito aponta, para cada leitor, para o reino no qual ele mais vive. É uma chave-mestra; use-a na porta que quiser." Pode-se perguntar: Por que usar a fantasia para transmitir uma ideia séria, quando a ficção realista, normal, poderia dar conta do recado? Porque, respondeu Lewis, o escritor quer dizer que

> a vida real dos homens tem essa qualidade mítica e heroica. Pode-se ver o princípio em funcionamento na

[4]As citações são dos verbetes "Percepção" e "Fantasia" respectivamente.

> caracterização [de Tolkien]. Muita coisa que numa obra realista seria feita pelo "delineamento do personagem" é realizada ali simplesmente fazendo do personagem um elfo, um anão ou um hobbit. Os seres imaginados têm seu interior no exterior; são almas visíveis. E o Homem como um todo, o Homem contra o universo, será que já o vimos enquanto não enxergarmos que ele é como o herói de um conto de fadas? [...] O valor do mito é que ele toma todas as coisas que conhecemos e lhes restaura o rico significado que foi oculto pelo "véu de familiaridade". [...] Colocando pão, ouro, cavalo, maçã ou as próprias estradas em um mito, não nos retraímos da realidade: nós a redescobrimos.

Lewis via a amizade como algo pertencente "àquele mundo luminoso, tranquilo, racional dos relacionamentos escolhidos livremente." Tanto para ele quanto para Tolkien, a amizade dos dois era livremente uma escolha. A amizade, para Lewis, não era, como o afeto e o amor erótico, "ligada aos nossos nervos"; era, isso sim, o "menos biológico" de nossos amores naturais. Era um amor intensamente humano, não "compartilhado com os animais." A amizade, como o conto de fantasia, dá às pessoas um ponto de observação para ver o mundo de um modo novo. A amizade com Tolkien, ele descobriu, sacudiu-o para despertá-lo totalmente, para tirá-lo do frio sonho do materialismo. Apesar de ter outros amigos chegados, Lewis não teria sido o escritor e pensador que foi sem sua amizade com o sensível e visionário autor de *O Senhor dos Anéis*. Quanto a Tolkien, ele encontrou em Lewis um amigo que combinava com suas lembranças dos amigos de escola da T.C.B.S. que jaziam inertes nos Pântanos Mortos da 1ª Guerra Mundial. Fiava-se no estímulo de Lewis e, sem ele, não teria completado a minuciosa criação de seu épico para a Inglaterra, como imaginava sua história de mil páginas. Sobre a amizade, Lewis louvou: “Este apenas, de todos os amores, parece elevar-nos quase ao nível de deuses ou anjos.” Pensando na companhia de amigos após um dia de caminhada, ele certamente incluía Tolkien ao escrever:

> Essas são as melhores reuniões[...] Quando colocamos nossos chinelos, nossos pés esticados em direção ao fogo da lareira e nossos drinques ao alcance de nossas mãos; quando o mundo inteiro, e algo além do mundo, se abre para nossas mentes à medida que falamos. E ninguém reivindica ou tem qualquer responsabilidade com o outro, mas todos são pessoas livres e iguais, como se tivessem se encontrado há uma hora, ao mesmo tempo que uma afeição enternecida pelos anos nos envolve. A vida — vida natural — não possui dádiva melhor que essa para dar. Quem poderia merecer isso?

Apêndice A

Uma breve cronologia de
J.R.R. Tolkien e C.S. Lewis

1857 Arthur Reuel Tolkien, pai de J.R.R. Tolkien, nasce em Birmingham, Inglaterra.

1862 Nascimento de Florence (Flora) Augusta Hamilton, mãe de C.S. Lewis, em Queenstown, Condado de Cork, no sul da Irlanda.

1863 Nascimento de Albert J. Lewis, pai de C.S. Lewis, em Cork, no sul da Irlanda.

1870 Mabel Suffield, mãe de J.R.R. Tolkien, nasce em Birmingham, numa família natural de Evesham, Worcestershire, Inglaterra.

1889 21 de janeiro: nascimento de Edith Bratt (futura esposa de Tolkien) em Gloucester, Inglaterra. Arthur Tolkien zarpa para a África do Sul para trabalhar no Bank of Africa.

1890 Arthur Tolkien é indicado para uma importante filial em Bloemfontein, a 1.100 km da Cidade do Cabo.

1891 Março: Mabel Suffield, que conhecera Arthur Tolkien em Birmingham, parte de Southampton no vapor *Roslin Castle* rumo à África do Sul para casar-se com ele.

1892 3 de janeiro: nasce John Ronald Reuel Tolkien em Bloemfontein.

1894 17 de fevereiro: nascimento de Hilary Arthur Reuel Tolkien, irmão de J.R.R. Tolkien, em Bloemfontein.

1895 Abril: Mabel Tolkien e seus filhos zarpam rumo à Inglaterra e vão morar na minúscula casa da família Suffield em Ashfield Road, King's Heath, Birmingham.
16 de junho: nascimento de Warren Hamilton Lewis, irmão de C.S. Lewis, em Belfast.

1896 15 de fevereiro: morte de Arthur Tolkien em Bloemfontein.
Verão: a família Tolkien muda-se para perto do Moinho de Sarehole, que ficava a um quilômetro e meio da cidade de Birmingham.

1898 29 de novembro: Clive Staples Lewis nasce em Belfast.

1900 Tolkien ingressa na King Edward's School, então perto da New Street Station, Birmingham. Mabel Tolkien e sua irmã May são aceitas na Igreja Católica Romana.

1901 22 de janeiro: morre a rainha Vitória.
Por volta dessa época, Warnie Lewis leva uma tampa de lata de biscoitos para o berçário de Lewis.

1902 A família Tolkien muda-se para Oliver Road, perto do Oratório, Birmingham, e conhece o padre Francis Xavier Morgan.

1903 Tolkien recebe uma bolsa de estudos para a King Edward's School e retoma os estudos ali no outono. Morte de Frances, mãe de Edith Bratt.
Natal: Tolkien recebe a primeira comunhão.

1904 Abril: Mabel Tolkien vai para o hospital com diabetes. Os irmãos são mandados à casa de parentes; Tolkien vai morar com sua tia Jane, em Hove.
Junho: a família Tolkien reúne-se outra vez no chalé do Oratório em Rednal, Worcestershire.

14 de novembro: morte de Mabel Tolkien, de diabetes, com 34 anos.

1905 A família Lewis muda-se para sua nova casa, "Little Lea", nos arredores de Belfast.

1907 Edith Bratt vai morar em Duchess Road, nº37, Birmingham, depois de sair do internato.

1908 15 de fevereiro: Flora Lewis é submetida a cirurgia para tratamento de câncer. Os irmãos Tolkien vão morar em Duchess Road, nº37, e Tolkien conhece Edith, com 19 anos.

23 de agosto: Flora Hamilton Lewis morre de câncer no aniversário do marido.

Setembro: Lewis é mandado à Wynyard School em Watford, perto de Londres.

1909 Outono: Tolkien fracassa na tentativa de passar no exame de admissão em Oxford; separação forçada de Edith. Edith Bratt muda-se para Cheltenham para morar com amigos idosos da família. Durante esse tempo, torna-se noiva de um fazendeiro de Warwickshire.

1910 Verão: início do Tea Club na King Edward's School. Por volta desta época Tolkien começa a inventar línguas "particulares".

Outono: Lewis frequenta o Campbell College perto de sua casa em Belfast por meio período. Tolkien tem êxito nos exames de admissão em Oxford, e lhe oferecem uma *Open Classical Exhibition* no Exeter College.

1911 Lewis é mandado a Malvern, Inglaterra, para estudar. Durante este tempo em Malvern ele abandona a fé cristã de sua infância.

Outubro: Tolkien ingressa no Exeter College, Oxford, para estudar *Classics*.

1912 Joseph Wright começa a educar Tolkien. Ele começa a estudar galês, descobre o finlandês e inicia a invenção do quenya, uma variante do élfico baseada no finlandês.

1913 Janeiro: Tolkien reata com Edith Bratt.

Verão: Tolkien obtém um grau de Segunda Classe em seus *Honour Moderations* e muda de curso, passando para a Escola de Inglês depois de obter uma nota "alfa" em filologia comparada.

1914 8 de janeiro: Edith Bratt é aceita na Igreja Católica Romana e torna-se noiva de Tolkien.

Fevereiro: Warren ingressa na Royal Military Academy em Sandhurst.

Abril: Lewis conhece Arthur Greeves.

4 de agosto: a Grã-Bretanha declara guerra à Alemanha.

19 de setembro: Lewis inicia seu estudo particular "*The Great Knock*" com W.T. Kirkpatrick, em Great Bookham, Surrey, com quem fica até abril de 1917.

1915 Verão: Tolkien obtém uma Primeira Classe em língua e literatura inglesa. Alista-se nos Lancashire Fusiliers.

1916 22 de março: Tolkien casa-se com Edith. Tolkien serve de julho a outubro na Batalha do Somme, França. Volta à Inglaterra sofrendo de "febre das trincheiras".

Dezembro: Lewis concorre a uma bolsa em *Classics* e é admitido na University College, Oxford.

1917 De 26 de abril até setembro, Lewis estuda na University College, Oxford. Conhece "Paddy" Moore.

Novembro: Lewis chega à linha de frente no Vale do Somme, na França.

16 de novembro: nasce John, filho de Tolkien.

1918 15 de abril: Lewis é ferido em combate.

Outubro: com a guerra quase terminada, Tolkien procura possíveis empregos em Oxford.

11 de novembro: fim da 1ª Guerra Mundial.

1919-23 Lewis retoma os estudos no University College, Oxford, onde obtém uma Primeira Classe nos *Honour Moderations* (literatura grega e latina), em 1920, uma

Primeira Classe em *Greats* (filosofia e História antiga), em 1922, e uma Primeira Classe em inglês, em 1923.

1919 Março: *Spirits in Bondage*, de Lewis, é publicado pela Heinemann com o pseudônimo de Clive Hamilton.

1920 Lewis monta uma casa em Oxford para a sra. Moore e sua filha Maureen. Lewis mora com as Moore a partir de junho de 1921. Tolkien tem alunos suficientes para poder parar de trabalhar no *Oxford English Dictionary*.
Outubro: nasce Michael, segundo filho de Tolkien.

1921 Tolkien assume um cargo universitário em Leeds, inicialmente como professor adjunto de literatura inglesa.

1924 Outubro: com 32 anos, Tolkien é nomeado professor de língua inglesa na Universidade de Leeds. Lewis começa a lecionar filosofia no University College, substituindo E.F. Carritt, por um ano.
Novembro: nasce Christopher, terceiro filho de Tolkien.

1925 20 de maio: Lewis é eleito conselheiro do Magdalen College, Oxford, onde trabalha como instrutor de língua e literatura inglesa por 29 anos até partir para o Magdalene College, Cambridge, em 1954.
Outubro: Tolkien é nomeado Professor Rawlinson e Bosworth de anglo-saxão em Oxford.

1926 11 de maio: o primeiro encontro registrado entre Tolkien e Lewis.

1928 2 de maio: Albert Lewis aposenta-se com uma pensão anual de seu cargo de advogado do condado da Belfast Corporation.

1929 Lewis torna-se teísta.
Setembro: Albert Lewis morre de câncer em Belfast.
Nascimento de Priscilla, filha de Tolkien.
Fim de 1929: Tolkien entrega a “Balada de Leithien” para Lewis ler, e prepara seu “Esboço da Mitologia” para explicar sua fonte. Lewis o lê na noite de 6 de dezembro.

Década de 1930: Tolkien escreve o primeiro esboço de *Mestre Gil de Ham*, ambientado em Oxfordshire e Buckinghamshire. Também trabalha num poema arturiano jamais concluído, "A queda de Artur".

1930 Maio: Warren Lewis decide editar e organizar os papéis da família Lewis.

Outubro: A sra. Moore, Lewis e seu irmão Warren compram "The Kilns", perto de Oxford.

1930 ou 1931 Tolkien começa a escrever *O hobbit*.

1931 O plano de ensino da Escola de Inglês reformado por Tolkien é aceito, juntando língua e literatura.

19-20 de setembro: após uma longa conversa noturna no Addison's Walk em Oxford com Tolkien e Hugo Dyson, Lewis convence-se da verdade da fé cristã.

28 de setembro: Lewis retorna à fé cristã a caminho do Zoo de Whipsnade, no *sidecar* da motocicleta do irmão.

Fim de 1932: Lewis lê o esboço incompleto de *O hobbit*.

1933 25 de maio: Publicado *O regresso do Peregrino*, de Lewis. O período letivo de outono assinala o começo das reuniões de um círculo de amigos convidados por Lewis, batizado de Inklings.

1934 Publicação do poema de Tolkien "As aventuras de Tom Bombadil" no *Oxford Magazine*.

1936 11 de março: Charles Williams recebe a primeira carta de Lewis, elogiando seu romance *The Place of the Lion*.

Primavera: Lewis e Tolkien discutem a criação de histórias sobre o espaço e o tempo.

25 de novembro: Tolkien ministra a Conferência Memorial *Sir* Isaac Gollancz sobre "*Beowulf*: os monstros e os críticos" à British Academy. Publicação de *Alegoria do amor*, de Lewis.

1937 21 de setembro: é publicado *O hobbit*.

Dezembro: Tolkien começa a escrever *O Senhor dos Anéis*.

1939 8 de março: Tolkien ministra sua conferência Andrew Lang, "Sobre Contos de Fadas", na Universidade de St. Andrews, Escócia.
2 de setembro: crianças refugiadas chegam a The Kilns.
4 de setembro: Warren Lewis é reconvocado para o serviço ativo um dia após a Grã-Bretanha declarar guerra à Alemanha.
7 de setembro: Williams muda-se para Oxford com a filial londrina da Oxford University Press.

1940 Lewis começa a lecionar sobre o cristianismo para a Força Aérea Real, o que continua fazendo até 1941.
27 de agosto: Maureen Moore casa-se com Leonard J. Blake, diretor de música do Worksop College, Nottinghamshire.
14 de outubro: *O problema do sofrimento*, de Lewis, é publicado. É dedicado aos Inklings.

1941 6 de agosto: Lewis transmite a primeira das 25 palestras pela rádio BBC.

1942 *The Forgiveness of Sins* [O perdão dos pecados], de Williams, é publicado, dedicado aos Inklings.
Lewis publica *Cartas de um diabo a seu aprendiz*, dedicado a Tolkien. Christopher Tolkien parte para se juntar à Força Aérea Real, treinando na África do Sul para ser piloto de caça.

1943 18 de fevereiro: Williams recebe um M.A.[1] honorário de Oxford.

1944 5 de janeiro: Williams conta à sua esposa Michal sobre um jornalista da revista *Time* que escreve sobre Lewis. A matéria de capa acaba sendo publicada em 1947 e ajuda a garantir a popularidade de Lewis nos Estados Unidos.
Lewis leciona em Cambridge — as Preleções Clark. Essas preleções se transformam no importante capítulo "Nova

---

[1] Magister Artium: Mestre em Artes. (N.T.)

erudição e nova ignorância" do seu volume para a *Oxford History of English Literature.*

1945 A Alemanha se rende em 8 de maio, o Japão em 2 de setembro. Fim da 2ª Guerra mundial.

15 de maio: Warren Lewis registra em seu diário a morte súbita e inesperada de Williams. "E assim desaparece um dos melhores e mais agradáveis homens que jamais tive a sorte de conhecer. Que Deus o receba em Sua felicidade eterna."

Outono: Tolkien é nomeado Professor Merton de Língua e Literatura Inglesa na Universidade de Oxford. Publica "Folha, de Migalha" no *Dublin Review.*

1947 Lewis publica *Milagres.*

1949 Outono: Tolkien conclui *O Senhor dos Anéis.*

20 de outubro: a última reunião literária dos Inklings, numa noite de quinta-feira, é registrada no diário de Warren. "Ninguém apareceu" na semana seguinte. O grupo continua a se reunir informalmente até a morte de Lewis.

Fim de 1949: Tolkien manda a Milton Waldman, da Collins, um grande texto, em boa parte escrito à mão, de "O Silmarillion", inacabado.

1950 10 de janeiro: Lewis recebe uma carta da escritora americana Helen Joy Davidman Gresham, de 34 anos de idade. Publicação de *O leão, a feiticeira e o guarda-roupa.*

1951 12 de janeiro: morre a sra. Moore. Desde abril do ano anterior ela estivera confinada em uma casa de saúde em Oxford.

Tolkien participa de um congresso filológico na Bélgica.

Segunda edição de *O hobbit,* revisada à luz do enredo de *O Senhor dos Anéis.*

1952 22 de junho: Tolkien oferece *O Senhor dos Anéis* à George Allen & Unwin.

Publicação de *Cristianismo puro e simples,* de Lewis.

Setembro: Lewis encontra-se com Joy Davidman pela primeira vez.

1953 Março: Tolkien e Edith mudam-se para a Sandfield Road, em Headington, subúrbio de Oxford.

1954 Lewis aceita a cátedra de literatura medieval e renascentista em Cambridge. Ministra sua Conferência Inaugural, *De Descriptione Temporum*, em seu 56º aniversário.
Publicação dos dois primeiros volumes de *O Senhor dos Anéis*. Tolkien dedica esta primeira edição aos Inklings.
Lewis publica *English Literature in the Sixteenth Century, Excluding Drama* [Literatura inglesa no século XVI, excluindo o drama].

1955 Publicação de *Surpreendido pela alegria*, de Lewis.
20 de maio: Tolkien conclui os apêndices de *O Senhor dos Anéis*.
20 de outubro: publicação do volume final de *O Senhor dos Anéis*.

1956 23 de abril: Lewis realiza matrimônio civil com Joy Davidman no Cartório de Registros de Oxford.
Lewis publica *The Last Battle*, que recebe a Carnegie Medal, um importante prêmio para livros infantis. Seu *Até que tenhamos rostos* também é publicado neste ano.

1957 21 de março: casamento eclesiástico de Lewis com Joy Davidman enquanto ela está hospitalizada.
Setembro: a saúde de Joy Davidman melhora; em 10 de dezembro ela está caminhando outra vez.

1958 Março: Tolkien visita a Holanda.

1959 5 de junho: Tolkien faz seu "Discurso de Despedida" em Oxford como Professor Merton de Língua e Literatura Inglesa.
Outubro: as radiografias mostram o retorno do câncer de Joy.

1960 Maio: Joy Davidman e Edith Tolkien estão no hospital ao mesmo tempo.

13 de julho: Joy morre, aos 45 anos de idade, pouco tempo após a volta das férias do casal na Grécia.

1963 15 de junho: Lewis dá entrada na Casa de Saúde Acland após um ataque cardíaco.

Setembro: Warren volta a The Kilns depois de passar vários meses na Irlanda.

Sexta-feira, 22 de novembro: Lewis morre em casa, uma semana antes de seu 65º aniversário.

1964 Publicação de *Oração: cartas a Malcolm*, preparado para publicação por Lewis antes de sua morte.

Publicação de *Árvore e Folha*, de Tolkien.

1965 Popularidade crescente de Tolkien nos *campi* das universidades americanas depois que uma edição não autorizada, em brochura, de *O Senhor dos Anéis* é publicada pela Ace, usando uma brecha na lei de direitos autorais. O livro desencadeia uma mania universitária que se espalha ao redor do mundo. *Bottons* com as inscrições *Frodo Vive* e *Gandalf para Presidente* são vistos em toda a parte.

1966 Warren Lewis publica *Letters of C.S. Lewis* [Cartas de C.S. Lewis].

Verão: o Professor Clyde S. Kilby ajuda Tolkien com "O Silmarillion".

1968 Junho: os Tolkien se mudam para Bournemouth, incomodados pelos fãs, pelo barulho, pelas escadas e pela distância do centro da cidade de Oxford.

1971 29 de novembro: morte de Edith Tolkien. Tolkien volta a Oxford, para um apartamento do Merton College na rua Merton, nº 21.

1972 28 de março: C.B.E. conferido a Tolkien pela rainha.

1973 9 de abril: Warren Lewis morre, ainda enlutado pelo querido irmão.

Domingo, 2 de setembro: Tolkien morre em Bournemouth.

1975 Morte de Henry "Hugo" Victor Dyson Dyson.

1977 Publicação de *O Silmarillion*, editado por Christopher Tolkien. Vende mais de um milhão de exemplares, em capa dura, nos Estados Unidos.

1984 Morte de Michael Tolkien.

1997 14 de dezembro: morre Owen Barfield, pouco antes de seu 100º aniversário.

2003 Morte de John Tolkien.

Apêndice B

A duradoura popularidade de J.R.R. Tolkien e C.S. Lewis

Qual é o segredo do grande encanto que Tolkien lançou em volta do mundo? Além da espiritualidade de seu *O Senhor dos Anéis*, atraente em nossa era pós-moderna, ele apresenta uma poderosa crítica ao que via como a forma modernista de magia: a dominação da máquina. Ao contrário das ideias do modernismo, essa dominação social e mecânica é mais tenaz, e assim, talvez, a exploração de Tolkien toca um sentimento profundo nos leitores e espectadores de filmes contemporâneos.

As explorações da realidade virtual, especialmente em filmes, abriram as grandes questões filosóficas e teológicas sobre o âmbito da realidade. Ela se estende além do que pode ser medido, e além do que pode ser visto, tocado e ouvido? As negações do pensamento modernista, que tentaram colocar a realidade numa caixa fechada, parecem cada vez mais ocas. *O Senhor dos Anéis* é uma fantasia sobre a realidade *de fato*. Sustentando-a, está a ideia de Tolkien, cuidadosamente elaborada, da subcriação — da criação de um mundo secundário — onde o autor humano imagina o mundo de Deus depois dele. Para Tolkien, o mundo moral e espiritual é tão real quanto o físico; na verdade, cada um deles faz parte da mesma criação, e uma subcriação de sucesso como o mundo da Terra-média captura-os a todos em um todo orgânico. O resultado é uma imagem da realidade que reivindica ser um conhecimento confiável. A ideia de produzir um mundo secundário, um mundo possível, aplica-se muito além da fantasia. Qualquer história, mesmo um romance ambientado no mundo real, se vale de alguma coisa, cria um mundo possível. É, portanto, uma grande metáfora. As metáforas, é claro, falam de uma coisa por meio de outra — no provérbio "o amor é cego", a cegueira esclarece um aspecto do amor. Se Tolkien está correto, o mundo criado pela história é intencionalmente sobre algo distinto dela mesma, proporcionando percepções sobre a própria natureza da realidade.

A popularidade de Tolkien pode ser explicada por quatro motivos principais.

Em primeiro lugar, ele é um grande contador de histórias. *O Senhor dos Anéis* é uma história construída de modo poderoso, enraizada nos elementos centrais do que ele chamava de conto de fadas, ou história dos elfos. A narração de histórias é universal, e histórias do mito, da lenda e dos contos folclóricos populares contêm arquétipos ou elementos universais, como os temas da busca e da jornada. Tolkien parece ter visto os elementos de uma boa história mormente articulados nas narrativas dos Evangelhos. A Bíblia é o livro mais lido no mundo em toda a História, traduzido para todas as línguas escritas. É interessante que *O Senhor dos Anéis* esteja se tornando rapidamente um dos livros mais lidos no mundo após a Bíblia. Apesar de enraizado em muitos motivos e temas bíblicos (como a providência, o problema do mal, o sacrifício e a redenção), Tolkien estabelece com maestria os eventos de um mundo pré-cristão, supostamente, com um gigantesco anacronismo imaginativo, de localização geográfica europeia setentrional. Assim, seus elementos cristãos são transfigurados em uma forma atraente, sem erguer barreiras para aqueles que não compartilham suas crenças cristãs.

Segundo, a história de Tolkien ganha dimensão pela sua extensa criação de outro mundo, um mundo secundário. A Terra-média está repleta de seus próprios idiomas, sua geografia e História. A vivacidade e as profundezas desse mundo "subcriado" sem dúvida reforçam o apelo de *O Senhor dos Anéis*. Assim como a vastidão do cosmo, o ricamente inventado mundo de Tolkien abre possibilidades, esperanças e sonhos. Ele ajuda os leitores a formularem um senso de desencantamento com nossa cultura secular. As pessoas de hoje têm um inquieto sentimento de que existem dimensões da vida que nossa cultura materialista não utiliza, e que a maioria de nós sente falta dessas dimensões. Talvez os arquétipos subjacentes de Tolkien (como a busca e a jornada) focalizem o anseio de pessoas em todo o mundo, baseados nas aspirações de nossa humanidade comum.

Em terceiro lugar, Tolkien pretendia que *O Senhor dos Anéis* fizesse soar um alerta sobre as consequências de se abandonar os "Antigos Valores Ocidentais", mesmo evitando fazê-lo alegoricamente, pois sentia que na alegoria o autor tentava dominar o leitor. A história é assinalada por um retrato realista do mal. Parece pertencer à mesma classe de vários outros romances proféticos do século XX (incluindo *A revolução dos bichos* e *1984*, de George Orwell, *O Senhor das moscas*, de William Golding, e *Uma força medonha*, de C.S. Lewis), remoldando a ficção para chegar a um acordo com o horror do mal palpável revelado na guerra global moderna. A obra de Tolkien (como esses outros livros) pode, talvez, ser mais relevante para a compreensão dos medos e terrores de nossas vidas do que boa parte da chamada ficção realista, que não está tão bem equipada para explorar as grandes questões da humanidade. Esta é uma profunda ironia, dado que alguns críticos rejeitam a ficção de Tolkien como escapista, e por ter uma simplicidade adequada apenas a leitores adolescentes — não é, dizem eles, para adultos como eles mesmos.

No centro da representação do Novo Ocidente por Tolkien está a máquina como forma moderna de magia. Ele aborda o assunto explorando o poder e a posse. A posse é um tema importante nas suas histórias. Numa carta, Tolkien comentou: "'Poder' é uma palavra agourenta e sinistra em todos esses contos, exceto quando se aplica aos deuses." Morgoth, Sauron e o mago Saruman são sedentos de poder, empregando engenharia genética e usando ou estimulando o uso de máquinas. Sauron, na verdade, é o supremo tecnocrata; o próprio Anel é um produto de sua habilidade tecnológica. Tolkien contrasta a arte com o poder, expresso na magia. Em suas histórias a arte é idealizada nos elfos, para quem o poder não tem atração. Eles não desejam dominar. Tolkien, como Lewis, via a atitude maquinal, ou tecnocracia, como magia maligna num disfarce moderno. Como o mágico, os tecnocratas modernos desejam oprimir e possuir a natureza, não trabalhar com ela e moldá-la como os artistas tratam seus materiais.

Os dois tópicos centrais das histórias da Terra-média, as Silmarils e o Anel, focalizam o tema do poder e da posse. As Silmarils, as joias que capturaram a luz original perdida do mundo, são totalmente boas, e o Anel é totalmente mau, e, no entanto, eles testam os que entram em contato com eles. O rei élfico Thingol decai moralmente, de forma trágica, por desejar uma Silmaril; Beren não tem desejo de possuí-la. Ama, isso sim, o tesouro maior, Lúthien, que é melhor que qualquer posse. Boromir sucumbe ao desejo do Anel; Bilbo lhe resiste, assim como Galadriel; sobre o humilde Sam, ele tem pouco poder.

Em quarto lugar, a popularidade de Tolkien pode residir no fato de que ele apresenta uma atraente espiritualidade que apela a um amplo público leitor que busca novo significado e satisfação espiritual num mundo grandemente secularizado. A espiritualidade de Tolkien foi de grande importância na sua criação da Terra-média. A criação dos elfos é central em sua ficção. Eles são representantes da espiritualidade e cultura humana, e a própria espiritualidade humana tem uma qualidade élfica. Exatamente como Lewis, Tolkien foi profundamente inspirado por uma ampla gama de imagens espirituais, como árvores, anjos, a queda do gênero humano, o poder da cura, a personificação da sabedoria, luz e trevas, natureza e graça e o retrato bíblico do heroísmo e do mal.

Tolkien via no consolo uma qualidade fundamental da boa fantasia ou do bom conto de fadas. Assim entra na história a graça — a presença, vontade e mente de Deus. A história da encarnação, morte e ressurreição de Cristo, argumentava ele, tem todas as características das melhores histórias, como resultado de uma moldagem divina de eventos reais e históricos. O conto de fadas, acreditava, está no coração da narrativa de histórias humanas, seja do norte da Europa, do mundo clássico ou de outro lugar. O conceito do Reino Encantado fora mutilado, e Tolkien procurou reabilitá-lo, assim como Lewis, tanto em seu trabalho acadêmico quanto em suas próprias narrativas. Na sua mitologia inventada da Terra-média, os elfos de Tolkien foram uma metáfora estendida de um aspecto definidor da natureza humana, sua linguagem, produção e cultura.

Talvez o maior desafio para se entender Tolkien como escritor seja seu "O Silmarillion". A versão publicada precisa ser suplementada pelas publicações póstumas *Contos Inacabados* (1980) e os 12 volumes de *The History of Middle-earth* (meticulosamente editados por Christopher Tolkien e publicados em 1983-1996), para se começar a compreender a escala e a ambição dessa obra inacabada. Pode não ter precedentes como obra literária que existe em parte por reconstrução, por uma espécie de colaboração com o leitor, tendo por guia *O Silmarillion* publicado. Poderíamos ter uma analogia adequada se Rembrandt tivesse deixado uma série de duzentos ou trezentos esboços, estreitamente relacionados e cuidadosamente elaborados, para um projeto jamais concluído de pintar todos os aspectos da vida no norte da Europa no século XVII — suas construções, interiores, ofícios, paisagens, vida urbana e rural, classes de pessoas e profissões, ciências, artes, explorações, meios de transporte, invenções e crenças. Nesta analogia, o vasto projeto de toda uma vida tenta capturar o próprio mistério da vida humana, à medida que se forma um todo que é maior que a soma de suas partes. Apesar de a abordagem de Rembrandt à presença do espiritual e do humano no mundo ordinário ter sido, é claro, muito diferente da de Tolkien, o material de "O Silmarillion" é muito semelhante a uma coleção de esboços, estreitamente relacionados, que juntos apontam para algo maior e mais esplêndido.

Em sua conferência de 1936 sobre *Beowulf*, Tolkien havia usado uma analogia que também pode ser aplicada à "matéria" da Terra-média, "O Silmarillion". Ele comparara o poema *Beowulf* a uma torre construída por um homem a partir de uma antiga ruína que herdara; os eruditos e os críticos, não conseguindo enxergar o grande poema — a torre — como um todo, descreveram-no como um mero amontoado de pedras. Assim como a "torre" de *Beowulf* precisava ser "reconstruída", redescoberta pelos seus críticos, para serem compreendidos seu singular poder e beleza, assim também o propósito e a qualidade de "O Silmarillion" precisam ser muito mais validados. Não se trata de uma mera coleção de peças variadas, como demonstra tão intensamente a reconstrução feita por Christopher Tolkien ao preparar a publicação de *O Silmarillion*.

Olhando as "ruínas" de *Beowulf* alguns disseram das pedras: "Que desordem!" Outros murmuraram:

> — Ele é um sujeito tão esquisito! Imagine usar estas pedras velhas só para construir uma torre despropositada! [...] Ele não tinha senso de proporção.
>
> Mas do alto daquela torre o homem conseguira contemplar o mar.

A MAIOR PARTE DOS FATORES que tornaram Tolkien tão enormemente popular também se aplica a Lewis. Ele, porém, nada produziu de tão detalhado e mentalmente habitável como a Terra-média. Em termos de literatura infantil, no entanto, *As crônicas de Nárnia* há muito se estabeleceram como clássicos da cultura popular, como *O vento nos salgueiros*, *O hobbit*, *O ursinho Pooh*, *Alice no País das Maravilhas*[1] ou, mais recentemente, as histórias de Harry Potter.

Além dos fatores que ele compartilhava com Tolkien, há outras razões para a popularidade duradoura de Lewis. Por um lado, ele tinha uma imaginação altamente eclética. Screwtape; Brejeiro, o paulama; Elwin Ransom, o *don* de Cambridge; Aslam, o leão falante e criador de Nárnia; Sarah Smith, de Golder's Green; o sr. Sensible; Redival, da antiga Glome; Jane e Mark Studdock, das Midlands inglesas

---

[1]Na verdade, *Aventuras de Alice no País das Maravilhas* (no original *Alice's Adventures in Wonderland*), de Lewis Carroll, outro Lewis autor de fantasias que vivia em Oxford. (N.T.)

— estas são apenas algumas das criações de Lewis. Da sua mente e imaginação fervilhantes nasceram histórias e uma poderosa retórica que visava persuadir as pessoas da verdade da fé cristã. Ateu durante muitos anos, Lewis só se tornou cristão a mais de meio caminho da sua vida, o que significa que ele compreendia internamente o aspecto, o sabor e o cheiro do universo materialista.

A segunda razão é óbvia: assim como o amigo, fez uma contribuição duradoura à literatura infantil, no seu caso com *As crônicas de Nárnia*, que certamente sobrepujam as vendas dos seus demais escritos.

Razões adicionais também são capazes de explicar o apelo amplo e duradouro de Lewis.

Foi um importante erudito literário, com obras como *Alegoria do amor*, *English Literature in the Sixteenth Century* e *Um experimento na crítica literária*, todas ainda sendo publicadas a despeito do fato de que inevitavelmente existem pontos de controvérsia, como seu tratamento do humanismo e da Renascença, e sua tese de que o divisor de águas da civilização ocidental ocorreu no início do século XIX, não no século XVI.

Foi um destacado apologista ou defensor da fé cristã, chegando à capa da revista Time já em 1947. Relutantemente, foi um dos primeiros e melhores evangelistas da mídia. Somente seu *Cristianismo puro e simples* foi citado no testemunho de muitos como a mais importante influência em suas conversões ao cristianismo. Seu controverso *Milagres* continua desafiando indivíduos que não veem motivo para o envolvimento divino na experiência humana, mais de cinquenta anos depois de ter sido escrito.

Também foi teólogo popular, capaz de transmitir temas bíblicos de modo convincente, com espírito, imaginação e clareza. Sua teologia está embutida nas suas obras de ficção, como *O regresso do peregrino*, *Cartas de um diabo a seu aprendiz*, As crônicas de Nárnia e a trilogia de ficção científica. Também se encontra em *Cristianismo puro e simples*, *Milagres*, *Lendo os salmos*, *Oração: cartas a Malcolm* e *O problema do sofrimento*.

Foi, discutivelmente, um autor de ficção científica de primeira linha, conquistando o respeito de líderes do gênero, como Arthur C. Clarke e Brian Aldiss. Os dois primeiros volumes de sua trilogia sobre Ransom são especialmente celebrados.

Foi um romancista cujo futuro promissor foi interrompido pela doença e por sua morte relativamente precoce. Até que tenhamos rostos é um dos seus maiores livros, uma narrativa ambientada vários séculos antes de Cristo num país imaginário, porém realista, em algum lugar ao norte da Grécia. Tem afinidades com a obra de seu amigo Tolkien, foi profundamente influenciado por seu amigo — muito diferente — Charles Williams, e provavelmente teve o diálogo moldado com Joy Davidman.

Foi um pensador que, no começo da carreira acadêmica, fez parte de um grupo de discussão com jovens filósofos de Oxford que também incluía Gilbert Ryle. Ensinou filosofia por um ano antes de ingressar na carreira docente como don de inglês. Seus livros *O problema do sofrimento*, *Milagres* e *A abolição do homem* são textos filosóficos sérios, apesar de dirigidos ao leitor comum.

Foi um poeta, se bem que menor, cuja obra abrangeu desde versos líricos até poemas narrativos longos (e atualmente fora de moda). Sua ambição precoce era tornar-se poeta importante — seu primeiro volume foi publicado aos 21 anos de idade —, mas viu-se cada vez mais defasado da poesia moderna. Ficou desapontado quando não conseguiu ser eleito professor de poesia em Oxford, em 1951.

No entanto, sua sensibilidade poética inspirou toda a sua prosa, tanto discursiva quanto ficcional.

Essas variadas facetas de Lewis constantemente se inter-relacionavam de modo orgânico, fazendo com que o todo de sua personalidade fosse maior que a soma de todas as partes. Poderia estar contemplando o fim da sua vida quando observou em 1940:

> A felicidade acomodada e a segurança que todos desejamos nos são negadas por Deus devido à própria natureza do mundo: mas a alegria, o prazer e a jovialidade Ele espalhou amplamente. Nunca estamos seguros, mas temos bastante diversão e algum êxtase. Não é difícil ver por quê. A segurança pela qual ansiamos nos ensinaria a repousar os corações neste mundo e oporiam um obstáculo ao nosso retorno para Deus: alguns momentos de amor feliz, uma paisagem, uma sinfonia, um encontro alegre com os amigos, um banho ou um jogo de futebol, não têm uma tal tendência. Nosso Pai nos revigora na jornada com algumas estalagens agradáveis, mas não nos estimulará a crer erradamente que são nosso lar.

Agradecimentos

Extratos e fontes das entrevistas do Oral History Project, com Maureen Blake, nascida Moore (Lady Dunbar de Hempriggs), o professor A.G. Dickens, o dr. Robert "Humphrey" Havard e Roger Lancelyn Green, usados com a gentil permissão de The Wade Center, Wheaton College, Wheaton, Illinois, EUA.

A citação da entrevista Oral History, com Maureen Blake, foi usada com a permissão do detentor do copyright, The Marion E. Wade Center, Wheaton College, Wheaton, Illinois © 1984 (e não pode ser reproduzida posteriormente sem permissão escrita do detentor do copyright).

A citação da entrevista Oral History, com o professor A.G. Dickens, foi usada com a permissão do detentor do copyright, The Marion E. Wade Center, Wheaton College, Wheaton, Illinois © 1989 (e não pode ser reproduzida posteriormente sem permissão escrita do detentor do copyright).

A citação da entrevista Oral History, com o dr. Robert Havard, foi usada com a permissão do detentor do copyright, The Marion E. Wade Center, Wheaton College, Wheaton,

Illinois © 1984 (e não pode ser reproduzida posteriormente sem permissão escrita do detentor do copyright).

A citação da entrevista Oral History, com Roger Lancelyn Green, foi usada com a permissão do detentor do copyright, The Marion E. Wade Center, Wheaton College, Wheaton, Illinois © 1986 (e não pode ser reproduzida posteriormente sem permissão escrita do detentor do copyright).

A citação de Clyde S. Kilby, notas inéditas, foi usada com a permissão do detentor do copyright, The Marion E. Wade Center, Wheaton College, Wheaton, Illinois © 2003.

David C. Downing, citação de comunicação pessoal a Colin Duriez. Usada com permissão.

Bibliografia

ADEY, Lionel. *C.S. Lewis's "Great War" with Owen Barfield.* Victoria: University of Victoria, 1978.

______. *C.S. Lewis:* Writer, Dreamer and Mentor. Grand Rapids: Eerdmans, 1998.

ARMSTRONG, Helen (ed.). *Digging Potatoes, Growing Trees:* Twenty-five Years of Speeches at the Tolkien Society's Annual Dinners. Vols. 1 e 2. The Tolkien Society, 1997, 1998.

ARNOTT, Anne. *The Secret Country of C.S. Lewis.* Londres: Hodder, 1974.

BARFIELD, Owen. *Poetic Diction:* A Study in Meaning. Londres: Faber and Faber, 1962, 2ed.

BATTARBEE, K.J. (ed.). *Scholarship and Fantasy:* Proceedings of the Tolkien Phenomenon, May 1992, Turku, Finland. Turku: Universidade de Turku, 1993.

BECKER, Alida (ed.). *The Tolkien Scrapbook.* Nova York: Grosset and Dunlap, 1978.

British Children's Writers. Dictionary of Literary Biography. Detroit: Bruccoli Clark Layman, 1996.

Burson, Scott & Walls, Jerry. *C.S. Lewis and Francis Schaeffer.* Downers Grove: InterVarsity Press, 1998.

Carnell, Corbin S. *Bright Shadows of Reality.* Grand Rapids: Eerdmans, 1974.

Carpenter, Humphrey. *The Inklings:* C.S. Lewis, J.R.R. Tolkien, Charles Williams and Their Friends. Londres: George Allen & Unwin, 1978; Boston: Houghton Mifflin, 1979.

______. *J.R.R. Tolkien:* A Biography. Londres: George Allen & Unwin, 1977; Boston: Houghton Mifflin, 1977.

Chance, Jane. *The Lord of the Rings:* The Mythology of Power. Lexington: University Press of Kentucky, 2001.

______. *Tolkien the Medievalist.* Nova York: Routledge, 2002.

______. *Tolkien's Art:* A Mythology for England. Lexington: University Press of Kentucky, 2001.

Christensen, Michael J. *C.S. Lewis on Scripture.* Londres: Hodder, 1980.

Christopher, Joe R. *C.S. Lewis.* Boston: G.K. Hall, 1987.

Clute, John & Grant, John. *The Encyclopedia of Fantasy.* Londres: Orbit, 1997.

Como, James T. (ed.). *C.S. Lewis at the Breakfast Table and Other Reminiscences.* Nova York: Macmillan, 1979.

Cunningham, Richard B. *C.S. Lewis, Defender of the Faith.* Filadélfia: Westminster Press, 1967.

Curry, Patrick. *Defending Middle-earth:* Tolkien, Myth, and Modernity. Londres: HarperCollins, 1997.

Dorsett, Lyle. *Joy and C.S. Lewis.* Londres: HarperCollins, 1988, 1994.

Downing, David C. *The Most Reluctant Convert:* C.S. Lewis's Journey to Faith. Downers Grove e Leicester: InterVarsity Press, 2002.

______. *Planets in Peril:* A Critical Study of C.S. Lewis's Ransom Trilogy. Amherst: University of Massachusetts Press, 1992.

Duncan, John Ryan. *The Magic Never Ends*: The Life and Work of C.S. Lewis. Nashville: W Publishing Group; Milton Keynes: Authentic Publishing, 2002.

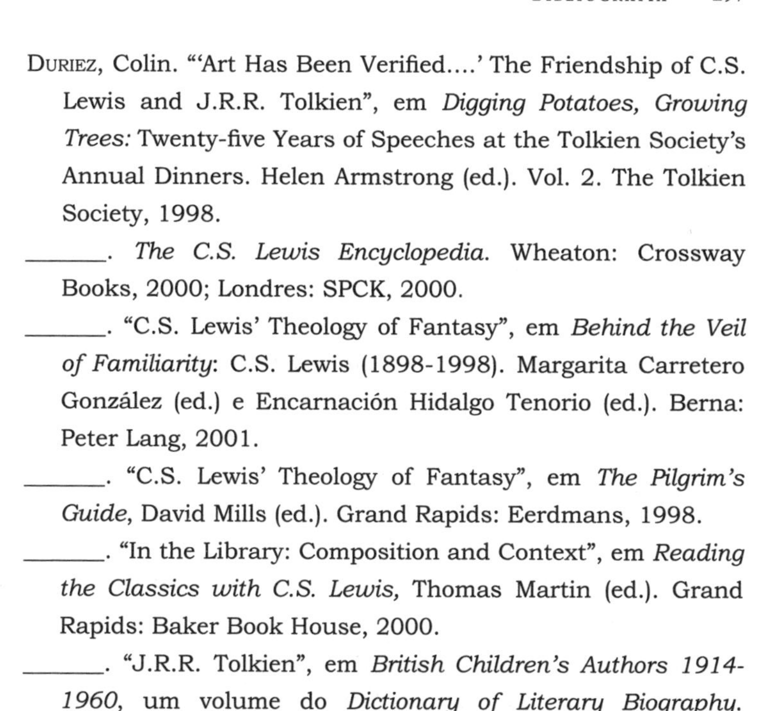

Duriez, Colin. "'Art Has Been Verified....' The Friendship of C.S. Lewis and J.R.R. Tolkien", em *Digging Potatoes, Growing Trees:* Twenty-five Years of Speeches at the Tolkien Society's Annual Dinners. Helen Armstrong (ed.). Vol. 2. The Tolkien Society, 1998.

______. *The C.S. Lewis Encyclopedia.* Wheaton: Crossway Books, 2000; Londres: SPCK, 2000.

______. "C.S. Lewis' Theology of Fantasy", em *Behind the Veil of Familiarity*: C.S. Lewis (1898-1998). Margarita Carretero González (ed.) e Encarnación Hidalgo Tenorio (ed.). Berna: Peter Lang, 2001.

______. "C.S. Lewis' Theology of Fantasy", em *The Pilgrim's Guide,* David Mills (ed.). Grand Rapids: Eerdmans, 1998.

______. "In the Library: Composition and Context", em *Reading the Classics with C.S. Lewis,* Thomas Martin (ed.). Grand Rapids: Baker Book House, 2000.

______. "J.R.R. Tolkien", em *British Children's Authors 1914-1960,* um volume do *Dictionary of Literary Biography.* Colúmbia: Bruccoli Clark Layman, 1996.

______. "Sub-creation and Tolkien's Theology of Story", em *Scholarship and Fantasy.* Turku: Universidade de Turku, 1994.

______. "The Theology of Fantasy in C.S. Lewis and J.R.R. Tolkien", *Themelios* 23, nº 2, 1998.

______. *Tolkien and The Lord of the Rings.* Londres: Azure, 2001; Nova York: HiddenSpring, 2001.

______. "Tolkien and the Old West", em *Digging Potatoes, Growing Trees:* Twenty-five Years of Speeches at the Tolkien Society's Annual Dinners, Helen Armstrong (ed.). Vol. 2. The Tolkien Society, 1998.

______. "Tolkien and the Other Inklings", em *Proceedings of the J.R.R. Tolkien Centenary Conference:* Keble College, Oxford, 1992, Patricia Reynolds (ed.) e Glen H. Goodknight (ed.). Milton Keynes: Tolkien Society; Altadena: Mythopoeic Press, 1995.

Edwards, Bruce L. *A Rhetoric of Reading:* C.S. Lewis's Defense of Western Literacy. Provo: Brigham Young University, 1986.

______ (ed.). *The Taste of the Pineapple:* Essays on C.S. Lewis as Reader, Critic, and Imaginative Writer. Bowling Green: Bowling Green State University Popular Press, 1988.

Evans, Robley. *J.R.R. Tolkien.* Nova York: Crowell, 1976.

Filmer, Kath. *The Fiction of C.S. Lewis:* Mask and Mirror. Nova York: Macmillan, 1993.

Flieger, Verlyn. *Splintered Light:* Logos and Language in Tolkien's World. Grand Rapids: Eerdmans, 1983.

Fonstad, Karen Wynn. *The Atlas of Middle-earth.* Boston: Houghton Mifflin, 1981.

Ford, Paul F. *Companion to Narnia.* São Francisco: Harper & Row, 1980.

Foster, Robert. *The Complete Guide to Middle-earth:* From the Hobbit to the Silmarillion. Londres: George Allen & Unwin, 1978; Nova York: Ballantine Books, 1978.

Fuller, Edmund. *Books with Men behind Them.* Nova York: Random House, 1962.

Garbowski, Christopher. *Recovery and Transcendence for the Contemporary Mythmaker:* The Spiritual Dimension in the Works of J.R.R. Tolkien. Lublin: Maria Curie-Sklodowska University Press, 2000.

Gardner, Helen. "Clive Staples Lewis 1898-1963". *Proc. British Academy* 51 (1965): 417-428.

Gibb, Jocelyn (ed.). *Light on C.S. Lewis.* Londres: Geoffrey Bles, 1965.

Goffar, Janine. *Lewis Index:* Rumours from the Sculptor's Shop. Riverside: La Sierra University Press, 1995; Solway: Carlisle, 1997.

Green, R.L. & Hooper, Walter. *C.S. Lewis:* A Biography. Londres: Collins, 1974; 2002, 3ed.

Gresham, Douglas. *Lenten Lands:* My Childhood with Joy Davidman and C.S. Lewis. Londres: Collins, 1989.

GRIFFIN, William. *Clive Staples Lewis:* A Dramatic Life. San Francisco: Harper & Row, 1986. Edição britânica: *C.S. Lewis:* The Authentic Voice. Tring: Lion, 1988.

GROTTA, Daniel. *The Biography of J.R.R. Tolkien:* Architect of Middle-earth. Filadélfia: Running Press, 1978.

HADFIELD, Alice Mary. *Charles Williams:* An Exploration of His Life and Work. Oxford: Oxford University Press, 1983.

HAMMOND, Wayne G. (com a assistência de Douglas A. Anderson). *J.R.R. Tolkien:* A Descriptive Bibliography. New Castle: St. Paul's Bibliographies, Winchester and Oak Knoll Books, 1993.

HAMMOND, Wayne G. & SCULL, Christina. *J.R.R. Tolkien, Artist and Illustrator.* Londres: HarperCollins, 1995.

HARRIS, Richard. *C.S. Lewis:* The Man and His God. Londres: Collins Fount, 1987.

HARVEY, David. *The Song of Middle-earth:* J.R.R. Tolkien's themes, Symbols and Myths. Londres: Allen & Unwin, 1985.

HILLEGAS, Mark R. (ed.). *Shadows of Imagination:* The Fantasies of C.S. Lewis, J.R.R. Tolkien, and Charles Williams. Carbondale: Southern Illinois University Press, 1969; 1979, nova edição.

HOLBROOK, David. *The Skeleton in the Wardrobe:* C.S. Lewis's Fiction, A Phenomenological Study. Lewisburg: Bucknell University Press; Londres: Associated University Press, 1991.

HOLMER, Paul L. *C.S. Lewis:* The Shape of His Faith and Thought. Nova York: Harper & Row, 1976; Londres: Sheldon Press, 1977.

HOOPER, Walter. *C.S. Lewis:* A Companion and Guide. Londres: HarperCollins, 1996.

______. *Past Watchful Dragons.* Londres: Collins Fount, 1979.

HORNER, Brian (ed.). *Charles Williams:* A Celebration. Leominster: Gracewing, 1995.

HOWARD, Thomas. *The Achievement of C.S. Lewis:* A Reading of His Fiction. Wheaton: Harold Shaw, 1980.

______. *The Novels of Charles Williams.* Londres: Oxford University Press, 1983; San Francisco: Ignatius Press, 1991, reimpressão.

Huttar, Charles A. (ed.). *Imagination and the Spirit:* Essays in Literature and the Christian Faith. Grand Rapids: Eerdmans, 1971.

Keefe, Carolyn (ed.). *C.S. Lewis:* Speaker and Teacher. Londres: Hodder, 1974.

Kilby, Clyde S. *The Christian World of C.S. Lewis*. Grand Rapids: Eerdmans, 1965; 1996.

______. *Images of Salvation in the Fiction of C.S. Lewis*. Wheaton: Harold Shaw, 1978.

______. *Tolkien and the Silmarillion*. Wheaton: Harold Shaw, 1976; Lion: Tring, 1977.

Kilby, Clyde S. & Gilbert, Douglas. *C.S. Lewis:* Images of His World. Grand Rapids: Eerdmans, 1973.

Kilby, Clyde S. & Meade, Marjorie Lamp (eds.). *Brothers and Friends:* The Diaries of Major Warren Hamilton Lewis. São Francisco: Harper & Row, 1982.

Knight, Gareth. *The Magical World of the Inklings*. Longmead: Element Books, 1990.

Kocher, Paul H. *Master of Middle-earth:* The Fiction of J.R.R. Tolkien. Boston: Houghton Mifflin, 1972. Edição britânica: *Master of Middle-earth:* The Achievement of J.R.R. Tolkien. Londres: Thames and Hudson, 1972.

Lawlor, John (ed.). *Patterns of Love and Courtesy:* Essays in Memory of C.S. Lewis. Londres: Edward Arnold, 1996.

Lindskoog, Kathryn. *C.S. Lewis:* Mere Christian. Glendale: Gospel Light, 1973.

______. *The Lion of Judah in NeverNeverLand:* God, Man and Nature in C.S. Lewis's Narnia Tales. Grand Rapids: Eerdmans, 1973.

Lobdell, Jared. *A Tolkien Compass*. La Salle: Open Court, 1975; Nova York: Ballantine, 1980.

Lochhead, Marion. *Renaissance of Wonder:* The Fantasy Worlds of C.S. Lewis, J.R.R. Tolkien, George MacDonald, E. Nesbit and Others. Edimburgo: Canongate, 1973; São Francisco: Harper & Row, 1977.

MABBOTT, John. *Oxford Memories.* Oxford: Thornton's of Oxford, 1986.

MANLOVE, C.N. *Christian Fantasy:* From 1200 to the Present. Basingstoke e Londres: Macmillan, 1992.

______. *C.S. Lewis:* His Literary Achievement. Nova York: St. Martin's Press, 1987.

______. *Modern Fantasy.* Cambridge: Cambridge University Press, 1975.

MENUGE, Angus (ed.). *Lightbearer in the Shadowlands:* The Evangelistic Vision of C.S. Lewis. Wheaton: Crossway Books, 1997.

Mills, David (ed.). *The Pilgrim's Guide:* C.S. Lewis and the Art of Witness. Grand Rapids: Eerdmans, 1998.

MONTGOMERY, John Warwick (ed.). *Myth, Allegory and Gospel:* An Interpretation of J.R.R. Tolkien, C.S. Lewis, G.K.Chesterton and Charles Williams. Mineápolis: Bethany Fellowship, 1974.

MOSELEY, Charles. *J.R.R. Tolkien.* Plymouth: Northcote House, 1997.

MYERS, Doris. *C.S. Lewis in Context.* Kent: Kent State University Press, 1994.

NOEL, Ruth S. *The Languages of Tolkien's Middle-earth.* Boston: Houghton Mifflin, 1980.

______. *The Mythology of Middle-earth.* Boston: Houghton Mifflin, 1977; Londres: Thames and Hudson, 1977.

O'NEILL, Timothy R. *The Individuated Hobbit:* Jung, Tolkien and the Archetypes of Middle-earth. Boston: Houghton Mifflin, 1979.

PATRICK, James. *The Magdalen Metaphysicals:* Idealism and Orthodoxy at Oxford 1901-1945. Macon: Mercer University Press, 1985.

PAYNE, Leanne. *Real Presence:* The Holy Spirit in the Works of C.S. Lewis. Eastbourne: Monarch Publications, 1989.

PEARCE, Joseph (ed.). *Tolkien: A Celebration,* Collected Writings on a Literary Legacy. Londres: Fount, 1999.

PHILLIPS, Justin. *C.S. Lewis at the BBC.* Londres: HarperCollins, 2002.

Polanyi, Michael. *Personal Knowledge:* Towards a Post-Critical Philosophy. Londres: Routledge & Kegan Paul, 1958.

Purtill, Richard L. *C.S. Lewis's Case for the Christian Faith.* Harper & Row, 1982.

______. *Lord of the Elves and Eldils:* Fantasy and Philosophy in C.S. Lewis and J.R.R. Tolkien. Grand Rapids: Zondervan, 1974.

Ready, William. *The Tolkien Relation.* Chicago: Regnery, 1968.

Reilly, Robert J. *Romantic Religion:* A Study of Barfield, Lewis, Williams and Tolkien. Athens: University of Georgia Press, 1971.

Reynolds, Patricia & GoodKnight, Glen H. (eds.). *Proceedings of the J.R.R. Tolkien Centenary Conference:* Keble College, Oxford, 1992. Milton Keynes: Tolkien Society; Altadena: Mythopoeic Press, 1995.

Sale, Roger. *Modern Heroism:* Essays on D.H.Lawrence, William Empson and J.R.R. Tolkien. Berkeley e Los Angeles: University of California Press, 1973.

Sayer, George. *Jack:* C.S. Lewis and His Times. Londres: Macmillan, 1988.

Schakel, Peter J. *Reason and Imagination in C.S. Lewis:* A Study of "Até termos rostos". Exeter: Paternoster Press, 1984.

Schofield, Stephen (ed.). *In Search of C.S. Lewis.* South Plainfield: Bridge Publications, 1984.

Schultz, Jeffrey D. & West Jr., John G. (eds.). *The C.S. Lewis Readers' Encyclopedia.* Grand Rapids: Zondervan, 1998.

Shideler, Mary McDermott. *The Theology of Romantic Love:* A Study in the Writings of Charles Williams. Grand Rapids: Eerdmans, 1962.

Shippey, T.A. *J.R.R. Tolkien:* Author of the Century. Londres: HarperCollins, 2000.

______. *The Road to Middle-earth.* Londres: George Allen & Unwin, 1982; Nova York: Houghton Mifflin, 1983.

Sibley, Brian. *Shadowlands.* Londres: Hodder, 1985.

Soper, Donald. *Exploring the Christian World Mind.* Londres: Vision Press, 1964.

TENNYSON, G.B. (ed.). *Owen Barfield on C.S. Lewis*. Middletown: Wesleyan University Press, 1989.

TOLKIEN, John e Priscilla. *The Tolkien Family Album*. Londres: Unwin Hyman, 1992.

URANG, Gunnar. *Shadows of Heaven:* Religion and Fantasy in the Writing of C.S. Lewis, Charles Williams and J.R.R. Tolkien. Londres: SCM Press, 1970; Filadélfia: United Church Press, 1971.

VANAUKEN, Sheldon. *A Severe Mercy*. Londres: Hodder, 1977; Nova York: Harper & Row, 1979.

WAIN, John. *Sprightly Running*. Londres: Macmillan, 1962.

WALKER, Andrew & PATRICK, James (eds.). *A Christian for All Christians:* Essays in Honour of C.S. Lewis. Londres: Hodder, 1990.

WALSH, Chad. *C.S. Lewis:* Apostle to the Skeptics. Nova York: Macmillan, 1949.

______. *The Literary Legacy of C.S. Lewis*. Nova York: Harcourt Brace Jovanovich, 1979.

WATSON, George (ed.) *Critical Thought I:* Critical Essays on C.S. Lewis. Aldershot: Scolar Press, 1992.

WHITE, Michael. *Tolkien:* A Biography. Londres: Little, Brown, 2001.

WHITE, William L. *The Image of Man in C.S. Lewis*. Londres: Hodder, 1970.

WILLIAMS, Charles (ed.). *The Letters of Evelyn Underhill*. Londres: Longmans, Green, 1943.

WILSON, A.N. *C.S. Lewis:* A Biography. Londres: Collins, 1990.

WILSON, Colin. *Tree by Tolkien*. London: Covent Garden Press, 1973; Santa Bárbara: Capra Press, 1974.

Este livro foi impresso em 2018, pela Geográfica
para a HarperCollins Brasil. A fonte usada
no miolo é Bookman corpo 9,5.
O papel do miolo é pólen soft 80g/m².